U0895482

驻村日记

钱少华 著

中国财富出版社有限公司

图书在版编目（CIP）数据

驻村日记/钱少华著．—北京：中国财富出版社有限公司，2022.12

ISBN 978－7－5047－7599－3

Ⅰ.①驻…　Ⅱ.①钱…　Ⅲ.①日记—作品集—中国—当代
Ⅳ.①I267.5

中国版本图书馆 CIP 数据核字（2021）第 251282 号

策划编辑　郑晓雯　郝婧婕　　**责任编辑**　张红燕　郭　玥　　**版权编辑**　李　洋
责任印制　尚立业　　**责任校对**　张营营　　**责任发行**　杨恩磊

出版发行　中国财富出版社有限公司
社　　址　北京市丰台区南四环西路 188 号 5 区 20 楼　　**邮政编码**　100070
电　　话　010－52227588 转 2098（发行部）　　010－52227588 转 321（总编室）
010－52227566（24 小时读者服务）　　010－52227588 转 305（质检部）
网　　址　http：//www.cfpress.com.cn　　**排　　版**　宝蕾元
经　　销　新华书店　　**印　　刷**　宝蕾元仁浩（天津）印刷有限公司
书　　号　ISBN 978－7－5047－7599－3/I·0341
开　　本　710mm×1000mm　1/16　　**版　　次**　2023 年 1 月第 1 版
印　　张　18.5　　**印　　次**　2023 年 1 月第 1 次印刷
字　　数　294 千字　　**定　　价**　59.80 元

為少華宗兄而題

千年望族家國情懷

駐村幫扶世傳博愛

辛丑初冬錢漢東

他序

我熟悉的钱少华同志，曾在我们武警部队服役20多年。退役后他转业不转志，退役不褪色，不忘初心，顽强奋斗，继续努力奉献，2020年被上海市青浦区评为“最美退役军人”。2019年6月，我听少华说，按照上海市乡村振兴重点任务部署，他被组织委派前往经济相对薄弱村——周家港村开展驻村指导工作，有幸成为上海市派驻到经济相对薄弱村参与乡村振兴的第一批驻村指导员，我觉得这是一件非常有意义的事。两年过去了，他在乡村振兴事业中做出了很好的成绩，我由衷地为他高兴。这几年，他在不断地变换岗位，增加了许多难得的经历，我想这是他人生最宝贵的财富。更难能可贵的是，他能把驻村帮扶期间的所见所闻、所感所悟以日记形式如实地记录下来，文笔老练，辞义畅达，充分展示了上海乡村振兴过程中基层工作生活的图景。这不仅是对其驻村工作的一个很好的总结，也能给其他参与乡村振兴事业的工作者以借鉴，更是人们了解上海乡村振兴工作的窗口。

少华文稿始终贯穿党中央关于实施乡村振兴战略这根红线。2021年中央一号文件《中共中央　国务院关于全面推进乡村振兴加快农业农村现代化的意见》中明确指出，民族要复兴，乡村必振兴……全面推进乡村产业、人才、文化、生态、组织振兴，充分发挥农业产品供给、生态屏障、文化传承等功能，走中国特色社会主义乡村振兴道路，加快农业农村现代化，加快形成工农互促、城乡互补、协调发展、共同繁荣的新型工农城乡关系，促进农业高质高效、乡村宜居宜业、农民富裕富足。这个文件的发布，是21世纪以来第18个指导“三农”工作的中央一号文件，对2021年乃至“十四五”时期“三农”工作都具有深刻意义，也是指导乡村振兴的总纲领。文件中明确指出要做好乡村建设和乡村治理工作，这也是少华工作中感悟最深的。做好乡村治理工作，有两件事必须做好。一是管好当家人。乡村搞得好，一定要有带头能人牵头，但同时要有相应制度来约束。否则，能人有可能走向反面。二是要让乡村百姓的民主权利得到充分发挥，让其有表达个人意愿的权利。从少华这些年的乡村指导员工作实践看，他正是紧紧抓住了这两个关键点，抓住了牛鼻子，以牵一发而动全身的思路把中央的精神落实到位。

少华此书始终贯彻着新时代的新要求。2021 年是中国共产党成立 100 周年，是全面建设社会主义现代化国家新征程开启之年，也是“十四五”开局之年。新阶段的新要求，就是要深入贯彻落实习近平新时代中国特色社会主义思想和相关重要论述，在全面深化改革创新中，更好构建思想宣传工作大格局，紧扣庆祝建党 100 周年主线，大力营造奋进新征程、创造新奇迹、展现新气象的浓厚氛围。上海是党的诞生地，要着力讲好党的故事，用故事阐释道理，用细节打动人心，充分挖掘、利用上海丰富的红色资源作为党史学习教育的生动教材，引领办实事、开新局。着力体现民生温度，聚焦人民城市建设，特别是民心工程，用一件件民生实事，用一点一滴变化，见人见事见精神。本书很好地体现了上述精神及宣传思想工作会议提出的要求，反映了党的干部在基层以党建引领乡村振兴的理念和实践。在全面推进乡村振兴战略新形势下，少华积累并提炼的这些乡村工作经验，鲜活生动接地气，正是一位乡村振兴基层一线工作者真情与心声的表达。

少华是转业干部中的优秀代表。他在周家港村担任驻村指导员期间的先进事迹，被新华社客户端、新华每日电讯、中华人民共和国退役军人事务部官网、学习强国、《乡村干部报》、《中国组织人事报》、上海基层党建网等媒体报道。他树立崇高理想信念，牢记初心使命，按照习近平总书记关于“当代中国青年要有所作为，就必须投身人民的伟大奋斗”的论述，在从军路上、在乡村振兴实践中，勤勤恳恳努力奋斗，展示出青春、坚毅的形象。在部队，他站岗放哨、执勤处突，抗过洪抢过险，经历过血与火、生与死的考验，既有基层经历，也有机关工作的经历，在多年从事军事指挥与政治工作的研究与实践中，增长了才干和本领。他被国家体育总局表彰为“全国群众体育先进个人”，荣立过集体一等功一次、二等功一次、三等功三次。退役后他把荣誉当成了前进的动力，继续发扬军队光荣传统和优良作风，踏实工作，努力奋斗，被青浦区评为“最美退役军人”。这些荣誉的取得，背后有其坚强的信念，不懈的付出，以及一次次痛苦而又美丽的锤炼。

少华的“多重”身份、踏实的工作作风还有难能可贵的来自乡村一线的实践与思考，确保了本书具有极高的可读性和真实性。不仅“故事”丰富多样、生动精彩，而且文风清逸、思维缜密，笔触细腻，引人入胜。他将对乡村指导员工作性质的思考，开展工作时的思路、具体工作方法和过程，都记录在册。在历时近两年的驻村帮扶工作中，他帮助周家港村西片区解决了没有公交车不方便出行的问题；组织医疗义诊，关注农民健康；举办农民丰收节，丰富乡村文化；在调研论证、招商引资、规划设计等方面着力突破，助推建成了周家港村“乐稻心田”研学基地；在党建方面，推动建成村史馆等四个红色场馆；为推动农产品销售，兼任乡村主播，进行了直播加电商的成功实践；严格落实防疫各项措施，认真开展疫情防控工作……少华用心用情在奋斗中取得了实实在在的成绩。作为上海首批 200 名驻村指导员中的一员，他以真心真情和能干实干获得了村民们的信任和喜爱，他的先进工作经验，具有极好的借鉴与推广意义。值此新书出版之际，谨表示祝贺并致以祝福，愿少华在新征程上取得更大成绩！

张长东

2022 年 3 月于上海

自序

余本布衣，躬耕于吴兴。然少怀报国志，投笔从戎二十余载。忆往昔，血雨腥风，枪林弹雨；抗洪抢险，反恐处突。春去秋来、无常往复，激情燃烧之岁月，使命大于天，任务大于命。金戈铁马，军功闪耀，余无愧于党，无愧于军。花开花落，自然轮回；铁打的营盘，流水的兵。戊戌年，时值隆冬，余归青浦，业定纪委，延忠诚卫士之魂。

物来顺应，未来不迎，当时不杂，既过不恋！回首过往，展望未来；笑看风云，从头再来。明者因时而变，智者随事而制。半年有余，全情工作，顺利跨界。感纪委之情、监委之恩，蒙组织信任，受命于乡村振兴之际，己亥年六月，赴周家港村，任职一年半载。家非常顾，子非常聚，母非常望。

农家子弟返农门，一片冰心任平生。舍小顾大，干部本色。新时代、新征程，为者常成，行者常至；初心未改，军人本色。葆政治活力，承红色基因，贴心交心亲民，念兹在兹忧民，不务虚功，不弃微末，彰显共产党人、转业军人之最深厚的人民情怀、最纯粹的赤子之心。然，物各有性，水至淡，盐得味。酸甜苦辣咸，五味调和，共存相生，百味纷呈。物如此，事犹是，人亦然。回首十年前，任连队政治指导员（党支部书记），基层干部就是要自带辛苦之“咸”味，能解群众之“苦”味，敢尝基层之“辣”味，能“烹”幸福之“醇”味，共享生活之“甜”味，当好基层的“烹饪大师”。

目录

1 谈话

2019 年 5 月 17 日
星期五
天气晴

终而复始，日月是也。死而复生，四时是也。奇正相生，循环无端，涨跌相生，循环无穷。机遇中孕育着挑战，挑战中孕育着机遇，这是千百年来验证了的规律！

下午两点多，我正在办公室看区公安分局转过来的一个案件资料，突然，单位组织部王部长打来电话，让我去她办公室一趟，我心想王部长怎么突然找我？虽然大风大浪也见过不少，但人事部门的领导找我，我的内心难免泛起了一丝涟漪。

我快步走到了王部长办公室，她热情地让我坐下，开门见山地跟我说：近年来，上海市一些地区和单位结合实际，积极选派机关、企事业单位的优秀干部到农村任职，在抓党建、抓帮扶、抓发展等方面取得了明显成效，积累了有益经验。为进一步推动抓党建促乡村振兴，从 2019 年 6 月开始到 2021 年 2 月结束，上海要选派第一批优秀干部支持本市经济相对薄弱村，咱们青浦区选派 25 人，安排在朱家角、练塘、金泽、白鹤、香花桥等街镇相对薄弱的村。人选主要从区级机关、区属国有企业、企事业单位中产生，并且要求是正式党员，政治素质好，坚决贯彻落实党的理论和路线方针政策；有较强的工作能力，敢于担当，善于做群众工作，创新意识强；事业心和责任感强，作风扎实，不怕吃苦，甘于奉献；具有正常履行职责的身体条件。

王部长把主要情况介绍完后，问我有啥想法。我当时脱口而出："服从组织安排，既然组织推荐，作为一名军转干部义不容辞。"王部长接着说："有啥个人困难?"我想了想也没啥困难，革命军人一块砖，哪里需要哪里搬，有困难自己克服吧。就这样我又要跨界了，从武警部队转业到区纪委监察委工作才 7 个月，单位情况、办案业务等刚刚基本掌握，现在又要换岗位从头开始，心里有点激动也有一丝忧虑。虽然 10 年前，我在基层中队当过政治指导员，但部队和乡村毕竟不一样，这个驻村指导员可不是那么好当的，村里工作千头万绪，村民素质参差不齐，还有复杂的人际关系，特别是人居环境整治、扫黑除恶等艰巨的工作，这些都需要自己有心理准备去应对、去适应，如何开展工作需要提前谋划与思考。驻村之后，既不能当摆设，无所事事，更不能毫无作为，这不符合我一贯的风格，我不能给"娘家人"丢脸。

我所走过的路，让我深切明白：我们每一名干部的成长和进步，都是与党组织的关心和爱护息息相关的，这之中倾注了党组织和各级领导的大量心血。无论职位高低，无论从事什么工作，顺境也好，逆境也罢，每一名干部都离不开组织的培养和帮助，也离不开父母、同事、群众的关心和厚爱。这么多年，我深知感恩是做人做事的基点，更是一个正直的人最起码的品德。习近平总书记强调"所有人都要有感恩的心"，这不仅是希望人们要向善，还是对党员干部提出的更高要求。古人说："滴水之恩，当涌泉相报。"要成长为一名出色的党员干部，就必须要学会感恩，用感恩的心去回报社会和身边的人。

2 报到

2019 年 6 月 10 日
星期一
天气晴

驻村指导员与村“两委”班子关系可定位为“指导不主导，谋策不决策，参与不干预，补台不拆台，监督不监管，补位不越位”。

武警部队老首长曾在我转业后去报到前，跟我说：“刚到一个地方工作，就像进了一间黑屋子，眼前必然一片黑。这个时候不要急，慢慢让眼睛适应环境，再行动。”所以，初来乍到者最忌着急，我清醒地认识到，到了一个新的环境，我属于外来者，要想在新环境中有所作为，就要给自己融入的时间。只有融入整体后，分清哪些是正面资源，哪些可能是负面资源，调配好资源，才可与整体一同行动，才能协调好上下级关系，处理好同事关系，才有余力带着大家向前走。如果急于作为，往往欲速则不达或事倍功半。村里的每个人、每个家庭情况不同，人们性格各异，利益关系错杂。要想快速适应环境，就得多观察，多找一些热情的老党员、老村民了解情况。但不管听到什么，都不能先入为主下结论，因为现实中好多人看问题都是从自己的视角和利益出发，他人之“美物”也可能是我之“朽物”，所以一切只能靠自己心中那一杆“公平秤”去衡量。

从组织谈话到正式报到历时 25 天，这段时间我做好了充足的准备，特别是思想上有了足够的准备。说真心话，我对办公室的兄弟们还是挺不舍的，毕竟一起“战斗”了这么久，大家相处很和谐，也建立了深厚的情谊，他们听说我要走，也是非常不舍。我们金常委还特地给我举办了一个欢送会，同事们回忆了一起工作时的点点滴滴，我发自肺腑地表达了对领导和同事们的感谢。虽然天下无不散的筵席，但感情是一辈子的。报到之前，区纪委监察委主要领导都找我谈了话，语重心长地对我说：乡村是一个很好的历练平台，要继续保持军人本色，保持纪检监察干部作风，团结同志，不忘初心、不辱使命、不断前行。毕竟我是区纪委监察委派出的第一个驻村指导员，领导们都对我寄予了厚望，基于此，我更要干好这份组织上交代的工作，正所谓“农家子弟返农门，一片冰心任平生”。

王部长跟我约好上午在朱家角镇政府碰面，因为我要从浦东出发，所以早上五点就起床了，早早地来到了朱家角镇政府。和王部长碰面后，她带我来到镇纪委杨书记那里，我们在他办公室聊了一会儿，就来到了周家港村。像这样的报到，我之前经历过七次，这不仅是组织程序，更是领导的关心。下午，周家港村张书记召开了一次见面会，会上村“两委”班子成员分别介绍了自己，并对我的到来表示欢迎。我对个人情况、自己的职责、工作思路也进行了简单介绍，毕竟第一次见面也是很重要的，心理学上叫首因效应。村里干部也来看派来的驻村干部到底怎么样。我想驻村指导员不仅代表派出单位，更代表着一个群体，做事可不能“轻飘飘”，更不能涂脂抹粉搞“花架子”。所以，必须明确自己的职责，找准自己的位置。

市委组织部下发的文件指出，驻村指导员主要有四项职责：①在镇党委领导下，宣传贯彻中央、市委关于乡村振兴工作的方针政策和决策部署；②指导农村基层组织建设，加强党建引领村级治理，推动全面从严治党主体责任在基层落实；③指导落实农村综合帮扶、“结对百镇千村，助推乡村振兴”行动、村级民主监督等工作，推动村级集体经济发展壮大；④面对面直接服务群众，发挥本单位优势，帮助解决村民生产生活实际困难和具体问题。针对这四项职责，我在来之前，仔细学习了浙江驻村指导员的经验，并结合自身实际，制定了十二条具体职责：①指导并督促基层

党组织认真学习、落实上级指示精神；②协助党支部书记提升党务工作质效；③帮助村“两委”班子成员提高思想政治水平，严格党内组织生活制度，抓好党员教育管理；④借助资源有序完善党建基础设施建设，提升服务功能；⑤及时将党的强农惠农富农政策宣传到位；⑥加大对特困家庭的结对帮扶力度；⑦厘清发展思路，争取各方支持，推动乡村特色项目落地；⑧探索发展村级集体经济的有效路径；⑨加大招商引资力度；⑩开展乡村义诊、文艺演出等为民服务活动；⑪坚持经常性走访，解决群众的合理诉求；⑫善于攻坚克难，解决历史遗留问题。

在区里召开的驻村指导员动员部署会上，区委杨副书记希望我们边实践边摸索，总结好经验和做法。“驻村指导员”是一个新名词，那么该如何对驻村指导员进行定位呢？我将其概括为三十个字：指导不主导，谋策不决策，参与不干预，补台不拆台，监督不监管，补位不越位。我想只要把握好这三十个字，或许对自己在村里如何与村“两委”班子成员有机融合、互相补充，双轮驱动开展好工作会有些帮助。这好比在足球场上踢球，我就是那个“自由人”，因为场上前锋、后卫等位置主教练已经安排好人员，而且基本套路演练了很多遍，而作为“自由人”的我就是哪里需要哪里搬，需要经常去补位，配合村“两委”做一些工作。事实上，无论是足球运动还是基层工作，对“自由人”的综合能力都要求很高，因为“自由人”要学会适应任何位置。

3 村情

2019 年 6 月 11 日
星期二
天气晴

只有苦练基本功，才能仰不愧党，俯不愧民。练好基本功，“转换角色”是前提，“把准脉搏”是基础，“对症下药”是关键，“攻坚克难”是重点，“脚踏实地”是保证。

驻村第二天，我一大早赶到了村部，先在靠近村部的 2、4 组考察了一圈。首先，我得了解村的区域情况。上午，我去朱家角镇上买了一辆电瓶车，因为村里的路比较窄，而且整个村被公路分成了两个片区。有了交通工具，我就可以更快了解掌握整个村的情况了。

我所在的周家港村位于上海市青浦区朱家角古镇南面，工业园区北面，G50 高速、朱枫公路贯穿全村，距朱家角地铁站约 500 米，交通便利，区位优势明显。村民以外地人居多，本地人极少。村域面积 3.1 平方公里，耕地面积 1050 亩，主要种植水稻、绿叶菜。全村农户总数 670 户，共 1988 人，其中，低保户 17 户、27 人，生活困难农户 152 户、173 人，残疾人 81 人，60 岁以上老人 434 人。全村农户劳动力 1029 人，非农就业 526 人、务农 226 人、未就业 277 人（其中学生 80 人）。集体经济几乎为零，村里原来有私营企业 20 家，土地减量后，目前只有村部旁边的一家汽

修厂，产业发展比较薄弱。年轻一点的村民大部分在镇里或城区上班，大部分老年村民主要是打零工赚钱，还有少部分农民靠承包田地种植为生。

可以说，要发展这个村需要花很大的力气，更需要很大的勇气。对于我来说，当务之急就是把村情摸清，这好比给人看病，必须把病因找准、找全，才能对症下药。记得听一个教授讲过，社会学里有一种研究方法叫作“田野调查”，这种调查研究的方法很适合用在农村，其主要特点就是参与观察。第一，要求调查者要与被调查对象共同生活一段时间，观察、了解被调查者所在地的社会与文化。第二，要求调查者在被调查者所在地居住两年以上，并精通被调查者的语言，这样才有利于对被调查者的文化做深入研究和解释。第三，要求调查者不带观点，以参与者身份记录所见所闻。对于这三点，我正好都能满足。从费孝通先生的实践来看，这种田野调查方法虽然要花费我很多时间和精力，但所获得的东西是有价值的、客观的、科学的。为此，我准备从农村社会经济发展趋势切入，这样就可以从农村相关情况，如外出务工人数、留村人数、年龄构成，以及家庭收入水平和收入来源、农业产业情况、主副产业及产业发展水平等来调查，找出真正有价值的信息。我认为应摸清以下情况：一是全村农民的真实人均净收入。二是全村农民中种地人员所处的年龄段。三是制约农民收入增加的瓶颈，以及如何打破瓶颈。这个情况必须听取农民的真实想法与建议。农民身处生产劳动一线，最了解实际情况，最有发言权。四是农民有哪些负担，这些负担是否合理、是否可改革、是否可去除。比方说关于养老，农民想说什么？对养老有何建议与措施？五是农村环境整治的满意度，有哪些不满意之处，如何整改，如何取得最大公约数。要群策群力，集思广益。六是农民权益是否受侵害，为何受侵害，如何整治。比方说拆迁问题，土地征收问题，农民宅基地建房问题等。七是农民对乡村振兴的好建议。八是“三农”问题的出路，如何改革与创新，需要多听听农民的想法，民间有专家！总之，我认为走群众路线是解决问题的法宝！

4 走访

2019 年 6 月 14 日
星期五
天气晴

基层干部要了解民情、掌握实情，搞清楚问题是什么、症结在哪里，拿出破解难题的实招、硬招。这样才能有的放矢，把历史遗留问题、悬而未决的问题彻底解决好。

没有调查，就没有发言权，更没有决策权。习近平总书记在“不忘初心、牢记使命”主题教育工作会议上指出：要教育引导广大党员干部了解民情、掌握实情，搞清楚问题是什么、症结在哪里，拿出破解难题的实招、硬招。要想研究问题、制定政策、推进工作，刻舟求剑不行，闭门造车不行，异想天开更不行，必须进行全面深入的调查研究。

我在武警部队时，总队党委就高度重视调查研究工作，我也经常陪司令员、政委下基层考察帮建、蹲连住班，端端战士的饭碗，睡睡战士的床铺，听听战士的牢骚，不仅掌握了第一手资料，还搞清了问题的症结所在，从而拿出了破解难题的真招实策。事实证明：基层是最好的课堂，群众是最好的老师。

作为驻村指导员，只要坚持深入一线、深入村组、深入群众，真正听实话、察实情、获真知，就能找到工作的思路，各种困难和问题往往就会

迎刃而解。我来村里有几天了，感觉每天的时间不够用，因为自己给自己制订了工作计划，时间基本被安排得满满的。这几天我和村“两委”班子成员进行谈心，主要目的是增进了解、建立互信、形成共识，同时向他们了解村情、民情、社情。

今天一大早，我骑电瓶车来到了村西片区，这个地方共有四个组，共有201户人家。这里白天都是60岁以上的人在，年轻人一般都去镇里或城区上班了。我先到10组找了小组长老金，金组长正带领12名村民进行房前屋后环境的整治。这个小组的房子相对比较老，房屋与房屋之间的间隔非常小，一条弄堂的宽度也就1.2米左右。路常年失修，遇到下雨就会有积水，骑电瓶车还真得小心。不到50米就得拐弯的路上，我跟着金组长绕来绕去穿过三条弄堂，看到水泥道边坐着好几位老人在聊天。我跟金组长说：“今天上午我就和这几位老人聊聊。”金组长把我介绍给他们，趁金组长介绍时，我跟老人一一握手，大家都很热情，朱炳君老人还招呼我坐他的椅子，一下子让我感觉到村民的淳朴好客。我把本子当垫子，坐在了屋檐下，我觉得这样才能和群众拉近距离，干部永远不能高高在上，不然老百姓是不会拿干部当自己人的。而且我明白，做群众工作、为群众服务，要与群众说好“五种话”：以心换心的家常话，上情下达的大白话，实事求是的真心话，对症下药的内行话，出谋划策的鼓劲话。

我也是从农村出来的，看到这些老人就像看到自己的父母乡亲一样，感到非常亲切。老人们腿脚都不是很方便，但看上去气色都不错，满头银发精神还挺好。有金组长带着，随便聊了聊后，我们很快就熟悉起来了，也没有啥陌生感了，之后我一一询问了他们的基本情况，比如年龄、身体状况、家庭收入、家人情况以及存在的具体困难等。老人们反映最集中的一个问题就是出行难，没有公交站点，出行很不方便，想出去看病、买菜、走亲访友等都得让年轻人带着出去，但年轻人一般白天要上班，也没时间，这给老人们的生活带来了极大的不便。我认真记录了老人们的愿望，并对他们说：“我这几天好好调研一下，然后把你们的困难向上级党组织反映，争取妥善解决。”看着老百姓期盼的眼神，我心里五味杂陈，我知道有些事情不是那么容易办的。

多年的部队工作经历，让我深刻明白，调查研究既是一门科学，也是一门艺术。“涉浅水者得鱼虾，涉深水者得蛟龙。”调查研究要取得实际成效，好的工作作风是重要保证。李强同志任上海市委书记后，全市上下形成了调查研究的良好工作作风，为企业、街道、社区等解决了大量问题。所以，我们驻村干部既要做好调查研究的上篇文章，也要有解决问题的下篇文章，把调查研究作为贯彻群众路线的具体举措，务必要做好“解决问题”这一核心步骤，不然会让老百姓觉得只是做做样子。为此，我们要放下架子、扑下身子，轻车简从、深接地气，充分听取群众意见和建议。而且要认真梳理调研情况，采取灵活方式组织驻村指导员交流调研成果，运用调研成果讲好专题党课，努力使调研的过程成为加深对党的创新理论的领悟过程，成为弘扬我党优良传统和光荣作风的过程，成为推动实施乡村振兴战略的过程。

5 报告

2019 年 6 月 18 日
星期二
天气晴

基层干部一定要放下架子，急群众之所急，解群众之所求。不仅要把解决大事难事作为重点，而且不能忽视鸡毛蒜皮的小事、小诉求，要多为群众办实事、做好事、解难事。

近期，我先后走访了周家港村 8、9、10、11 组农户 28 户，43 人，认真倾听了村民的心声。目前，他们反映最强烈、最迫切、最渴望解决的问题，就是出行难问题。他们希望在 9 组（原曹家厍）后面村级公路的停车场附近设置公交站点，切实打通最后“一公里”，方便出行。为此，我先后采取小组长座谈会、实地调研考证等方式，并与村“两委”班子成员对设公交站点进行了可行性研究。

周家港村西片区由南至北依次为 8 组、11 组、10 组、9 组，共有 201 户，628 人。其中，60 岁以上老人 179 人，学生 45 人。长期以来，该区域道路狭窄，出入极其不便。2017 年 11 月，在镇党委的努力下，9 组后面道路拓宽改建工程竣工，这让村民欢欣鼓舞，村民念叨着党和政府的好。但通路不通车的现状仍未解决，村民对此反映强烈。经调研，目前该区域大部分村民出行主要靠自行车、三轮车、电瓶车等，而腿脚不便或不会骑车的老人、学生等就很难出行，造成就医难、购物难、旅游难、办事难、走亲访友难“五难”。对于开通公交站点这件事，村民已牵肠挂肚多年，多名老人谈道，盼星星、盼月亮，就盼党和政府把公交车开进村。内心之迫切可见一斑。我觉得小公交是大政治、大经济、大文明。

小公交连着大政治。习近平总书记在“不忘初心、牢记使命”主题教育工作会议上，要求牢记党的根本宗旨，牢记奋斗目标，永远不能脱离群众、轻视群众、漠视群众疾苦。特别是要以实际行动，解决人民群众反映强烈的突出问题，不断增强人民群众获得感、幸福感、安全感。由此可见，解决周家港村西片区增设公交站点的问题，就是密切联系群众、重视群众、关注群众疾苦的实际行动，这也是看齐意识的具体体现，更是为民服务的末端落实。李强书记在 6 月 10 日的专题党课上，两次谈到了上海的“初心四问”。守护初心，需要有强烈的问题意识。人心是最大的政治，共识是奋进的动力。现在解决周家港村 201 户村民出行难的问题已经摆在眼前，想不想干、能不能干、怎么干、啥时干成，体现的是以人民为中心的立场，检验的是初心使命，迫切需要地方党委政府和上级管理部门用心用情、念兹在兹，把解决此事作为“不忘初心、牢记使命”主题教育实践的重要内容，集思广益研究具体举措，全力以赴妥善解决，从而实现周家港村村民对便捷出行的美好愿望。

小公交连着大经济。经过大力建设和发展，目前周家港村交通设施得到了极大改善，南北村级普通公路已基本覆盖。要真正做到村镇互惠一体、双轮驱动，就要进一步加强城镇之间、村镇之间、村组之间的联系，不断推动劳动力转移与流动，增加村民收入。所以，及时增加公交线路，给经济相对薄弱的 8、9、10、11 组创造更加便捷的出行条件，对于更好地增加村民收入十分重要。同时，还能活跃农村经济，为搭建农旅休闲平台创造条件，既可以把朱家角古镇旅游人群有针对性地向周家港引流，又能促进农副产品、农业生产资料流动，从而增加农民收入。

小公交连着大文明。朱家角地处长三角生态绿色一体化发展的示范区，区位优势明显。要加强“大美丽乡村”文化建设，就既要抓重点，也要城乡统筹发展，更要以点带面、串珠成链。目前，全国建制村通客车率

已经达到98.02%，朱家角要全面完成建制村通客车兜底性目标，就必须要把此事放入美丽乡村建设的大盘子里。朱家角是青西重镇，周家港村毗邻朱家角，是前沿阵地，若想下好先手棋、打好主动仗，修好路、通好车是关键。实现村半径一公里范围内覆盖公交，既方便相对偏远区域村民的出行，又能让朱家角美丽乡村文化、千年古镇文化等得以快速传播，使村里人更多地了解外面的世界，转变思想观念，从而有效释放城乡文化交融红利。

我把调研情况梳理之后，立即跟书记和主任进行了沟通，并以会议的形式，进行了集体讨论，对形成的调研报告修改完善，届时以村“两委”的名义上报镇党委。这件实事是我下村后，想为村民办的第一件事。虽然，我知道这件事不是那么容易办的，可能会花很长时间，但我还是想全力以赴把这件事办成。

6 垃圾

2019 年 7 月 1 日
星期一
天气晴

垃圾分类已经成为现代社会的一种新风尚。无论是城市还是乡村，只要有垃圾，就得普及垃圾分类理念，倡导垃圾分类绿色行动。

搞好乡村垃圾分类是美丽乡村建设的必然要求，更是环境保护的大势所趋。与城市相比，乡村地广人稀、垃圾分散，应结合乡村实际，考虑乡村特点，采用更接地气的垃圾分类方法。比如，我们将乡村垃圾分为“可腐”和“不可腐”，把可腐烂的垃圾做无害化处理后直接沤肥，就地处理；不可腐烂的垃圾通过保洁员进行二次分类，确保源头分类质量后交由专人用专车拉走。这样做既容易被村民理解，又减轻了垃圾分类及运输工作量。

近期，朱家角镇党委、政府、人大、政协以及小江、沈巷、万隆等村子的村居党员干部先后至周家港村进行了实地参观调研，这是对我村垃圾分类处理工作的肯定。我们就周家港村垃圾的分类收集、运输等各个环节的工作，以及制度建设、资金投入、组织保障等情况向参观人员进行了详细介绍，垃圾分类与“三大整治”专项行动灵活结合在一起的方法得到了推广。实践证明，只要垃圾处理好了，庭院便随之显得整洁了，村庄也变

美了，村民们的生活环境得到了改善、生活质量得到了有效的提升。原本有怨言的村民看到村庄变美了，也开始自觉地做好垃圾分类工作。

开展乡村垃圾分类处理工作，是我们这代人的历史担当，我们要切实提高认识，深刻理解垃圾分类处理工作的重要意义，进一步增强责任感和使命感。更要加强党组织的引领作用，注重党员示范带头、志愿者积极参与，特别要加强宣传、教育、培训，想方设法提高村民的参与热情，共同推动垃圾分类成为生活新风尚，不断健全完善制度，落实工作责任制，形成长效管理机制。

垃圾分类改变的是农村人的生活习惯，这就要求我们在以后的工作中继续完善垃圾分类工作体系，以机制抓管理，久久为功，推进乡村生活垃圾分类工作再上新台阶。我也深刻认识到，建设美丽乡村，推进乡村振兴，必须要把垃圾分类工作做到位。朱家角镇历来重视生态环境的保护，作为周家港村的村民，搞好垃圾分类责无旁贷。如果村里到处是垃圾，空气恶臭难闻，那肯定不行。而且村里有好多木工、泥瓦工，我们还可以让村民对各家各户清理出来的瓦罐、旧家具等旧物进行改造，来点缀村子，这样既可以变废为宝、减轻垃圾处理的体量，还能提高村容村貌的整体显示度。我们基层干部应积极顺应村民们对美丽乡村的向往，长期性引导广大村民把垃圾分类理念牢记心中，真正做到全村垃圾分类全覆盖、无死角、无盲区，使村子的“颜值”越来越高、人居环境越来越好。

7 交大

2019 年 7 月 18 日
星期四
天气晴

与高校团队保持战略合作关系，积极探索与实践乡村发展新路径，注重更新观念、因地制宜、差异竞争、特色生存，探索出一条生态美、产业兴、百姓富的可持续发展道路。

积极借助上海知名高校优质资源平台，深入探讨在长三角一体化发展背景下党建引领、产业培育、文化彰显、社会治理、乡村振兴等方面的思路方法与实践经验，今天，我邀请了上海交通大学船舶海洋与建筑工程学院“小城镇的突围与蝶变——长三角一体化下小城镇高质量发展”暑期实践团队来村进行实地调研与座谈交流。

座谈会上，张星球书记详细介绍了周家港村在党建引领、人居环境整治、农村产业发展等方面的有效举措。张书记谈道，周家港村紧邻朱家角镇的工业园区，地理位置非常优越。改革开放以来，村党支部和村民委员会抓住改革开放的大好机遇，及时调整农村产业结构，充分利用周家港村种植蔬菜的优势和特点，引导村民大力拓展蔬菜种植，经济上予以扶持，技术上进行指导，鼓励村民走勤劳致富道路。

实践团队指导教师胡昊教授介绍了这次的目标：希望通过对长三角区

域的深入调研，让肩负国家建设重任的大学生了解社会、了解农村，努力探寻长三角一体化发展背景下城镇高质量发展的途径与方法，同时为各地小城镇的发展提出可行性建议。此外，胡昊教授指出，推动农村“四产”融合发展的主要困难是意识不强、产业薄弱、文化沉睡、品牌不响、人才缺乏、资金不足、政策不活等，乡村旅游提质升级面临的主要问题是基层组织作用发挥不够、游客参与度不高、营销手段单一、内涵把握不深、创新意识不够、基础要素存在短板等。他希望周家港村在保证绿色生态的前提下，做好产业融合发展，可以借鉴溧阳的农村示范项目，思考如何将农业与旅游相结合，增加农业附加值，做好优质项目的引进和对接工作。同时，胡教授表示交大非常愿意为周家港村的发展提供智力支持。

最后，我对交大胡昊教授、张家春副教授率队来村调研，并展开头脑风暴、指导工作表示衷心感谢。我们很欢迎院校师生到农村积极参与社会实践活动，深入调研了解农村现状，并为农村建设出谋划策。

这是一次特殊的“头脑风暴”，通过与交大师生交流，我很受启发。下一步，我们将以“乡村振兴战略”为指导，与高校团队保持战略合作关系，积极探索与实践乡村发展新路径，以理念引领为先导，以环境改善为基础，以绿色发展为根本，以文化培植为支撑，以制度建设为保障，注重更新观念、因地制宜、差异竞争、特色生存，探索出一条生态美、产业兴、百姓富的可持续发展道路。

8 漫步

2019 年 7 月 29 日
星期一
天气雨

周家港村毗邻朱家角古镇，景色宛如一幅水墨丹青画，美在不加粉饰的清秀，美在白鹭高飞的寂静，如此妙哉，怎不惊艳于眸！

雨中的周家港，宛如一幅水墨丹青画。穿梭于年代久远的小巷子，望着掉了石灰的墙面，从农家院子里不时传出阵阵犬吠。几栋新建洋房显得如此显眼，在雨中高高耸立，霸气十足，就像一个个顶天立地的青壮年。平房与洋楼，古老与现代，让人有种时空穿越之感。沿着杨柳长堤，不经意间进入香樟林，一棵棵参天大树，见证着岁月的变迁。风轻拂，泛起一池水韵，野鸭成群结队，游过村口的小木桥，拿起相机调焦的瞬间，它们却已消失得无影无踪。雨越下越大，远方稻田里的农人还在忘我地劳作。江南农村之美，周家港之美，是古朴、原生态、不加粉饰的美，也许就在这一刹那，我心中乡村振兴的火苗变大变旺了起来。

漫步周家港村，一面面图文并茂、色彩艳丽的彩绘墙，让人感觉一阵文明清风扑面而来。这些“会说话的墙”内容通俗易懂，图文形象生动，充满了人情味。乡村“文化墙”以独特方式呈现现代文明，潜移默化地教

育人、引导人、鼓舞人、激励人。当前，正热火朝天地开展“三大整治”行动，将乡村环境美化与文化建设相结合，更能有效弘扬人居环境整治主旋律，传递文明正能量。墙体文化，以“中国传统文化”“垃圾分类”“关爱下一代”“讲文明树新风”“美丽乡村建设”“生态文明”等为主题，采用漫画、顺口溜等方式，打造农村文明新风尚。一面面彩绘墙化成乡村一道道美丽风景线，传递着文明，诉说着过去、现在、将来。这些“会说话的墙”随处可见，如同一张张笑脸频频向村民打着招呼。

9 峥嵘

2019 年 8 月 1 日
星期四
天气晴

奉献是军人的品格，军人把青春献给了橄榄绿；坚定是军人的信念，军人把生命献给了祖国。军人是一块盾牌，是幸福的保护神，是坚强和力量的化身，是世间最可爱的人。

战争年代，军人是一杆枪，把愤怒的子弹射向敌人的胸膛。和平年代，军人是一块盾牌，是幸福的保护神，是坚强和力量的化身，是世间最可爱的人。有一种人，他们在军队保家卫国，在基层无私奉献，他们积极响应组织安排，无怨无悔奋斗在驻村扶贫第一线，现在他们虽然脱下军装，但军魂仍在。

黄元杰、廖立军和我是互不认识的军转干部，在退役之前来自不同的部队，想不到在这场没有硝烟的“战斗”中，有幸一起奋斗。金泽镇淀西村驻村指导员黄元杰是青浦区驻村指导员工作组组长，他在第一次座谈会上就说道：“战风搏浪立志强，无悔廿载献海疆。而今迈步从头越，兢兢业业续辉煌。”我想这几句话最能代表他的心声。作为一名海军军转干部，他能积极响应乡村振兴号召，投身“三农”工作，这既是新起点、新机遇，也是新挑战。部队的磨炼，也许让他更能立足新岗位，全身心投入农

村工作。安庄村驻村指导员廖立军说："只有踏破了群众的门槛，才能走进群众的心坎；只有脚上沾满了泥土，心中才有爱民情怀。"短短时间，他已经能总结出这么经典的话，我想他是真正把部队的优良作风带到了驻村帮扶中。

那么，什么是初心？对于我来说，现在我的初心变得很具体，是周家港村还没有完成的道路维修，是困难户的增收，是重病老人的医疗救助，是村里的环境整治和乡村振兴……虽然我刚进村未满两个月，但只要能为老百姓、为村里做实事，就无愧于军人本色。

曾为军人的驻村干部，比别人肩负着更多的责任，大家纷纷表示：作为一名转业军人，肩负着组织的信任和重托来到经济相对薄弱村，从事着脱贫攻坚的光辉事业，一定要开拓进取，负重拼搏，努力完成党和政府交办的工作任务。原某部军转干部吴志波说："当年参军入伍搞专业研究，所受的教育就是耐得住寂寞、守得了清贫，如今脱了军装仍初心不改，科技与乡村都要振兴，能先后参与这两项振兴事业是我莫大的荣幸，我愿把汗水融入美丽乡村的建设中。"

有一种追求叫精忠报国，有一个节日叫"八一"建军节。一个军礼，献给所有无私奉献的现役和退役军人！祝福全天下扶贫干部无论何时何地，平安如意。

10 为民

2019 年 8 月 6 日
星期二
天气晴

驻村干部就是要听民声、知民情、解民忧，与群众同坐“小板凳”，积极回应群众关切，积极接受群众监督，为群众办好事、办实事，不断增强人民群众的获得感、幸福感和安全感，不断增强人民群众对党的信任和信心。

穿着绿军装，我是忠诚卫士；脱了绿军装，我是人民公仆。虽然岗位不同，但不变的是全心全意为人民服务的宗旨，是永远听党话跟党走的信念。习近平总书记在“不忘初心、牢记使命”主题教育工作会上指出，“目前，一些党员干部为民服务不实在、不上心、不尽力，脱离群众”。当前，各种弱化党的先进性、损害党的纯洁性的因素无时不有，各种违背初心和使命、动摇党的根基的危险无处不在，“四大考验”“四种危险”依然复杂严峻。有些党员干部脱离群众的“四风问题”突出，背离了党的根本宗旨。新时代新形势下，要走好长征路，就要始终坚持走人民群众的路线，这就要求驻村干部要听民声、知民情、解民忧，与群众同坐“小板凳”，积极回应群众关切，积极接受群众监督，为群众办好事、办实事，不断增强人民群众的获得感、幸福感和安全感，不断增强人民群众对党的信任和信心。

近期，我先后组织了两次义诊，这样可以让农村的老人进行一系列身体常规检查。我考虑到，很多农村老人生活上比较拮据，不舍得花钱去医院进行体检，而且家里孩子也都不常在身边，没有人陪同他们去做检查。义诊活动不仅能关爱老人健康，还可以让老人觉得便捷——不用去大医院，在自己家门口就可以完成体检项目。义诊是党全心全意为人民服务，重视农村农民发展的体现。我们要感谢党，同时要谢谢参与义诊的医生，他们真的很伟大。接下来，我们要请市区仁济、华山、长海、长征、瑞金等知名医院的医疗资源下乡为群众服务。

生命真的很脆弱，禁不起一次意外和折腾。近期全国有两位驻村干部不幸离开人世，真的让人非常痛心，他们献出了年轻的生命，他们的事迹感天动地，我们要沿着他们的足迹继续前行。我们到村里，为的是万家灯火，讲的是无私奉献。我们总希望自己的生命能够万丈光芒，但没有了平安，很多美好都会顷刻化为乌有。对于这个世界，保有一份谨慎和克制，才是对自己和身边亲人最大的保护。不侥幸，不轻视，守得住平安，就守得住幸福。

11 台风

2019 年 8 月 10 日
星期六
天气暴雨

坚持生命至上、安全第一，做到“宁可十防九空，不可失防万一”“宁听骂声，不听哭声”，坚决克服麻痹思想和侥幸心理，全力抓好台风防御工作。

为做好台风“利奇马”的防御工作，确保村民生命财产安全，我们采取多项措施：迅速召开防御台风“利奇马”部署工作会，传达上级关于防台风的要求，就全村防台风工作进行全面部署，熟悉相应防汛抢险预案，明确责任，实行包片负责制。村干部、驻村干部通过发信息（短信、微信）、上门入户等方式及时向村民告知台风会带来的严重影响，提醒村民尽量避免外出，提高村民的防台风意识。我们对村里个别住在船上或房屋年久失修的村民进行了及时转移，对道路、电线、高空悬挂物等存在安全隐患之处进行了整改，加强了对低洼地带、在建房屋的巡查。严格实行 24 小时防台防汛值班制，确保防台防汛电话 24 小时有人接听。确保做到一有险情，立刻行动。

狂风肆虐，长夜未眠，风里雨里，感恩有你！致敬，始终奋战一线的村干部和驻村干部！在与村干部一起轮流值班期间，我写了一首诗《台风，台风》。

台风，台风，
你叫什么名字？
不是萨其马，名叫利奇马。

台风，台风，
你逞什么能？
非得把那大海的狂涛掀起，聚云唤雨穷翻腾！

台风，台风，
你的心够狠，鼓起腮帮拼命吹，
摧毁了多少房屋，破坏了多少道路，
刮倒了多少大树，多少老百姓受苦受难，
你这是要把大地掀上天？

台风，台风，
劝你暴躁性情要收敛，
青浦淀山湖边等着你，
斗天斗地专斗你，最好乖乖绕道走，
孙猴儿一个筋斗十万八千里，
还不是在如来掌中兜个圈！

台风，台风，
带来风，带来雨，
气象监控你，媒体关注你，

为了你，多少人负重前行，
把个好端端的周末，
吹个哆嗦，淋个透顶。

台风，台风，
本想举头望明月，
可如今，只能低头思故乡了。

12 慰问

2019 年 8 月 19 日
星期一
天气晴

驻村工作要从实际出发，因地制宜，变“输血”为“造血”，努力提高村民的自我发展能力。

为进一步助力乡村振兴，切实在关心关爱中为驻村干部加油鼓劲，不断激发驻村干部抓党建、抓帮扶、抓发展的信心，近期，青浦区纪委监察委仲副书记、区级机关党委李书记先后冒着高温来到朱家角镇周家港村看望慰问，为我送来了关怀与问候。在走访及座谈的过程中，领导们向村主任胥雪华同志详细了解了周家港村的基本情况、发展思路、“三大整治”工作、组织建设以及我的日常工作、生活等情况，仔细倾听了我驻村以来以“进百家门、知百家情、解百家忧、办百家事”为工作宗旨开展的走访调研、党建、环境整治等相关工作以及对周家港村“五个振兴”的具体想法。领导们对我驻村以来的工作态度、工作作风、工作思路和工作内容给予了充分的肯定，并鼓励我继续拿出军人的勇气和活力、本色和魄力，践行好全心全意为人民服务的宗旨，多请示、多报告，多研究、多思考，探索好党建帮扶、产业帮扶、资源帮扶的抓建路子，切实为群众办一些看得见、摸得着的实事，将驻村各项工作做到群众的心坎上。领导们还特别叮

嘱我，驻村工作要从实际出发，因地制宜，变“输血”为“造血”，努力提高村民的自我发展能力；要在朱家角镇党委、政府指导下开展驻村工作，主动融入当地，切实增强工作责任感和紧迫感，积极争取上级有关部门和派出单位的支持，努力把好事办好、实事办实。领导们对驻村干部的支持，让我很受鼓舞，我将继续保持艰苦奋斗的作风，继续保持开拓创新的决心，不忘初心、不辱使命、不断前行，一以贯之、一心一意，扎扎实实干好驻村工作。

面对组织的关心，我深有感悟：受命金角里，初心话发展。绿洲映淀山，珠溪隐郊野。米蛙伴稻香，党建美家园。青荷盖绿水，芙蓉披红鲜。下有并根藕，上有并头莲。振兴强堡垒，担当展风采。美景收眼底，思绪拨万千。平生任冰心，任重而道远。

13 研学

2019 年 8 月 21 日
星期三
天气晴

朱家角镇沈太路沿线周边的七个村所在片区作为青浦区乡村振兴示范片区之一，突出“一核、两廊、三区”的片区联动、城乡融合发展的绿色生态特色。

今天，青浦区朱家角镇组织驻村指导员、挂村联系员开展“驻村工作大学习”首次学习交流活动。活动中，朱家角镇首批驻村指导员和挂村联系员实地参观了上海市美丽乡村示范村张马村，学习美丽乡村建设和乡村振兴的工作经验。随后，镇相关部门和微笑草帽乡村发展集团介绍了青浦区朱家角镇沈太路片区乡村振兴示范区总体策划方案。根据方案，朱家角镇沈太路沿线周边的七个村所在片区作为青浦区乡村振兴示范片区之一，突出“一核、两廊、三区”的片区联动、城乡融合发展的绿色生态特色。参加活动的驻村指导员和挂村联系员纷纷表示，通过这次活动，进一步明确了所驻村庄的定位和发展规划，对于今后尽快适应农村工作，明确职责使命，切实提高履职能力，更好地融入“三农”工作有很大帮助。我接受了青浦区电视台的专访，就如何搞好人居环境整治，建设美丽乡村谈了自己的感受。这次活动也为我们接下来在乡村振兴工作中，发挥自身和派出单位优势，整合各类资源，做好指导和联系工作指明了方向。之后，朱家角镇还将围绕乡村振兴的不同主题，定期组织系列学习交流活动，并在此基础上开展大讨论，将学习讨论成果转化为推动乡村振兴的实践。

14 农经

2019年9月4日
星期三
天气晴

农业的出路在于实现现代化，农业现代化的关键在于科技的进步。任何一个乡村都要更加重视和依靠农业科技进步，走内涵式发展道路。要适时调整农业技术进步路线，加强农业科技人才队伍建设，培养新型职业农民。

今天在位于上海市奉贤区的上海市农业科学院，我们青浦区的30名驻村指导员津津有味地听农业博士讲授“新农经”，如作物育种、林木果树、生态保护、农科信息等。农科院专家为驻村指导员介绍了科技创新与成果运用，令人醍醐灌顶、受益匪浅。这次亲身体验，让我对上海市农业科学院打造各类资源要素集聚的“农业硅谷”，推进科技与产业、企业、人才、金融等深度融合，形成区域乃至全国综合性农业农村科研中心、转化中心、研发中心、人才中心和科技体制机制创新中心，进一步支撑引领服务上海市乡村振兴和农业高质量发展充满期待。这样的活动为我们驻村干部提升农业科技知识，有效指导本村优化农业产业结构，让农业向科技化、高效化提质升级，实现跨越式发展提供了有力的智力支撑。

为深入转化学习参观交流成果，我认为后续可以做好三件事：一是建立结对联建帮扶机制。建议由区驻村指导员管理办公室牵头，与上海市农业科学院建立联建对接机制，各村与农科院各研究所建立结对帮扶机制，确保有求必应、有问必答、有事必解，形成常态帮扶、深度帮扶、效率帮扶。二是建立互动交流机制。采取“请进来，走出去”的方式，定期邀请农科院专家到村指导，根据本村现有农业发展实际，把握重点帮扶项目，合作建立农业科技成果示范点，加强深度融合式发展。三是建立产业扶贫机制。根据农科院研究成果，建立“农科院研究成果 + 农业科技公司市场运作 + 农村农民种植”的合作模式，打造拳头农产品进行投放，增强市场竞争力，拓展农民致富渠道。

15 初心

2019 年 9 月 9 日
星期一
天气晴

驻村干部要发挥表率作用，团结一批力量，唤起群众热心，善于当好“指路人”、凝聚“一帮人”、带动“一村人”、号召“一群人”、善治“各种人”，把党员组织起来，把人才聚集起来，把群众动员起来。

当前，“不忘初心、牢记使命”主题教育正在基层党组织如火如荼地开展，作为一名驻村指导员就是要以此次教育活动为契机，注重理论武装，切实深入学习好习近平新时代中国特色社会主义思想，不断提升政治素养，持续提高能力水平，做学懂弄通做实的标兵，把主题教育的成果运用到全力推进乡村振兴事业上。

我认为驻村干部参与这次主题教育，首先应该在思想上拉直三个问号，即“不忘初心使命，要明白来驻村为什么”“加强党的领导，要明白治村理政靠什么”“挑起指导担子，要明白乡村振兴抓什么”。我想，开展“不忘初心、牢记使命”主题教育，最基本的就是要认识和理解初心和使命是什么，最根本的就是要深入学习贯彻习近平新时代中国特色社会主义思想。

我们要时刻牢记初心，既要抓理论学习，强化思想武装，增强对全党核心的政治认同、思想认同，又要从党的成长经历中感悟伟大，进一步增强情感认同，担起驻村指导员应该担起的使命，真正做到对老百姓保持热心、对党组织尽忠心、让家庭亲友安心。其中一项重要责任就是抓党建。作为驻村指导员就是要配合村党组织书记，着力建强一个班子，稳定“两委”军心，进一步强化党支部的核心地位，立好管村、治村的规矩，用好民主集中制这个法宝；要协助带好一支队伍，广泛带动党员红心向党，切实抓好入口关，严格教育管理，加强党内关爱，畅通出口关；要发挥表率作用，团结一批力量，唤起群众热心，善于当好“指路人”，凝聚“一帮人”，带动“一村人”，号召“一群人”，善治“各种人”，把党员组织起来，把人才聚集起来，把群众动员起来；要抓好自身建设，锤炼过硬本领，做到勤于学、明方向、敢担当，真正经得起组织和群众的检验。

党的十九大报告提出的实施乡村振兴战略，是新时代做好“三农”工作的总抓手，也是新时代驻村干部干工作的指引。我们要当好“设计师”，认真做好产业发展这篇文章，实现富民、强村、增效，让产业兴起来；认真做好环境提升的文章，努力保护乡村环境、完善基础设施、打造美丽家园，让环境美起来；做好集聚人才的文章，加大“归雁”招引力度和“雏雁”培养力度，让人气旺起来；做好乡风文明的文章，进一步弘扬文明乡风、创新善治模式、维护平安稳定，让民风好起来。切实用主题教育的成果向实践要效益，持续推动主题教育往深里走、往心里走、往实里走。

16 反省

2019 年 9 月 19 日
星期四
天气晴

驻村指导工作任重道远，后面的路还很长，需要努力的地方还很多。切不可骄傲自满，沾沾自喜，必须持之以恒守初心，永葆一颗自我反省之心。

当前，“不忘初心、牢记使命”主题教育，已经从“临战”“备考”正式转入“一线战斗”。各级党组织高度重视，要求以极其认真的态度、高度负责的精神推动主题教育的开展，把主题教育确定的目标任务、工作安排，不折不扣地落实下去，确保主题教育不虚不空不偏。我想这是政治宣言，是战斗号角，更是终极目标。可以说，出发点、着力点、落脚点都讲得很清楚。

历史经验告诉我们，主题教育归根结底要落实到及时整改、解决问题上，做好“后半篇文章”十分重要。我们青浦区驻村指导员想法很简单，就是想通过自己勤勤恳恳的工作，实实在在为老百姓做点事。正因为坚守这颗为民之初心，工作才取得了一些成绩，但是我们也要清醒地看到，驻村指导工作任重道远，后面的路还很长，需要努力的地方还很多。切不可骄傲自满，沾沾自喜，必须持之以恒守初心，永葆一颗自我反省之心。这也是我们参加此次主题教育必须持有的态度和认识。

我们驻村党员干部应努力养成自问自省的习惯，勇敢地省察自己、“敲打”自己，经常自问指导的动力强不强、服务的决心大不大、奋斗的勇气够不够、走访的足迹实不实，结合主题教育进行自我反省、自我完善、自我提高，始终保持冲锋的姿态和奔跑的状态，全力以赴助力青浦区乡村振兴建设、“三大整治”行动、创建全国文明城区和保障“进博会”等各项重点工作，在平凡的岗位上踏实工作，成就不一样的自我，在无私奉献中赢得更加开阔壮丽的人生。

17 丰收

2019 年 9 月 23 日
星期一
天气阴

秋分时节，处处五谷丰登、瓜果飘香，广大农民共庆丰年，举办中国农民丰收节正当其时。

金秋九月，丹桂飘香，瓜果满园，这是周家港村喜庆丰收的季节，这是一个令周家港村人振奋鼓舞的季节。

今天青浦区朱家角镇美丽的周家港村紧扣“庆祝丰收，振兴乡村；喜迎国庆，全民‘创全’；双拥共建，助力进博”主题，隆重举办庆祝中国农民丰收节暨全民参与创建文明城区文艺演出活动。区、镇相关领导，市区两级驻村指导员，朱家角镇各职能部门领导以及村结对共建单位领导、广大农民朋友参加了活动。举办此次“中国农民丰收节”文艺演出活动，顺应了当前人居环境整治、创建全国文明城区、参与奉献“进博会”的新要求，极大地调动起全村农民的积极性、主动性、创造性，为实现乡村振兴，圆满完成各项艰巨任务提供了坚实的精神力量。

农为邦本，本固邦宁。党和国家一直高度重视“三农工作”，明确将自 2018 年起的每年农历秋分设立为“中国农民丰收节”，这是第一个在国家层面专门为广大农民朋友设立的节日，是以习近平同志为核心的党中央始终坚持“三农”重中之重战略定位的深刻体现。周家港村隆重举办“中国农民丰收节”，主要目的就是要传递“重农崇农”的价值导向，营造“强农富农”的浓厚氛围，凝聚“爱农支农”的强大力量。沈培副镇长代表镇委、镇政府为活动做了热情洋溢、激情澎湃的致辞，既表达了庆祝丰收节的喜悦之情，又表达了对周家港村和广大农民朋友的美好祝福。为服务保障第二届中国国际进口博览会、全民参与创建全国文明城区，周家港村专门成立了周家港村助力“进博会”志愿者服务队、周家港村全民“创全”志愿者服务队并进行了授旗仪式。

文艺演出主要由上海星妍文化传媒有限公司安排，集政治性、群众性、娱乐性于一体，弘扬主旋律，传递正能量，激发了广大村民讲文明、树新风的热情，进一步增强了凝聚力、战斗力。演出在舞龙表演《祥龙报瑞》中拉开帷幕，周家港村民带来的节目《祥龙报瑞》、木兰扇表演，是朱家角镇的传统民俗文化节目，以舞龙、舞蹈的方式来祈求丰收、平安和吉祥，刚柔相济，秀出了周家港村村民的健康精气神。优秀青年歌手张秀荣带来的歌曲《红红的日子》《我和我的祖国》，以及上海旅游节特邀演员励颖带来的萨克斯曲《我爱祖国》，讴歌了党领导下人民对幸福生活的向往，表达了对伟大祖国成立70周年的赞美。老六组合带来的东北二人转《超级模仿秀》，充满黑土地的芳香，让农民朋友们乐开怀。上海大世界沪剧团优秀演员成素琴、陆勇两位老师表演的沪剧《魂断蓝桥》折子《蹁跹共舞》，让大家感受了沪剧作为海派文化代表的强大魅力。著名滑稽小丑演员杜小功带来的节目《欢天喜地》，著名杂技演员小虎组合带来的《太空漫步》，让大家一睹各类绝活，感受到了中华文化艺术样式独特的艺和意。结对部队战士吴郑凯班长带来的笛子独奏《映山红》表达了人们对军队的热爱，向英雄的致敬。上海曲艺家协会会员朱国钦老师带来的清口《分段承包》幽默诙谐，告诉大家要尊老爱幼，潜移默化中为弘扬乡风文明上了一堂生动的教育课。上海大世界吉尼斯纪录保持者章丽君老师带来的节目《刀上丽人》，展示了中华绝技，给大家带来了不一样的震撼，让大家久久回味。

大地飞歌，盛世辉煌，九月舞动在这里。莺歌燕舞，山欢水唱，周家港村儿女情飞扬。幸福花开，十里飘香。美丽乡村，幸福周家港！

18 国庆

2019 年 10 月 1 日
星期二
天气晴

国之大事，在祀与戎。将“祀”与“戎”有机结合，阅的是尖兵利器，展现的却是魂魄精神，我们的官兵身着戎装，高举前辈的战旗，展示中国力量。

十月国生诞，九州天地欢。泱泱中华天，东方巨人站。沧桑几多年，今昔刮目看。雄鸡双翅展，中华盛泰安。为喜迎国庆，激发广大村民的爱国热情、家国情怀，我们村按照镇里通知要求，早早把党员干部和群众集中在村民委员会会议室和老年人服务中心两个观看点。我们村早在前几天就发了通知，大力宣传了此次国庆阅兵的重大意义及背景与规模。为此，村民们这几天热衷于讨论国庆阅兵话题。早上遇到村民金老伯，他特地跟我说，今年村里安排得好啊，这样的活动有意义又热闹。老人天生喜欢热闹，喜欢聊家常，一壶茶、一根烟能聊一上午。我还从老党员李老伯口中得知，最近他们都通过电视、报纸等渠道广泛了解庆祝中华人民共和国成立 70 周年活动中有关阅兵活动的安排。我很佩服这些老人，他们对政治的关心程度极大。前些天，我听了国防部发言人对阅兵活动披露的信息，我感到这是一次近几次阅兵中规模最大的盛会，必然有新形势下的新气象。

国之大事，在祀与戎。忆往昔，“九三”大阅兵时，我作为一名军人，内心无比激动，热泪盈眶。看今朝，军歌嘹亮，我们的队伍向太阳，在强军目标的指引下，我军听党指挥，能打胜仗，作风优良。

江山不负英雄泪，且把利剑破长空。70年来，人民军队与共和国一起成长、一起奋斗。昨天我在朋友圈发了两张照片，一张是刘华清老将军踮起脚尖看美国航母，一张是外国军人踮起脚尖看我们的装备，通过对比，我们知道这种变化的背后有多少英雄在无私奉献。值得欣慰的是，今年4月份，我们强大的海军已经进行了庆祝人民海军成立70周年海上阅兵，气势宏伟、令人感动。让我眼前一亮的，是军兵种方队和海上作战模块方队，白色礼服显得特别有气质。今天，维和部队方队在这次阅兵中亮相，让我感到很惊讶，内心无比激动，维和部队不仅显示了我国的大国担当，还有我们为世界和平贡献力量的态度！

听，声如千骑疾，气卷万山来。口令响亮，提胆振气，亮剑出鞘，展现铁血风采。看了阅兵式，大家一致认为，祖国今日之强盛、民族今日之复兴、人民今日之幸福，是无数革命先烈和广大人民用鲜血和生命谱写的。三军列阵，铁甲生辉，国威军威，铁流滚滚……

红旗漫卷一城秋，军乐荡神州。峥嵘七十载，叹岁月悠悠。初心不忘，砥砺前行，风雨同舟。中华人民共和国成立70年来，奋斗始终是时代主题，奋斗者构成了最美的风景。在党的领导下，中国人民大力弘扬伟大奋斗精神，一次次攻坚克难，一次次砥砺前行，推动新中国时代车轮滚滚向前。所有的幸福、所有的改变、所有的奇迹，都是奋斗出来的。

实现中国梦需要奋斗，实现乡村振兴同样离不开奋斗。以梦为马、不负韶华，早已内化为驻村干部的一种精神气质。今天我们在驻村一线与村民朋友一起欢度国庆，这是人生中的难忘记忆，也有着莫大的教育意义。为了祖国的繁荣昌盛、人民的幸福安康，我们驻村干部要把奋斗的人生当作幸福的人生。实现乡村振兴，任务艰巨，时间紧迫，除了奋斗，别无他途。我们只有不驰于空想、不骛于虚声，拿出逢山开路、遇水架桥的闯劲，踏石留印、抓铁有痕的韧劲，踏踏实实干好工作，聚精会神抓建设，才能担当起党和人民赋予的新时代使命任务。开启明天，唯有奋斗！

19 店小二

2019 年 10 月 7 日
星期一
天气晴

少点决策，多点谋策；少点“官味”，多点“民味”；少点套路，多点实招；少点自满，多点学习；少点推诿，多点担当；少点放松，多点自律。

我们青浦区 30 名驻村指导员被派驻经济薄弱村三个多月来，相继开展了传递党的温暖、了解群众诉求、化解矛盾纠纷、服务经济发展、整治人居环境等系列活动，进一步密切了党群干群关系，提升了村级组织的建设水平。尤其在党建引领、促进和谐、服务群众、环境整治等方面真正起到了带头人、领路人、解忧人、贴心人的作用。我们坚持全程参与、全时在位、全力服务，积极协助村“两委”班子开展各项工作，进入角色快，跟进服务快，推动落实快，始终把驻村作为服务农村、服务群众、服务振兴的新平台，带着感情、热情、激情、痴情，用恒心、热心、决心、耐心为所驻经济薄弱村的和谐、稳定、发展实实在在地做出了成绩，赢得了广大干群的普遍好评。成绩的取得，得益于我们持之以恒守初心，永葆一颗淡泊名利、无私奉献之心；得益于我们有清醒认识，正确定位，有乐于当好“店小二”的精神。

大家都知道，“店小二”是古代茶馆、酒肆等处负责端茶倒水、端饭送菜的服务员，虽是个小角色，但他们随叫随到、有求必应、笑容满面，总能给人留下好印象。虽然没有大掌柜的决策权、话语权，但一个好的店小二，能带来无限经济效益。在当前乡村振兴战略下，作为驻村指导员，同样需要这种“店小二”精神。那么，如何当好“店小二”？这是值得深思的问题。因为一个村可远远比一个茶馆复杂得多，棘手得多。我想要具体做到以下六点。

一是要少点决策，多点谋策。准确定位，处理好与村“两委”班子的关系。按照“指导不主导，谋策不决策，参与不干预，补台不拆台，监督不监管，补位不越位”三十字定位，先把情况摸清楚，搞好调查研究，再针对存在的短板，谋划解决的办法，并与村干部多研究，广泛听取意见与建议，切不可想怎么干就怎么干，要争取最大多数的支持。对于村“两委”班子已经在推动的事情，要积极参与进去，不能置身事外，而要有主人翁意识，把自己的作用发挥好，全心全意帮助他们把事做好。

二是要少点“官味”，多点“民味”。到了村里，要把群众赞成不赞成、高兴不高兴、答应不答应、满意不满意作为检验工作的标准。时刻要把自己当成一个普通的村干部，不要高高在上，否则群众不敢亲近你。要始终把群众的困难放在心上，经常倾听群众的心声，不管所说是否合理，都要有回复。尤其要从小事做起，从实实在在的事做起，想群众所想，急群众所急，把群众当亲人，牢固树立真挚为民情怀。

三是要少点套路，多点实招。我们不能当纸上谈兵的赵括，现实很残酷，没有现实条件作支撑的空想必将被实践击碎。所以，我们要在充分调研、摸清底细的基础上抓蓝图规划，尊重循序渐进的客观规律，不能急功近利，急于求成，而应脚踏实地，实实在在为老百姓做一些实事。比如，宣传党的好政策，慰问困难党员群众，解决就业问题，举办文艺演出等，对于老百姓来说，他们内心最大的渴求就是得实惠。做的比说的好，才是硬招牌。所以，我们工作要有计划性，虽不用挂图作战，但至少自己了然于胸。

四是要少点自满，多点学习。农村是个广阔的舞台，农民更是我们的“老师”。要想更好地为群众服务，就要像“店小二”一样服务到位，有

“两把刷子”。我们不能混日子、守摊子，而要不断增强学习的自觉性、主动性，要有“本领恐慌”感，向村干部学习，向农民朋友学习。“三农”工作有其新特点、新规律、新要求，唯有不断学习习近平总书记关于“三农”工作的指示，各级关于“三农”工作的政策规定，我们才能像服务周到的“店小二”一样让人称赞，成为群众信赖的“行家里手”。

五是要少点推诿，多点担当。一个金牌“店小二”，从来不会拒绝大掌柜交代的任务，因为推诿拒绝解决不了任何问题，更无法实现自身价值。我想，我们每个驻村指导员能力有高低，但只要我们有想干事、能干事、干成事的心，勇于担当，不管事情大小，都能发扬钉钉子精神，认真做好每件事，不管遇到什么困难和问题，都能迎难而上、主动落实，对重点难点工作，能一抓到底，真正做到踏石留印、抓铁有痕、落地有声，这样就足够了，因为我们都在用心付出。

六是要少点放松，多点自律。乡村并不是净土，各种陷阱诱惑也非常多，谁放松警惕谁就会栽跟头。所以，我们要明白什么事能做，什么事不能做。要时刻牢记权力是人民给的，不能凌驾于人民之上。作为驻村指导员更要谨记习近平总书记提出的“当官发财两条道”的提醒，坚定自己的人生选择，严格遵守各项规定，切实做到廉洁自律，做好人民的“店小二”。

20 汇报

2019 年 10 月 11 日
星期五
天气晴

头发白了，皮肤黑了；走访多了，腿脚酸了；融入深了，感情厚了；担子重了，压力大了；思路活了，蓝图画了；干劲足了，力量大了。

我从来到朱家角镇周家港村担任驻村指导员到今天，已经四个月了，这四个月的感受可概括为“头发白了，皮肤黑了；走访多了，腿脚酸了；融入深了，感情厚了；担子重了，压力大了；思路活了，蓝图画了；干劲足了，力量大了”。重点工作可概括为“一车，一站，一所，一中心，一活动”。“一车”：结合“不忘初心、牢记使命”主题教育，按照为民服务解难题的目标，形成调研报告，在镇领导及各方力量的帮助下，设置公交站点，预计明年春节前开通公交车，解决好四个村组 201 户出行难问题。这对于周家港村曹家厍、蓬莱片区来说具有划时代的意义。“一站”：按照党中央要求，结合双拥模范村建设，筹备建设富有年代感、具有军魂传承意义的村退役军人服务站，力争建设成退役军人的精神家园以及村民国防教育平台，打造全镇甚至全区拿得出手的亮点。“一所”：建立新时代农民讲习所，提出“七讲七干”——讲思想，干有方向；讲政策，干有思路；讲法规，干有规矩；讲道德，干有精神；讲技术，干有本领；讲学习，干

有方法；讲文化，干有品位。弘扬主旋律，传递正能量，打造党建新阵地、宣传新平台，我将利用一切可利用的资源邀请社会各界人士在讲习所为百姓讲习，力争将其打造为全市亮点。“一中心”：按照区委“三大整治”行动要求，改进规范党建服务中心功能，提升党建服务中心附加值，周家港村在区第一轮第二批“三大整治”行动考评中被评为先进村，青浦区融媒体中心在“生态宜居百村行”中进行了报道。“一活动”：以庆祝“中国农民丰收节”为契机，紧扣“庆祝丰收，振兴乡村；喜迎国庆，全民‘创全’；双拥共建，助力进博”主题，筹划举办本村庆祝中国农民丰收节暨全民参与创建文明城区文艺演出活动。我村成为青浦区首个举办农民丰收节的村。

近几年，我镇党委、政府充分发挥区位、生态、人文等独特优势，以长三角一体化发展战略实施为契机，以“乡村振兴战略”为指导，积极探索与实践自身发展新路径，取得了有目共睹的成绩。我想这得益于以理念引领为先导，以环境改善为基础，以绿色发展为根本，以文化培植为支撑，以制度建设为保障，注重观念更新、因地制宜、差异竞争、特色生存，逐步形成了独具特色的江南水乡发展模式。我结合镇村实际，就乡村振兴问题谈谈个人思考。

长三角生态绿色一体化发展示范区建设对于朱家角镇来说既是机遇又是挑战，若抓住机会，朱家角的地位将越发突出，前景将越发光明。结合现在朱家角的发展趋势，未来可围绕“江南水乡、乡愁韵味”特色亮点，以“乡愁＋文明”为标杆，以“文创＋基金＋康养＋教育＋乡风”为特色，带动生态、智慧等其他场景不断融合发展、迭代升级，构建具备乡愁记忆、生态基底、花园特色、角里文化的未来场景，将朱家角打造成“美丽＋智慧”“历史＋现在”，全国知名、全市领先的长三角魅力强镇。所以，古镇是朱家角的一张亮丽名片，也是我们周家港村赖以生存的区位优势、空间优势、人文优势、发展优势。之所以朱家角古镇建设与周家港村发展共融共生、相得益彰，是从以下三点考虑：

一是适应形势发展的需要。江南水乡古镇旅游已不是新概念，也不是新套路，长三角地区古镇都有其共性，一般都是沿河铺设几条古街走走，建几个人文历史馆逛逛，搞几艘船坐坐等，这种千篇一律的古镇旅游模式必将遇到瓶颈。周庄是最先发展起来的，现在被远近闻名的乌镇、喧哗闹腾的西塘、历史悠久的南浔远远甩在了后面。乌镇原先是要以茅盾故居做文章的，但后来发现不行，便搞起了互联网与戏曲文化，这就是乌镇的创新，事实证明是行之有效的。想当年，朱家角老店、名店林立，各业齐全，是何等繁荣？在长三角一体化发展战略的大背景下，只有创新才能激活原动力，只有创新才能重塑往日辉煌。在这里我要提出“朱家角古镇旅游+周家港农村休闲游”这个思路，因为朱家角古镇还有很大的开发空间，急需在充分利用优势的基础上，进一步开拓创新。在历史优势上，朱家角三国时期就形成村落，明朝时已是江南巨镇，有历史就有底蕴，有文化就可传承；在交通优势上，通过 A9 高速+地铁 17 号线，越来越多的城市人群可在半个小时左右涌入朱家角，有人就有人气，有人气才能带来财气；在生态环境上，毗邻淀山湖，其新城环境优美，淀山湖就像一颗明珠闪闪发光，如果在淀山湖能搞起“梦幻灯光秀”，在地铁 17 号线地铁站旁的珠溪路口搞一个古色古香的大牌坊，开路建桥，调整祥凝浜路业态，升级修路直通古镇景区，那古镇将更具规模，尚都里、大拇指、新角里广场业态将更具人气。从浙江美丽乡村建设的四种模式试点情况看，周家港村属于景区园区带动型（北靠古镇、南邻工业园区）。相比青浦绝大多数的农村，周家港村有其无可比拟的优势。周家港村紧邻古镇、交通便利、河流交错、生态宜居、乡风淳朴，坐拥朱家角镇最优质的客源基地、最具特色的江南水乡风景名胜。面对这样优质的市场基础，周家港村可以率先启动、全心打造高水准的乡村旅游开发田园综合体，这必将为古镇释放产能、解决发展瓶颈、拓展全域多维旅游，提供发展空间与样板。

二是建设大美丽乡村的需要。从战略上看，2016 年，我镇提出了“建设一个以大美丽乡村国家级示范区为引领的生态文明古镇”的总目标。2017 年，又提出“以张马村为核心，辐射沿线 6 个村，创建 4A 级景区”。我认为这个设计思路非常正确。从战术上看，我认为要注重“双轮驱动”，一个是以朱家角古镇为核心，辐射周家港、小江、横江、大淀湖等村，形成一个轮；另一个是以张马村为核心，辐射周边李庄、张巷、新胜、王

金、林家等村，形成另一个轮。要真正形成“一核、一轴、一心、一线、多点”的振兴格局，不断激发内在驱动力。“一核”就是打造古镇核心圈，辐射周家港、小江等周边村庄，形成补位型农村休闲旅游业态圈。“一轴”就是打造朱家角水乡古村景观轴，贯通连接规划范围内的7个主要村庄，沿线布置文化景观节点，将其串联成文化景观带，形成水乡古村景观带。“一心”就是以张马村为村庄带的主要发展中心，重点打造依托湿地、花海、泖塔等文化元素的民宿休闲游，改善村庄环境的同时突出水乡古村文化，承担起发展生态农业、培育原生态乡村旅游的职能，成为展示朱家角水乡古村的核心空间。“一线”就是让周家港村研学基地在朱枫公路沿线建设中与练塘镇东庄村形成南北相望、首尾相顾的乡村振兴链条两极，聚力使周家港村研学基地成为长三角研学的孵化基地。周家港村具有独特的战略纵深与空间，有利于加强区域统筹联动，有利于推动产业融合发展，可以真正实现开发一个研学基地、串联一片旅游资源，打造一条文旅产业。“多点”就是要把周家港村、王金村、安庄村、庆丰村等乡村振兴基础较好的村庄作为建设美丽乡村的战略预备队，在建设实践上有所倾斜，逐渐与张马村、林家村等美丽乡村形成互补性联运发展格局，真正建设形成朱家角镇全域美丽宜居的水乡村庄带。目前，周家港村还没有纳入乡村振兴的示范村，但我们坚持自主抓建、自力更生，大力整治人居环境已取得初步成效。要建设全域大美丽乡村，扩大作战半径，搞活全域旅游，离古镇近、交通便利，又有农田的周家港村就是古镇旅游大拓展、大创新的前沿阵地，也可作为党建文化活动的新场地、城乡统筹发展的先行点、休闲农业旅游的桥头堡，这对提升政府形象、盘活古镇空间、吸引城市人群、推进美丽乡村、形成示范效应，都有很积极的意义。

基于近四个月的思考，经过对村情民风、区位优势、地形地貌、可再生资源等全面系统的研究，按照“以点带面、全面开花”的策略，我对周家港村的发展做了深入谋划设计。我认为我们村具备四个明显优势：第一，团结一心想做事。我们村的干部相对比较年轻，接受新鲜事物比较快，富有蓬勃朝气、昂扬锐气、开拓勇气。我想这是关键，作为驻村指导员，即使有再多的想法、再多的资源，如果村干部不信任、不支持、不认可，双方就踩不到一个节奏，那啥事也干不成。即使有想干事的雄心壮志，到头来也只是黄粱一梦。我们拟想的“公司＋村合作社＋村民”的模式要想运行好，村“两委”、村合作社是中间的桥梁与纽带。第二，三横一纵好区位。连接苏浙沪的交通枢纽沪渝高速、沪青平公路横穿周家港村，地铁 17 号线连接上海东西两侧，朱枫公路犹如一条巨龙贯通南北，这三横一纵正好构成了一个“丰”字。目前上海所有景区中实行预约制的唯有朱家角，这说明朱家角古镇已经在超负荷运转，政府的安保投入非常大，这就好比大禹治水一样，需要疏散。我们不能控制游客来朱家角，但我们可以让游客体验不同的旅游场景，感受古镇美景的同时欣赏美丽的田园风光。第三，真心干事团队强。经过反复研究论证，我也认真比对了多家愿意参与乡村振兴的公司和团队，目前已经谈好了一家公司，对方愿意扎根周家港搞开发建设。这个团队不仅有长期做文旅农业项目的人才、有同济城市规划设计研究院的设计人才，也有“驴妈妈”开发运营人才，还有融资人才，关键是大家都有乡村情怀，让专业的人干专业的事。另外，我们会注重边开发边运营，也就是不仅要想建设的事，更要想好建成后的事，特别是要让老百姓参与进来，真正得到实惠，从而赢得各方的支持，走好可持续发展之路。第四，政府强有力的支持。当前，朱家角镇只有张马村这个政府大投入的美丽乡村。如果我们在政府门口、古镇旁边搞一个引入社会资本发展起来的美丽乡村，必将开拓一条不一样的道路，也必将成为朱家角镇的亮点，乃至全区全市的亮点。我也知道财政不易，那就在政府扶持的基础上，引入社会资本和专业人才，我想只要给予相关的服务保障政策，在基础设施、公共服务体系建设上有所倾斜即可，把政府能够规划建设的项目及时纳入并与村总体规划相得益彰，这样就能达到政府与社会力量同频共振的目的，我们村就有了自主抓建、动态抓建、示范抓建的想象和发挥空间。谋事在人，成事更在于人，我想只要把所有可盘活资源整合，利用天时地利人和的优势，捋起袖子，甩开膀子，迈开步子，乡村振兴必将不是神话，也不是浮云，更不是昙花一现。

三是促进经济共融圈的需要。乡村振兴一个都不能掉队，经济建设一个都不能落后，可以形成由先到后、梯次递进的发展格局，但不能存在原

地踏步、不进则退的情况。否则势必造成起点差距拉大，以后想弯道超车的难度将更高，动用的财力物力精力将更大。为此，我们既要抓重点还要搞平衡，均衡发展才是真正发展，更是可持续发展。只有双核驱动、两轮发力，才会促进经济共融圈的形成，加速推动整个朱家角镇的乡村振兴。基于调查研究、综合考虑，我对我们村的总体发展提出“依托古镇旅游资源，大力发展休闲农业”，全域打造“古朴新水乡、诗意新稻园”的设想。总思路：①利用地理优势，打造朱家角郊野单元的经济、文化、商贸、旅游集聚区，改变现在的农业生产方式，发挥好水稻和蔬菜两大基础产业优势，因地制宜发展特色农业，聚焦农民创业、产业创新，线上线下融合，推进“农创+乡创+文创+旅创”品牌建设。②利用建筑风貌优势，充分利用周家港村别墅风貌建筑、传统建筑、青西建筑相互交织，普安江、革命河穿村而过的特点，打造独特风貌村庄，形成水、林、田、花一体发展，真正留住农村的原生态记忆。③发挥党建引领的力量，把朱家角镇多年来基层党建形成的优势，发挥到推进美丽乡村建设上来，让朱家角镇在全面推动乡村振兴上传承红色基因，激发精神力量。④发挥资源整合优势，将周家港村的空间、文化、环境、建筑风貌等进行整合，发挥优势，补齐短板，推进产、村、人、文高度融合，努力打造“人本化+生态化+数字化+融合化”的乡村未来愿景，真正实现见山望水、记住乡愁，使其发展成为“招引产业发展的旺村、优化业态布局的活村、彰显人文特色的亮村”。

当然，我们也要清醒地看到，近几年，结合乡村振兴搞乡村旅游开发成为热潮，也是乡村振兴战略重点扶持的项目。但热潮退后，再回头看看，搞乡村旅游，赚钱的少，赔钱的多。为什么？这是需要我们深度思考的问题。现在全国各地都在重点推乡村旅游项目，政府投入了大量人力物力精力财力，确实让人感觉有点火爆，也许几十亩荷花或格桑花就可以吸引成千上万人，普通的番石榴和桃李就能引来很多人体验。但几年过后，基本上就冷清了很多。所以，我觉得发展乡村旅游，很多问题值得思考和总结。

发展乡村旅游，千万不能过度商业化，一旦商业味太重，就失去了农村的本真。这就需要有历史思维方法。如发展定位问题，首要的问题是目标客户是谁？在哪儿？消费能力和消费意愿如何？把这些问题搞清楚了，才能做到准确定位。又如可持续发展问题，客户的黏性、资金的准备、品牌的打造、增值的途径、产业的支撑等。特别是资金一定要保证，搞乡村旅游，前期投资大，后期管护成本也不低。再如管理和运营问题，大家想要种些花，种些果，养些鱼，确保四季有花看，有果摘，但真的要管护好，运营好，并不是一件简单的事情。所以，要做好规划，多走走，多看看，借鉴一下前人的经验。

前几天，区委赵书记提出了要加快招商引资的步伐，打响青浦服务、青浦制造、青浦购物、青浦文化四大品牌，不断提高青浦显示度。紧接着市委书记李强来青浦调研，提出了要努力把长三角生态绿色一体化发展示范区打造为改革开放的新高地、生态价值的新高地、创新经济的新高地、人居品质的新高地。在贯彻落实领导讲话精神落地生效方面，我们有很多的课题可研究，有很多的文章可做。从现有的基础来看，朱家角对标这四个“新高地”既有黄金基础，又有很大的发展空间。现在朱家角的大生态越来越好，区位优势越来越明显，自然市场辐射半径就会越大，丰富的休闲资源及成熟的配套，不仅可以吸引本地人群，还能吸引外地人慕名前来。周家港村背靠这个大生态，锤炼好自己的小生态，成功的概率自然就大了！因此，实施乡村振兴，古镇带着周家港一起开发，搞一个“古镇+农村”旅游线路，走产业融合发展道路，既能发展旅游业，又能发展休闲农业，既能增强古镇收入，又能增强农村集体经济“造血”功能。

推进乡村振兴不是一蹴而就的事情，必须强化组织领导，坚持规划引领，推动产业先行，筑牢资金，抓好示范带动，突出生态治理，挖掘文化元素，以美丽乡村建设、“三大整治”专项行动为切入点，认真学习借鉴先进经验，自觉对标对齐典型标杆，用改革的办法破难题，用创新的思路求实效，努力走出乡村振兴的“珠里路径”，让广大群众看到实实在在的变化，感受到真真切切的好处，不断增强获得感和幸福感。

21 洋学生

2019 年 10 月 13 日 星期日 天气晴	讲思想，干有方向；讲政策，干有思路；讲法规，干有规矩；讲道德，干有精神；讲技术，干有本领；讲学习，干有方法；讲文化，干有品位。

今天上午我开着车刚出村民委员会大门，就远远地听到一个大姐喊我：“兄弟，去 4 组吗?”我赶紧停下车，一看还有个外国人，一阵畅聊后，得知大姐姓朱，一家人前些年去了长宁区工作，今天是她和女儿带着女儿的德国同学来村 4 组的她母亲家做客，顺便看看家乡的变化。大概情况了解清楚之后，我说：“大姐，你们请上车吧，我正好要到 4 组去看看‘新时代农民讲习所’建得怎么样，送你们一程吧。”就这样，一个偶然的机会我感受了一次不一般的周日。

说来也巧，大姐的妈妈家的房子正好挨着 4 组的革命河，而且就在我们的“新时代农民讲习所”旁边。其实，大姐的妈妈家我去过好多次，只是不知道她们是一家人。坐了一会儿，大姐的女儿跟我说：“钱叔叔，刚才您跟我妈妈提到的‘新时代农民讲习所’是什么样的？带我们参观下好吗？我的德国同学很感兴趣。”我爽快地答应道：“大家一起走，就在隔壁。”德语我听不懂，也不会讲，英语还会几句，热情地跟洋学生用英语打了招呼，然后让大姐和她女儿充当翻译。我说："这个地方原来又乱又脏，这段时间村里在大力整治人居环境，我们村'两委'班子就在这个地方建了'新时代农民讲习所'，说实话，这里还没正式运营，你们是试营运的第一批观众。"我讲完之后，德国学生和朱大姐女儿嘀嘀咕咕了一番，估计是不懂这个场所到底是干吗用的。还没等朱大姐女儿开口，朱大姐就跟我说："你就介绍下历史和这个场所的意义、作用。"为了方便翻译，我放慢了语速，一字一句地讲：农民运动讲习所是国共两党合作创办的培养农民运动骨干的学校。1924 年 7 月，广州创立了农民运动讲习所。北伐军占领武汉后，1927 年，在武昌创办了中央农民运动讲习所。在这段时期，仅广州农民运动讲习所一至六期和武昌中央农民运动讲习所，就培养了 1600 多名学员，有力地促进了全国农运的发展。那么我们村为啥要建立"新时代农民讲习所"呢？就是要通过"新时代农民讲习所"将党的声音、先进理念与文化、法律法规等传递给广大农民群众，搭建起干部与群众的连心桥，将其打造成乡村振兴的加油站、决胜全面建成小康社会的助推器、加强思想建设的直通车。"新时代农民讲习所"通过干部、专家的"讲"，带动农民群众的"习"，闯出一条"发动群众、组织群众、带富群众"的发展新路，调动广大农民群众勤劳致富、改造农村的内生动力，从而有效地促进乡村振兴战略的实施。

我讲完后，朱大姐她们还进行了一番交流，她们告诉我说，这个场所真的非常好，以后可以在这里开展一些活动，提升乡村振兴的显示度。

德国学生问道："当出现老人独居或农民受到重大疾病困扰、农业机械化程度不高、公共服务体系跟不上城市化节奏等问题，这样的乡村会不会让人感到失望？"我当时听完翻译后心里突然一震，想不到一个德国高中生有如此见地，能够思考社会问题，着实可贵。我耐心地跟她说，乡村正因这样而更见真实，也给了我们不断奋斗的动力和方向。朱大姐的女儿也跟我说："现在城里有的学生还真瞧不起我们农村，您说这个怎么办？"我说："很好办，你就带他们来我们村转转，下一步，我们准备开发一个研学基地，美丽乡村的未来场景会让城里的学生们感到惊讶，大家一定会喜欢上这里，喜欢上农村。"

22 经验

2019 年 10 月 15 日
星期二
天气晴

深入贯彻习近平总书记关于改善农村人居环境的重要指示精神和必须坚持以人民为中心的发展思想，切实回应农民群众对良好生活条件的诉求和期盼，明确重点方向，聚焦突出问题，深入开展整治行动，不断提高农村人居环境建设水平。

党建引领人居环境整治，同心共创美丽周家港村。为有效推进人居环境综合治理工作，全面改善村组面貌，彻底优化人居环境，我们紧紧对标《2019 年朱家角镇生态环境综合治理实施意见》，注重强化基层党建引领力度，加深工作融合度、渗透力，不断推动基层党建工作与人居环境治理工作同频共振、同步发力。我在全程参与的过程中，总结了三点经验：

一是突出“思想引领”，铸就环境整治“红色盾牌”，不断增强党组织凝聚力。我们党支部紧紧围绕集中行动的总体目标，注重“五违四必”经验成果转化、延伸、辐射，认真对照整治要求、细化整治内容、明确整治范围、严格整治标准、跟踪督查考评、走实步骤节点，下好人居环境整治先手棋，打好人居环境整治主动仗。在村党支部的统一领导下，第一时间以召开支委会、党员大会、村民代表大会、村小组长会等形式进行研究部

署、统一思想，并广泛听取村民意见和建议，系统构建村、组环境治理责任体系，细化清单，明晰职能职责，确保执行有力、执行到位。村“两委”坚持分阶段定期召开人居环境整治专题会议，深入研究人居环境综合整治中存在的问题。我们一致认为，“重点”就是村内的乱堆乱放；“难点”就是村民的思想认识。为增强村民整治环境、爱护环境的自觉性、主动性，党支部以“三会一课”和微信、橱窗标语、宣传单、LED显示屏等为载体，宣传提升人居环境整治的重要性和必要性，从而凝聚党群、干群对提升人居环境整治的思想共识、行动共识，变“被动干”为“主动干”，从“突击干”到“常态干”。比如，宅前屋后专项环境整治工作刚开始，老党员、5组党小组组长朱立良同志发挥党员模范带头作用，主动让村里率先拆除自己新搭的彩钢小棚，带来了“拆除一户、带动一批、影响一片”的连锁效应。同时，按照“网格区划、整体覆盖、精细管理”的原则，由党小组组长、村民小组长带队，划块做群众工作、清理垃圾、垃圾分类等，形成了“党员带头干、群众跟着干、人人想着干”的良好氛围，让村民真正成为人居环境治理主体，做到了全民参与、全民行动、全民整治、全民保洁，村容村貌得到了很大的改善。

二是强化“组织引领”，形成环境整治“红色网格”，不断激发党组织战斗力。树立“一个支部就是一座堡垒，一个小组就是一个阵地，一名党员就是一面旗帜”的理念，借助村党群服务中心、党建服务点、客堂间、农民讲习所等相关资源，把人居环境整治作为工作重点，按照“先进”“中间”“后进”对六个党小组进行分类管理。坚持把环境治理工作纳入“三会一课”的重要内容，使广大党员牢固树立“人居环境我担责、自家环境我负责、别家环境我有责”的思想共识。积极发挥党员志愿者、巾帼志愿者、青年志愿者、退役军人志愿者等的作用，在建党节等重大节日，组织志愿者开展以文明宣传、环境卫生整治、慰问帮扶等为主题的志愿服务活动。村党支部还将村辖区重点路段划片分包给各党小组，党小组将每个重点区域划分为若干党员责任区交由一名或者多名党员负责。同时，在村内吸纳思想好、素质佳、威望高的老党员和先进群众共24名作为义务监管员、生态巡查员，在清扫垃圾、定期巡查、宣传引导等方面发挥示范带

头作用，每日以生态管控五严禁、宅前屋后环境专项七整治为要求不间断进行巡查，并做好一户填一表，发现问题及时上报。为持续发力，防止回潮反弹，继续巩固整治成果，使农村宅前屋后环境整治工作逐步步入整治常态化轨道，党支部将环境整治与创建“无违村”长效管理机制紧密结合起来，将杜绝新建违建、维护环境整洁写入村规民约，与村民们签订承诺书，让整治环境挂钩村民民生福利，强化群众环境卫生意识，激发村民参与宅前屋后环境整治的内生动力。截至目前，我村共拆除无功能及违法建筑 226 座，清理水塘沟渠 8 处，清理道路 110 条，清理垃圾 700 吨，摆放垃圾桶 1200 个。通过将党建与农村人居环境整治相结合，充分发挥了“红色细胞”渗透作用，“脏、乱、差”现象得到了极大改善。

三是强化“示范引领”，筑牢环境整治“红色阵地”，不断激发党组织创造力。着力强化党建示范引领，积极探索“党建 + 人居环境整治”的新路子，提出“党建 + 宣传带动”“党建 + 责任划分”“党建 + 活动开展”整体示范引领思路，充分发挥党员先锋模范带头作用，全面推进人居环境整治工作。党支部以观摩交流学习、主题党日等活动为载体，讲细讲通相关政策，所有党小组成员必须深入到户，志愿服务群众，并开展政策宣传和农村人居环境整治工作，引导群众自觉参与到农村人居环境整治行动中来。根据党员分布就近、便于管理的原则，将党员合理安排在八个网格责任区，每名党员负责联系 1 ~ 8 户，并进行指导，将室内和房前屋后卫生的监督、垃圾分类的指导等作为常态重点任务。同时，以打造“最美小院”“最美村组”等“盆景”为切入点，以 71 名党员干部、“两代表一委员”为中坚力量，一个家庭带动一个小组，一个小组辐射一个村庄，形成齐抓共管的局面。以村妇委会、村共青团以及中小学生、义工团体、社会贤达、群众积极分子的示范引领为纽带，以评选人居环境“家庭示范户”为激励，积极引导群众，从而形成学先进、赶先进、争当先进的浓厚创先争优氛围。通过树典范、立标杆，串“点”成“线”，连“线”成“面”，力求在“点”上总结经验求创新，在“线”上推广应用求突破，在“面”上全民参与求成效。

23 足迹

2019 年 10 月 18 日
星期五
天气晴

青浦既是上善之城，也是红色热土，红色文化已经成为青浦城市精神的鲜明底色。利用好本地红色资源，采取多种形式开展好“不忘初心、牢记使命”主题教育，让基层党员干部时刻保持共产党人的纯洁性和先进性。

今年是中华人民共和国成立 70 周年，也是中国共产党成立 98 周年。在此期间开展“不忘初心、牢记使命”主题教育，正当其时。

按照村党支部主题教育计划安排，今天上午，我村组织党员围绕“学伟人光辉业绩、悟初心担当使命”主题开展党日活动。首先，集合我村 70 余名党员集中观看了宣传片《初心的味道》第二集，全体党员在认真观看后，纷纷表示这个片子拍得非常好，让人久久回味，感悟颇深，只有不忘初心、牢记使命、永远奋斗，才能让中国共产党永远年轻。

老党员董志荣表示，看了党课教育片后，更加深刻地理解了习近平总书记说过的“一切向前走，都不能忘记走过的路；走得再远、走到再光辉的未来，也不能忘记走过的过去，不能忘记为什么出发”这句话的深刻内涵，他会发挥党员先锋模范作用，积极参与村里美丽乡村建设。随后村党

支部张书记带领大家共同学习了《“不忘初心、牢记使命”优秀共产党员先进事迹选编》，重点学习了《县委书记的榜样——焦裕禄》。他强调要学习弘扬焦裕禄同志“心中装着全体人民，唯独没有自己”的公仆情怀，凡事探求就里、“吃别人嚼过的馍没味道”的求实作风，“敢教日月换新天”的奋斗精神，艰苦朴素、廉洁奉公、“任何时候都不搞特殊化”的道德情操。党员们都纷纷表示深受感动和鼓舞，会以焦裕禄同志为榜样，全心全意为人民服务。

最后，按照镇领导小组办公室关于做好“学伟人、悟初心、担使命——陈云精神风范”系列活动的通知，我们组织全体党员实地参观了陈云纪念馆，让党员“重温前辈精神，回顾入党历程”，接受一次心灵的冲击和革命的洗礼。青浦区练塘是陈云的故乡，他求真务实、敢于担当等优秀品质，激励着大家，大家纷纷表示收获颇多，不枉此行，思想上受到洗礼，灵魂上受到震撼。参观结束后，为形成参观学习讨论闭合回路，增强主题教育学习效果，村“两委”班子成员和我一起开会进行了交流。会上，同志们再次认真讨论了陈云同志的生平事迹。作为中国社会主义经济建设的开创者和奠基人之一，陈云同志积极参与开创有中国特色的社会主义伟大事业，他虽然离开了我们，但他的精神永存。陈云同志的不朽风范，将激励我们深入学习贯彻习近平总书记系列重要讲话精神，不断巩固拓展主题教育成果，为推进乡村振兴注入强大的思想动力。

24 结对

2019 年 10 月 25 日
星期五
天气晴

坚持资源向基层倾斜的服务方向，必将形成以城带乡、城乡互促、双向受益、共同提高的城乡统筹基层党建工作新格局，为不断推进美丽乡村建设提供动力。

为深入学习贯彻党的十九大精神，扎实推进“不忘初心、牢记使命”主题教育常态化、制度化，积极创新基层党建工作载体，深入开展结对共建活动，全面落实乡村振兴战略、统筹城乡发展对基层党建工作提出的新要求，近日，朱家角镇周家港村党支部与镇文体中心党支部开展了结对共建活动。活动中，双方党支部进行了结对共建服务协议签约，镇文体中心会协助周家港村组建“靓农锣鼓队”，并赠送文化器材锣鼓一套，同时也将为周家港村舞龙舞狮队、龙舟队输送更多技术力量。签约仪式结束后，双方进行了深入交流，分别介绍了各自单位的基本情况以及党建工作情况，对今后工作中如何做好党建结对、助力乡村振兴，提出了各自看法和意见。周家港村党支部带着镇文体中心党支部实地参观了周家港村容村貌，与其共享三大整治、乡村振兴取得的阶段性成果。

这次共建共联活动中，镇文体中心党支部与周家港村党支部结成帮扶

"对子"，体现了工作重心的下移。坚持资源向基层倾斜的服务方向，必将形成以城带乡、城乡互促、双向受益、共同提高的城乡统筹基层党建工作新格局，为不断推进美丽乡村建设提供动力。

结对共建不是形式，而要注重内容。

一是要建立制度。从我以往在部队跟地方单位共建的实践来看，如果没有制度作支撑，那么共建活动往往形同虚设，达不到真正意义上的效果。所以，共建双方要先研究制定结对共建活动的协议，协议中要明确具体共建的机制，这样有利于各项结对共建内容落地。要建立完善结对共建责任体系，结对双方根据目标实行工作目标制，只有这样才能责任明确、任务细化。要建立"双向承诺、双向监督"制度，把结对双方开展共建工作的成效，作为单位年终综合考核的重要内容，真正让结对共建促发展成为硬指标。

二是要发挥优势。乡村资源相对比较匮乏，与村里结对共建的单位，要努力在改善民生上想办法、下功夫。比如，老百姓对文体活动的诉求比较强烈，那么就可以在建设农家书屋、村文体活动室、文化下乡等方面加大支持力度。当然，最好采取"送""种"结合的方式，除了给农村送文化，也要因地制宜探索"种"文化模式，可以提供师资力量持续培育乡村特色文化活动品牌，帮助发展乡村文化人才队伍，使文化生活在农村遍地开花。

三是要强基创先。支部结对共建，首要的是党建。农村党组织和城镇党组织各有其优势，关键是要把双方的优势互补起来，这样才能达到最好的结对效果。要把提升支部党建工作水平和双方党员干部的思想政治素质作为着眼点，注重互相借鉴多年来在党建工作中形成的小经验、小做法。同时，可以通过党建引领业务发展，双方可依靠自身在不同领域的专业性、技术性优势，开展更多形式、更深层次的可持续合作。

25 增收

2019 年 10 月 30 日
星期三
天气晴

无法改变世界，可以改变观念；无法改变事情，可以改变心情；无法改变别人的看法，可以改变自己的想法！

乡村振兴任重而道远，我们既要输血更要造血。我在调研中发现，近年来部分农民收入增幅小，增长难，城乡差距进一步扩大，直接影响了农民生产积极性和社会的稳定发展。如何促进农民增收，成为乡村振兴战略的紧迫问题。

我的想法是既要“授人以鱼”，更要“授人以渔”。“授人以鱼”，就是要有效利用闲置宅基地及空闲农房，做到闲置不搁置，流转出效益。近期，农业农村部网站公布了《对十三届全国人大二次会议第 3858 号建议的答复摘要》，表示将会同有关部门，开展农村闲置宅基地和闲置农房激活行动，实施农村闲置宅基地综合整治。这显然将会给农村、农民带来巨大的影响。

周家港村交通方便、生态环境好、离都市较近，这是最明显的区位优势。现在村里年轻人比较少，村里常住人口大多是老年人，由此产生了大量闲置宅基地和空闲农房。如何盘活闲置宅基地和空闲农房，增加农民财

产性收入？我想了三种方法：一是盘活乡村康养模式。将闲置宅基地打造成乡村康养小院，给有需要的城市老年人和喜欢田园生活的人群一个心仪的空间。二是打造乡村民宿。乡村民宿的市场前景十分广阔，从我考察的情况看，长三角地区这几年乡村高端民宿发展迅速。三是乡村创业和文创主题类需求。吸引一些创业企业进入村里建立工作室，利用乡村的闲置农房作为创业场所。我引入的慎之古琴工作室、农民画家工作室等“艺术驻村”也为乡村振兴增添了活力。当然实施这个策略的关键是在农民自愿流转的情况下，依法确保农民离地不失地、离房不失房。

我想可以先进行系统摸底，了解哪些空闲房主动愿意流转，然后由村民委员会跟老百姓签一个15年左右的流转协议，根据房屋面积、位置、新旧等每年付给老百姓一定的租金，这样，村民就有了一份相对稳定的收入。开发公司把闲置房改造成民宿等，还可增加村集体收入。同时，产业的发展绝不能只概念炒作，而要务实而为！再好的项目、再大的市场需求，如果满足不了消费者消费诉求、品质品类升级诉求的条件而盲目上马，反而会得不偿失。从现在的情况看，资金和人才紧缺，短期内想建设发展很难。这个需要上级有关部门出台相关政策鼓励与扶持。下一步，我也将组建“军师联盟”，陆续邀请上海交通大学新农村发展研究院、乡村振兴产业联盟以及上海交通大学土木建筑工程系从事工程建设、园区开发、区域经济发展、大健康产业研究的张家春副教授，上海工程技术大学艺术设计学院主任陈烈胜等业内专家来村指点迷津。

“授人以渔”，就是输送农村劳动力技能培训再就业，就拿我们村来说，全村农户劳动力（16～60岁）1029人，其中非农就业526人、务农226人、未就业277人（其中学生80人）。现在村里20～60岁的劳动力还没有完全释放其价值，比如50岁以内的人，好多都在镇里、区里服务类行业打工，年收入5万～6万元，这个收入对于即将成家立业、上有老下有小的家庭是严重不够的，而好多50～60岁的劳动力则通过打点零工，补贴家用。基于这种现状，我们该如何提升他们的就业能力，提升农民自身的造血功能？虽然村民文化水平不高，但非常能吃苦、非常勤劳，高科技的职业做不了，可以做新兴服务类职业。比如，全能管家、健康管家、教育管家、咖啡师、早教师、母婴师、养老护理师、中西餐制作师、中西点制作师等。有的全能管家，月薪可以达到1.3万~2万元，我们村去年的年人均收入才1.5万~2万元。还有像养老护理，随着上海养老服务转型升级，未来这个养老护理技能型岗位人才将十分紧缺。据我了解，朱家角附近大型高端养老院已经在建多家，未来朱家角可以打造成康养小镇。红房子医院、青浦儿童医院、兰生复旦学校、华为产业园区、华为人才公寓这些项目一旦落成，需要大量我前面说的相关职业技能的人员。将来的市场不是我求别人让我干，而是别人求我让我干。

我的想法是，不应该等这些重大项目全部落地了，再去干这个事，而是现在就要开始干这个事，切实把农民的技能培训好，为就业输出下好先手棋、打好主动仗。只要我们提前把人给培训好了，完全有能力满足落户在朱家角的这些重大项目的需求。只要“政府引导+公司培训+农民参与”，就能形成良好的劳动力就业渠道，同时为提升农民自身造血功能和就业创业致富走出一条好路子。

26 休闲

2019 年 11 月 3 日
星期日
天气晴

休闲农业和乡村旅游一手牵着农民，一手牵着市民；一手托着农村，一手托着城市；一肩挑着一产，一肩挑着三产。不仅关系到朱家角镇广大农户的福祉，还关乎青浦、上海乃至江浙一带城市人的生活质量和生活品质。

五天在城里上班，周末两天在郊区过田园生活。这种“5+2”模式，是一种新兴的休闲度假方式，给乡村大力发展休闲农业带来了良好的契机。朱家角坐拥古镇，有天然的资源优势，在张马村重点打造“四园一岛”“学农基地”等农事旅游点，并把沈巷地区的美丽乡村连点成片、串珠成链，构建生态旅游产业格局，这是促进乡村旅游升级发展的形势所在、时代所趋，更是党委政府的先见之明。虽然，现在乡村旅游的发展已日渐成熟，但我们也得清醒地看到，面对乡村旅游产业起步相对较晚、起点相对较低、起色相对较慢的问题，我们需要在提升设施水平、保持乡村本色、摒弃产品同质化、突出鲜明主题、培养运营管理人才等方面出真招。在这里，我结合我老家湖州的实践经验，提出“四个提升”。

一是旅游主题要提升。就是深挖本村人文历史，打造独具特色的乡村旅游发展主题。大家都知道，在浙江山美景美的乡村到处都是，应深度挖掘当地历史文化内涵，让乡愁、乡情作为乡村旅游中脱颖而出、魅力四射的核心吸引力。比如，周家港村有一条革命河，有驻“港”部队，可以打造红色双拥主题；渔民村蓬莱，可以打造渔业主题；村里祖辈是江浙一带移民，可以打造移民艰苦创业主题；等等。

二是产业开发要提升。要建立可持续的商业运营模式，并根据实际情况，加强综合开发。从我考察的情况看，苏浙沪乡村旅游发展比较快，而且涉及的不再是单一性的农旅产业，综合化发展趋势非常明显。发展比较快的乡村，都把农业作为核心要素，再融合文创、旅游、康养等相关产业，形成集多功能、复合型、创新性为一体的产业结合体。乡村旅游的综合开发建设，往往需要协调政府部门、开发商、农民和游客等各方，形成一体化方案。这里就需要拉直“七个问号”：如何系统、全面、合理地配置规划要素；如何解决投资商的投资与融资问题；如何设置投资商的盈利结构；如何实现资源导入，引入合作伙伴，共同发展；如何解决农民增收、增强村级集体经济实力的问题；如何提高政府公共类项目建设支持农村发展的力度；如何满足主要消费者的市场需求。这一系列问题的解决方案整合形成一个系统的商业化运营方案，而不仅仅是一个策划规划方案。上次，我培训时去参观一个村，该村投资了上亿元，现在基本建成美丽乡村，我跟村书记交流时，就提出了以上问题，我想这些问题应该与工程建设同步思考，如果没有形成有效的商业化运营方案，就真的会错过最佳机遇期，等时机一过，要不了五年就会举步维艰。

三是农创产品要提升。就是根据不同乡村旅游项目，进行针对性产品提升。着力改善旅游产品，如农产品定制、农趣手工艺品 DIY（自己动手做）和农耕文化体验等方面的附加增值产品及业态的布局，加快旅游要素由观光向休闲、体验、度假转变。比如，市级美丽乡村的示范村建了很多业态，我想可以利用熏衣草场，开发“花卉＋婚庆”产业，打造一个“寻梦爱谷”。花卉种植产业在旅游开发上一般要与婚庆产业进行结合，由村集体衍生打造一个花卉婚庆产业园区，以各种芳香、观赏和经济花卉种植为底色，形成多彩浪漫童话花海，形成大地景观，成为亮丽的风景线。主要盈利点是花卉种植、销售，鲜切花，花卉深加工、延伸品，婚纱摄影、

婚礼举办、婚礼餐厅，花卉养生、保健、美容等，形成一条产业链，这样就可以发展集体经济，而且能搞出规模，形成可持续发展。

四是经营能力要提升。乡村要发展，人是关键。现在村里能够设计农业主题景观、从事农产品再加工生产的人不多，另外懂乡村研学游，能够进行线上线下引流接待，可以经营乡村咖啡、茶馆等的专业人才也是凤毛麟角。这就需要吸引愿意在乡村创业的人才，组建对本区域农产品进行研发升级的专职专业团队。同时，要使村子真正具备“造血”功能，还要组建一支能对项目进行开发建设、品牌打造、日常管理、渠道销售的驻村运营团队。

27 榜样

2019 年 11 月 8 日
星期五
天气晴

在驻村扶贫一线，应有“使命大于天，任务大于命”之觉悟，走村串户、下田爬坡，贴心交心亲民、念兹在兹忧民；应有“功成不必在我，功成必定有我”之胸怀，不务虚功、不弃微末，脚沾泥土、不负人民，一家一家去帮扶。

榜样人物引领时代发展，榜样事迹催人奋进。习近平总书记指出：“善于抓典型，让典型引路和发挥示范作用，历来是我们党重要的工作方法。”

我从《榜样 4》中看到张富清、李连成、黄文秀、李萌、隋耀达等人的先进事迹，他们无不是以一腔热血书写着对党的忠诚、用实干担当践行着初心使命。从 2016 年 10 月《榜样 1》播出到今年的《榜样 4》，一个个榜样人物从幕后走到台前，说着平凡而伟大的典型事迹和感人故事，这些典型事迹深深感染了我，让我由衷钦佩。部队是英雄辈出的战斗集体，战场上涌现的黄继光、董存瑞、邱少云等英模人物的光辉事迹，让我从小就有了从军报国的志向；和平年代涌现的焦裕禄、杨善洲、孔繁森、谷文昌等英模人物，进一步让我感受到了无私奉献、全心全意为人民的公仆情怀；新时代涌现的张超、申亮亮、余旭、刘质宏等烈士，勾勒出了新时期中国军人的好榜样，每次学习他们的先进事迹，总令我热泪盈眶，让我感

受到军人的责任与担当。

生命因梦想而绽放，“榜样是看得见的哲理”，我们国家在任何时候都不缺英模，因为各个时期的榜样人物承载着当时的“主流精神”和“价值取向”，影响着一代又一代的有志青年前仆后继去接续、传承和弘扬。2019 年 8 月 10 日，安徽省宣城市绩溪县荆州乡党委委员、纪委书记，县监委派出的荆州乡监察专员李夏同志在抗击第 9 号超强台风“利奇马”时，临危受命，去一线救援，在转移群众过程中突遇山体塌方，以身殉职，年仅 33 岁。在全党深入开展第二批“不忘初心、牢记使命”主题教育之际，中宣部于 10 月 23 日向全社会宣传发布李夏的先进事迹，追授他“时代楷模”称号。

学习李夏事迹，我感触颇深。苦与累、“小家”与“大家”、责任与担当，这些我都懂，因为我们一样都是纪检监察干部，一样都是在扶贫一线。他十余年来，始终奋战在脱贫攻坚、乡村振兴、正风肃纪第一线，用脚步丈量民情，用实干赢得民心，“有事情，找李夏”成为当地群众口头禅。作为一名基层干部，当以榜样人物为标杆，自觉向榜样人物学习，在一点一滴中完善自己、从小事小节上修炼自己，以自己的实际行动传承弘扬好榜样精神，时常回首检视初心和使命。新时代是一个榜样辈出的时代，更是一个需要更多榜样的时代。扶贫一线当作为，战地黄花分外香。

28 秋收

2019 年 11 月 9 日
星期六
天气晴

春种秋收，天道酬勤。农业根基稳，发展底气足。“三农”领域的进步，是全村上下共同努力的结果，也是广大农民群众和农业战线工作者辛勤劳作的结果。

连续多天晴空万里，我走在明净的天空下，一阵阵微风拂面而来，数条田埂纵横交错，它无须任何修饰，无须任何夸张，却显得那么美，而它的美正是源于那片自然的金黄。

每天清晨在办公室里，我仿佛能闻到整个稻田都飘满了泥土的芬芳和稻谷的清香。从 6 月到 11 月，我每天在村口记录与欣赏着这片稻田由嫩绿到金黄的成长历程，这景象不禁让我由衷地感受到，在周家港这片充满希望的田野上，农民满怀着对自然的敬畏和对美好生活的渴望，他们播种着希望，更憧憬着未来。

转眼又到一年丰收季，在我眼里，劳动是最美的艺术，这种艺术往往能令人为之感动，因为农民朋友收获的是幸福的喜悦！这种喜悦无须任何修饰，也无须任何隐藏，这是一种纯朴的表达，一种自然的流露。一场忙碌的秋收也正紧锣密鼓地在周家港村上演。不得不佩服科技的力量，现在的收割比我小时候简单了不少，以前全靠一把镰刀割，还要用旧稻草捆，用杆子晒，用扁担挑，用打谷机打。而现在只要操作一台机械化收割机就

能节省好几道程序了，真是既方便又快捷，既省事又省力。

这几天，我时常看到农民朋友聚集在水泥路边看收割，无论男女老少脸上无不洋溢着欢喜与期待！稻谷飘香遍地黄，这秋收的身影也成了一道最美的风景线。这个季节，我们与乡野为伴。

29 申请

2019 年 11 月 10 日
星期日
天气晴

着眼于服务长三角、服务华为基地、服务朱家角 4A 级景区、服务“进博会”，围绕“以农养农（农业）、以农惠农（农民）、以农兴农（农村）”目标，力争把研学基地孵化成乡村振兴的大课堂、思想引领的大熔炉、一体化服务的大平台，力争将其打造成全市乃至长三角地区乡镇一体化建设的新引擎、新标杆、新样板示范基地。

依据《青浦区朱家角镇总体规划暨土地利用总体规划（2017—2035)》，周家港村紧扣乡村振兴战略，放眼长三角区域，助力打造“改革开放新高地、生态价值新高地、创新经济新高地、人居品质新高地”，致力提升长三角生态绿色一体化发展示范区中“青浦服务、青浦制造、青浦购物、青浦文化”品牌显示度。我们以时不我待、只争朝夕的精神状态和使命担当，经过 4 个多月的调研论证、规划设计、招商引资，做了大量艰苦细致的工作，截至目前已先后实地勘察 20 次，走访群众 120 余户，召开研讨会 18 次，特别是 10 月 25 日，由朱家角镇分管副镇长牵头，村研学基地项目开发团队与镇相关职能部门进行了讨论交流，形成了符合周家港村情、民情、社情的研学基地项目策划方案，组建了由典扬文化娱乐（上

海）有限公司统领的规划、开发、融资、运营一体化高端团队。这为推动研学基地项目的最终落地，长期有效扶持经济相对薄弱村，提供了扎实的组织准备、智力准备、资本准备、开发准备、运营准备以及人才准备。

我们着眼于服务长三角、服务华为基地、服务朱家角4A级景区、服务“进博会”，围绕“以农养农（农业）、以农惠农（农民）、以农兴农（农村）”目标，依托周家港村紧邻古镇、交通便利（坐拥朱家角镇“三横一纵”区位优势）、河流交错、生态宜居（最具绿色生态的江南水乡）、乡风淳朴等优势，按照“以点带面，全面开花”的策略，坚持“力求小而美，不求大而全”的原则，率先开发了周家港村“乐稻心田”研学基地项目。该项目涵盖乡村研学、民宿、特色餐饮及相应的配套设施，突显党建文化、军旅文化、国粹文化、农耕文化、民俗文化、节庆文化。我们注重挖掘乡村本土特色元素，利用田园风光及江南水乡资源，植入乡村农旅配套产业，大力发展美丽乡村研学旅游，优化农村空间布局，设置文化景观环境，构建初心广场、新时代农民讲习所、戏剧小院等多个富有内涵的亮点景观。此项目将有效盘活农村闲置资源，调整改善农村产业结构，增加村民就业创业机会，让周家港村实现由寂静冷清到门庭若市的华丽转身，实现由经济相对滞后到跑出经济加速度的换挡升级。

周家港村“乐稻心田”研学基地项目，采用全新开发模式进行美丽乡村建设的大胆探索与实践，是长三角生态绿色一体化发展示范区里首个集研学、文化、农业、旅游于一体的项目。该项目避免了同质化、短期性，开发设计能够达到政府、集体、村民、市场四赢的效果，必将带来墙内开花墙外香的示范带动、辐射增品效应。

我坚信只要在镇党委、镇政府的坚强领导下，我们不会错过长三角一体化发展历史机遇期，不会错过乡村振兴全面创新推进期，会更有勇气、信心和决心，做好创新发展的尖刀班、示范引领的排头兵、攻坚克难的突击队，精心筹划、稳步推进，让项目平稳落地、生根发芽、全面结果，把研学基地孵化成乡村振兴的大课堂、思想引领的大熔炉、一体化服务的大平台，力争将其打造成全市乃至长三角地区乡镇一体化建设的新引擎、新标杆、新样板示范基地。

30 志愿者

2019 年 11 月 11 日
星期一
天气晴

志愿者精神是一种互助、奉献的精神，它提倡“互相帮助、助人自助、无私奉献、不求回报”。广大志愿者凭借自己的双手、头脑、知识、爱心开展各种志愿服务活动，无偿帮助那些需要帮助的人们。

在周家港村，有这样一群人，将志愿服务当作自己的精神追求，甚至是一种生活方式，用自己的力量汇聚爱心的海洋，默默奉献，周家港村也因此更加包容、温暖。

为营造整洁、有序的居住环境，服务保障“进博会”，抓好秸秆禁烧等专项工作，周家港村积极配合全镇的重要工作部署，结合“不忘初心、牢记使命”主题教育成果向实践转化，聚合发力、多点出击，连续派出三支志愿者队伍积极参与活动，展现了周家港村党员志愿者的良好形象。活动开展前，我围绕“志愿者的初心是什么”与大家展开了积极讨论，并号召全体志愿者要积极践行志愿服务“奉献、友爱、互助、进步”的精神，带动和影响更多的群众参加到志愿服务中来，为早日实现全民公益起到“助推器”的作用。

按照朱家角镇《关于在全镇范围内开展“不忘初心、牢记使命”主题教育暨清理环境卫生、共建美好家园大扫除活动的通知》的要求，村书记带队与北大街居委会结对“创全”，帮助北大街居委会辖区“创全”点位认真清理各类垃圾杂物。活动中，党员志愿者们带着夹子、垃圾袋、扫把、小铲子、电锯等工具，奋战数天，将辖区内的卫生死角彻底清理干净，有效地美化了村民的生活环境，以实际行动助力“创全”迎检工作。为更好地服务保障第二届“进博会”，根据镇里统一部署，由村主任带队的志愿者在祥凝浜路口进行志愿者服务，护航“进博会”，志愿者们积极引导过往行人和非机动车辆遵守交通规则，还积极向居民宣传创文、创卫工作，受到周围居民一致称赞，不少居民也主动投入创文、创卫行动中来。他们用实际行动带动了广大居民自觉做文明交通的践行者，做文明正能量的传递者。为了给“进博会”营造良好的环境，确保人民群众生命财产安全，由我带队并选派的志愿者大力宣传《秸秆禁烧告知书》事项和近期镇里通报的秸秆焚烧典型案例，讲清秸秆焚烧的害处与利用秸秆的好处，我还组织志愿者开展常态巡查检查工作，确保本村“不着一把火，不冒一股烟”。

此次活动充分展现了周家港村党员志愿者的先锋模范作用，为党员们上了一堂“不忘初心、牢记使命”的特殊党课，同时也调动了村民参与“创全”、护航“进博会”、禁烧秸秆的积极性和主动性，为推进主题教育成果转化常态化、实效化打下坚实基础。

31 哥俩好

2019 年 11 月 16 日
星期六
天气晴

一名老党员就是一面旗子，一名老战士就是一把冲锋号。两位毫不相关的长者却在此次周家港村与北大街居委的结对“创全”工作中谱写了一段全民参与“创全”的佳话。

老胥，71 岁，老党员，周家港村志愿者，积极投身“三大整治”与结对“创全”工作。老沈，69 岁，北大街油车浜路 81 号居民，曾在新疆阿克苏当兵五年，退休后爱种花草。

这两位毫不相关的长者，却在此次周家港村与北大街居委的结对“创全”工作中谱写了一段全民参与“创全”的佳话。

昨天，在与北大街居委结对“创全”整治油车浜路时，周家港村志愿者小组组长、老党员老胥在检查时发现了油车浜路 81 号居民在公共区域搭建了花架及花棚。凭借着“三大整治”的经验，老胥马上意识到这户居民家的花架、花棚属于拆违范畴，于是他跟志愿者金顺兴、杨巧英等商量拆除。老金看着老胥，略为难地说：“老胥，这是北大街不是周家港，我们贸然去拆人家北大街居民的东西，是不是不太好？”老杨也同意老金的意见。谁知老胥态度很坚决地说：“我们是结对‘创全’，按照‘创全’标

准和要求，这事咱们得管啊，总不能觉得有难度就绕开了。咱们既然来了，就要对北大街负责。”老金说道：“只要你有办法让这户居民愿意拆，我们没意见，一会儿你进去，我们在外面等。”其实，老胥心里也没底，遇到个难缠的，非但拆不成，说不定还得被骂。于是老胥按了门铃，一位精神抖擞的老人出来开了门，他就是老沈。两位老人用眼神短暂地交流了一下，双方心里都感受到了彼此的气场。老胥说：“大兄弟，我叫胥庆林，是周家港村的老党员志愿者，这次是来这儿与你们北大街居委开展结对‘创全’工作，路过你家闻到阵阵花香，特讨杯茶喝。”老沈毕竟在新疆服役多年，也见过不少世面，估计老胥不会是讨杯茶喝这么简单。老沈就请老胥坐在院子里的茶桌旁，两人开始天南海北聊了起来。

老胥指着那块光荣之家牌匾说：“老弟是退役军人啊，怪不得家里整理得这么干净整齐。”老沈也坦诚地说道：“我在新疆阿克苏当兵五年，那里风吹草低见牛羊……”老沈又说：“结对整治多久了？工作进展顺利吗？”老胥一五一十地进行了介绍，一杯茶一根烟，两人聊得越来越投机，老胥也不忘正事，乘机又解释了“创全”的要求和整治的意义。听了老胥的话，老沈猛然说道：“老哥，我的花架、花棚是不是要拆除啊？”老胥站起来仔细看了看说道：“老弟，你这个花架、花棚占用了公共空间，按照整治要求，确实需拆除啊。”老胥以为这话一出老沈该要跟他翻脸了，这讨茶喝是假，分明就是醉翁之意不在酒啊。令老胥意想不到的是，老沈竟然十分爽气，二话不说答应拆除。老胥上前紧紧握住老沈的手说：“兄弟，当过兵的人就是觉悟高啊。”老沈马上说道：“老哥，老党员就是会做思想工作啊。”两人呵呵一笑。说拆就拆，老胥赶紧招呼门外的老金和老杨，老沈还不忘幽默一番：“老哥早有准备，组团来的啊。”老沈主动找来了家里的工具与老胥他们一起拆除，别看他们岁数大了，干活都很利索，不到半个小时就干完了。临走时，这老哥俩还互留了联系方式，以便日后多联系多走动。据悉，老胥已经向老沈发出了邀请，邀请老沈来村做客。

在“三大整治”和“创全”过程中，也许一件小事会结出一对“冤家”，但老胥与老沈的故事成就的是一对“兄弟”。这充分反映了我们基层老党员的风采，退役老兵的本色。

32 宣传员

2019 年 11 月 18 日
星期一
天气晴

聚焦基层党员群众的需求和期盼，贴近基层党员群众生活，把全会精神转化为百姓话、大白话、家常话，变抽象理论为生动故事，变深奥理论为百姓语言，以理服人、以情动人，真正让宣讲打动基层党员群众，让党员群众从内心深处理解政策、支持政策。

学习好、宣传好、贯彻好党的十九届四中全会精神，是驻村指导员当前和今后一个时期的重要政治任务，也是必须担负起的重大政治责任。近期，我按照工作计划，精心组织了十九届四中全会精神宣讲工作，同农村党员群众进行面对面宣讲，有针对性地开展分层分类宣传教育，使得全会精神深入人心。

要宣传好全会精神，就应在深入学习、深刻领会、准确把握的基础上，从宣讲的内容、语言、形式等方面下功夫，讲党员群众想听的话、听得懂的话、感兴趣的话、能引起共鸣的话，真正让全会精神如春风化雨般浸润平常百姓家。在实际宣传中，我具体把握了以下三点：

一是说群众想听的热点。全会审议通过的《中共中央关于坚持和完善

中国特色社会主义制度　推进国家治理体系和治理能力现代化若干重大问题的决定》是全会精神内容的重中之重。其中，幼有所育、学有所教、劳有所得、病有所医、老有所养、住有所居、弱有所扶，人民安居乐业、社会安定有序，毫不动摇鼓励、支持、引导非公有制经济发展等，是广大群众最为关注，也是最想听、最爱听、最感兴趣的热点。我利用党员大会、村民代表大会等契机，把党中央的这些"好声音"送到基层党员群众的心坎上，并结合解读"三大整治"、乡村振兴战略、长三角一体化发展战略等，让全会精神切实走进基层党员群众心中。

二是讲群众听得懂的语言。我们朱家角镇驻村指导员接触的基层党员群众大部分是60岁以上的人，他们文化水平普遍较低，如果单纯读几遍文件原文，显然达不到宣讲效果。为此，我在宣讲全会精神时，聚焦基层党员群众的需求和期盼，贴近基层党员群众生活，把全会精神转化为百姓话、大白话、家常话，变抽象理论为生动故事，变深奥理论为百姓语言，以理服人、以情动人，让党员群众从内心深处理解政策、支持政策，以此不断增强"四个意识"、坚定"四个自信"、做到"两个维护"，化全会精神为思想行动的自觉。

三是用群众喜欢的形式。宣讲能否取得好效果，取决于宣讲是否生动，是否有吸引力，是否能引起基层党员群众的共鸣。因此，我既注重宣讲语言接地气，又注意创新宣讲手段，改变了宣讲者端坐台上读稿子、党员群众坐台下听的千篇一律的宣讲方式。我利用新建成的新时代农民讲习所、田间地头等场地，以讲故事、拉家常等党员群众乐于接受的形式，增强宣讲形式的多样性、趣味性，真正让党员群众喜闻乐见。

宣讲全会精神，必须紧密结合第二批"不忘初心、牢记使命"主题教育的开展，结合我村各项重点工作的推进，以解决群众操心事、烦心事为抓手，积极回应基层党员群众心中存在的"疑"和"惑"，把全会精神潜移默化地融入党员群众的工作、学习与生活之中，融入乡村振兴、生态建设、产业发展、文化繁荣以及高质量发展之中，循序渐进，以求广大党员群众对全会精神的真正理解和支持，并以全会精神武装头脑、指导实践、推动工作。

33 检验

2019 年 11 月 21 日
星期四
天气晴

基层干部必须是“万金油”，不管什么工作、什么难题都能合理安排、妥善解决。

第二批主题教育开展以来，我始终坚持把“解决群众最急、最忧、最盼的紧迫问题”作为工作落脚点。俗话说“金杯银杯，不如村民的口碑”，要让群众叫好，必须向问题叫板，切实做到知民情、解民忧、纾民怨、暖民心，用看得见的变化回应群众的关切和期盼，用群众获得感来检验主题教育效果。

经过一个月的艰苦奋斗，我们把主题教育与创建美丽乡村紧密结合，下大力气集中整治人居环境，支部冲在前，党员干在前，起到了先锋模范作用，终于让群众看到了臭水沟变成清水塘、垃圾场变成休闲广场。在外部环境整治取得明显效果后，我们又开始了“党员带头、村民参与”的美丽家园创建活动。全体党员干部带着主题教育激发出来的“精气神”带领村民在宅前屋后整治。以前到处是杂物的杂乱庭院，现在变得整洁美丽。为此，村民纷纷点赞。

在整治中，我也遇到了不少难题。9 组有一条村路常年污水四溢，老

百姓怨声载道。究其原因，主要是周边三户人家矛盾突出，互不相让，不愿让村里挖路疏通，宁愿自己忍受脏臭也不愿让别人舒服。针对这个问题，我在主题教育中，针对村民之间存在的矛盾，和村干部一起分别耐心细致地做村民的思想工作，解决问题，最终三方签字同意村里修路。通过这件事我体会到，做老百姓工作只要深入细致，找到问题根源对症下药，就一定能解决好群众关心的问题。

前些天，2 组和 4 组村民向我反映，在朱枫公路路口至 4 组垃圾房的道路上时有车辆乱停，严重影响了村民出行安全及其他过往车辆通行。特别是晚上很容易发生车辆事故，存在安全隐患。为解决这个问题，我与村干部一道，认真勘察、仔细研究，提出了解决问题的五条具体举措，有效解决了乱停车问题，保障了群众利益，确保了交通安全，以实际成效让群众感受到主题教育带来的新气象、新变化。

近期，我参观了陈云纪念馆、一大会址、四行仓库等教育基地，思想受到了洗礼，行动有了方向。意识到要对照人民群众的新期待，把自己摆进去、把职责摆进去、把工作摆进去，从而把初心使命变成解决群众操心事、烦心事的自觉行动。

34 述职

2019 年 12 月 12 日
星期四
天气晴

基层工作的活可以用三个字概括：小而杂。冬天防火、夏天抗台，垃圾分类、调解矛盾、村庄保洁……百姓家中的难事急事，都是干部的心头事。

紧张繁忙的一年即将收尾，今年 6 月中旬，我从青浦区纪委监察委被选派到朱家角镇周家港村担任驻村指导员。自任职以来，我以“不忘军人本色、不丢严谨作风、不降工作干劲”的态度和“功成不必在我、功成必定有我”的胸怀，严格要求、自我激励，坚持做到加班加点不抱怨、指导服务不含糊、协调民事不拖拉、履职尽责不懈怠，较好地完成了驻村指导的各项任务。

一是积极主动融入，立足实情谋思路。面对新岗位，接触新事务，勇于把自己“归零”，能够放下架子、撸起袖子、卷起裤腿、迈开步子，做到和气待人、谦虚说话、踏实做事、甘当学生。先后积极主动参与了乡村“三大整治”、抗击台风、“创全”、“进博会”等重大工作任务，与村干部、村民一起值班 20 余次、劳动 40 余次，参与集体活动约 15 次，较好地发挥了模范带头作用，用真心交到了农民朋友、用真情赢得了群众信任。针对驻村指导员与村“两委”关系定位问题，开创性地提出了“指导不主

导，谋策不决策，参与不干预，补台不拆台，监督不监管，补位不越位”的思想，得到了区驻村办领导、朱家角镇领导和广大驻村指导员的高度认可，使职责更清晰、履责更具体、工作方向更明确。始终以“慢不得、等不得、松不得”的紧迫感，自购电瓶车坚持每天下村走访，深入了解村情、民情、社情，对本村田、林、地、路、河等具体情况做了全面细致的调查研究，并结合村情民意、土地性质、产业结构、区位优势、组织人才、人文历史等多方面，综合考虑后，提出了我村“依托古镇旅游资源，大力发展休闲农业”，全域打造“古朴新水乡、诗意新稻园”的总体发展设想。撰写的《在乡村振兴视域下，关于古镇与乡村共生共融发展的几点思考》一文在朱家角镇乡村振兴交流会上得到与会领导的一致好评。

二是倾情关注民生，心贴群众得实惠。始终把老百姓急盼的民生问题作为工作重心，刚驻村那会儿，通过走村串户，我发现周家港村西片区有8、9、10、11 组，共有 201 户，628 人。其中，60 岁以上的有 179 人，学生 45 人。长期以来，该区域道路狭窄，村民出行极其不便。经八次实地调研勘察，形成了一份翔实的调研报告，五次协调镇、区有关职能部门，全力以赴解决了村里曹家库片区多年来未解决的公交车开通问题，有效解决了村民就医难、购物难、旅游难、办事难、走亲访友难等“五难”问题，得到了老百姓的一致好评。此外，我先后两次邀请上海市医疗团队为本村村民开展义诊活动，积极推动高端医疗资源向乡村辐射，有效提升了村民的健康防护意识。积极为种粮大户出谋划策，联系上海市农科院专家推广种养结合的增收技能，并帮助种粮大户推销大米 2000 斤，打造周家港大米品牌，搭建线下线上营销渠道，彻底解决了种粮大户愁销路的问题。想要让群众叫好，必须向问题叫板，切实做到知民情、解民忧、纾民怨、暖民心，用看得见的变化回应群众的关切和期盼，用群众获得感来检验主题教育效果。

三是投身乡村振兴，引入项目促发展。为当好创新发展的先行者、示范引领的排头兵、攻坚克难的突击员，我以时不我待、只争朝夕的精神状态和使命担当，牵线引入社会资本促进乡村振兴，提出了“以农养农、以农惠农、以农兴农”的振兴思路，在四个多月的调研论证、招商引资、规划设计中，我做了大量艰苦细致的工作。当然，在推进项目和与群众沟通协调闲置房、林地、菜地等租赁事宜的过程中，经常遇到谈好了过两天就反悔的情况，甚至也有人不理解、不信任、不配合……忙碌工作之余，我也会感到些许委屈心酸，但想想使命在肩，我仍初心不改。截至目前我已先后实地勘察 26 次，走访 2 组、4 组群众 120 余户，召开研讨会议 23 次，特别是 10 月 25 日，经协调，由沈培副镇长牵头，村研学基地项目开发团队与镇相关职能部门进行了讨论交流，形成了符合周家港村情、民情、社情的研学基地项目策划方案，组建了由典扬文化娱乐（上海）有限公司统领的规划、开发、融资、运营一体化高端团队。11 月 17 日，研学基地项目首批 4 套用房最终选定签约。12 月 1 日，协调开发公司与村委签约，开发公司正式入驻办公。通过引入研学基地项目，力争把研学基地孵化成乡村振兴的大课堂、思想引领的大熔炉、一体化服务的大平台，将其打造成全市乃至长三角地区乡镇一体化建设的新引擎、新标杆、新样板示范基地。

四是发挥党建引领作用，凸显特色增效能。协助党支部制定班子成员党建工作责任清单和计划清单，通过党员座谈会、向群众广泛征求意见等形式扎实做好党建工作，解决了党员主题活动不丰富、党员专题教育不深入、党员志愿服务不经常等八个实际问题。指导支部将 7 月定为“红色党建活动月”，开展了主题讨论、专家讲党课、重温誓词、党风廉政实地教育、进社区结对志愿服务、“走农户、送温暖”等六项活动，营造了浓厚的党建氛围。结合“不忘初心、牢记使命”主题教育和工作实际制订了“十个一”活动计划，确保主题教育相关活动的丰富性。设计建立了上海首个“新时代农民讲习所”，致力将其打造成党建新阵地、宣传新平台、学习新课堂。提出“七讲七干”，弘扬主旋律，传递正能量。按照区委“三大整治”行动要求，升级优化党建服务中心功能，按照“先进”“中间”“后进”对六个党小组进行分类管理，强化党组织在党群间的桥梁和纽带作用，筑牢人居环境综合整治堡垒，充分释放党建效能，使本村在区第一轮第二批“三大整治”行动考评中获得“先进村”称号。以庆祝中国农民丰收节为契机，紧扣“庆祝丰收，振兴乡村；喜迎国庆，全民‘创

全'；双拥共建，助力进博"主题，争取到了地方公司赞助的10万元，精心策划了本村庆祝中国农民丰收节暨全民参与创建文明城区文艺演出活动，极大地凝聚了党群共建美丽乡村的信心与力量，这也使我村成为青浦唯一一个举办农民丰收节的行政村。此外，又促成上海市人民政府外事办公室、朱家角镇文化体育服务中心两家单位与村党支部结对共建，为提升支部建设水平、助力乡村振兴注入了新活力。

五是全程参与服务，站在驻村指导前沿。驻村后，正值"三大整治"如火如荼开展时期，我全程参与、全力攻坚。顶着烈日丈量房屋尺寸，冒着大雨走访贫困户，披着月光挨家挨户做群众工作……在无数个加班的时候，我始终奔波在田间地头，穿梭在大街小巷，脚下有泥泞，身上有汗滴，秉持求真务实的态度、真抓实干的精神，用实绩回馈百姓、造福百姓。先后持续作战72天，没过过一个双休，每天披星戴月，战高温斗酷暑。信访维稳、违建拆除、解决邻里矛盾……这些"硬核"工作考的是毅力，拼的是耐力，论的是实力。比如有一回我先后做了6次村民的思想工作，终于解决了三户人家之间的矛盾，让三方同意由村里修路。经过三个多月的艰苦奋斗，村里人居环境整治取得了明显成效，终于让群众看到了臭水沟变成清水塘、垃圾场变成休闲广场，周家港村成为镇里"三大整治"示范村。我还与村干部一起积极参与与北大街居委"创全"结对的志愿者活动，先后参与整治40余天，拆除违建5处，清理乱停乱放的30台劳动车，整治公共区域200多平方米，使北大街人居环境焕然一新，较好地完成了结对"创全"任务。

六是注重造势宣传，提升村居形象。在盛行晒朋友圈的年代，有晒房子、孩子、车子的，有晒旅游的……但是我更愿意晒农户新修的房子、田野里丰收的谷子、村民劳作的瞬间，以及乡村越来越美丽的样子。自任职以来，我先后在《中国青年报》《东方城乡报》《新民晚报》发表文章共6篇，在东方网、上海基层党建网、绿色青浦、青浦党建、清风青浦、朱家角发布、朱家角组工等媒体平台发表各类文章68篇，协调青浦融媒体中心对作为生态宜居村的周家港进行了宣传，个人先后两次被青浦广播电视台专访，总结提炼的《党建引领人居环境整治，同心共创美丽周家港》经验材料被各大媒体刊发。通过强有力的宣传，以点带面有效提升了青浦区驻村指导员们的影响力，深情传播了脚沾泥土的为民情怀和无私奉献的责任担当，同时也使我村的知名度得到了极大的提升，为团结一心干事创业营造了良好的舆论氛围。

对照当前岗位的要求，我感觉自己还有不小差距，尤其对村民的帮扶力度还需加强。回顾来时路，展望新征程，在今后的工作中，我会继续借助社会资源在不断提升老百姓的获得感、幸福感上持续用力，继续用平凡的坚守，绽放不平凡的光芒。

35 共建

2019 年 12 月 20 日
星期五
天气晴

以城市基层党建“上海经验”和国际化大都市的发展优势为重要依托，贯彻落实中央、本市实施乡村振兴战略的工作部署，发挥党建引领作用，推动城乡组织对接、理念对接、人才对接、资源对接、发展对接，促进以城带乡、资源共享、优势互补、协调发展。

今天上午，上海市人民政府外事办公室贝副主任带着浓浓深情率美洲处党支部、涉外安全处党支部的成员来我村与村“两委”班子开展“不忘初心共谋发展、牢记使命共创新篇”党建结对、帮扶慰问活动。

贝副主任一行人，先后走访看望了患病老党员和援越战争老战士，并送去了慰问品。在患有重病的老党员顾志法家中，贝副主任详细了解了他的身体情况、收入情况，鼓励他坚定信心、安心养病，祝愿他早日康复，并送上了大米、油、营养品等慰问品。每到一户，他总是嘘寒问暖，详细询问走访户的家庭收入情况，当前生活存在的困难以及帮扶诉求，鼓励他们正确面对当前困难，并嘱咐我为他们制定切实可行的帮扶措施，对接外事办帮助他们解决实际困难。

慰问走访结束后，贝副主任一行人在村干部、驻村指导员的陪同下，现场查看了周家港村研学基地，听了村干部、驻村指导员的介绍后，贝副主任表示，外事办积极支持村里开发建设，各类资源可以帮忙对接，期待研学基地项目落成。在村委会办公室，贝副主任一行人与村“两委”班子进行了座谈交流和支部结对签约仪式。美洲处党支部书记、处长颜正龙，涉外安全处党支部书记、处长侯晓渊分别介绍了主题教育开展情况以及各自部门的业务范围，并表示结对签约后就是一家人，一定会全力以赴为周家港村乡村振兴添砖加瓦。

最后，贝副主任强调：一是要丰富党建内容；二是要提升共建层次；三是要确保帮扶质量；四是要建立长效机制。本次市级单位两个支部一起参与党建结对签约，这对于周家港村来说尚属首次，也为我们有效盘活市区资源，不断提升党建水平，助力乡村振兴提供了有力支撑。

36 诗歌

2019 年 12 月 31 日
星期二
天气晴

在实施乡村振兴战略中，选派优秀干部支持经济相对薄弱村，加强市、区、乡镇（街道）三级联动，为推动农村基层组织建设、培养锻炼年轻干部、有效服务基层群众、促进农村改革全面发展提供坚强的组织保证。

驻村指导员

一方神奇的土地，造就这靓丽水城。
一方灵动的土地，孕育这魅力水城。
一幅幅水墨丹青，描绘着五谷丰登。
一座座千年古桥，汇聚着八方来客。

崧泽陶罐，蕴含着六千余年的神韵，
绿色青浦，跃动着海纳百川的灵性。
淀山湖水，贯通了上海之源的欢腾。
绿色青浦，开创了追求卓越的文明。

上善之门，淀山湖畔，
乡村振兴，责无旁贷。
抓党建、抓帮扶、抓发展，
带着组织的深切嘱托，
我们成为光荣的“驻村指导员”，
成就了今生最真的梦想。

我们自豪，
我们是“驻村指导员”，
这个响亮的名字已经遍及青浦大地；
我们骄傲，
我们是“驻村指导员”，
感人的事迹已经在百姓中传扬。
乡村振兴，
我们肩负着组织的重托；
脱贫致富，
我们承载着百姓的期望。
让农民红红火火过上好日子，
是每一位“驻村指导员”的愿望。

我们体察民情、走村串巷，
建立管理制度，完善保障体系；
我们党建引领，共建结对，
筑牢支部堡垒，促进互联互建；
我们规划战略、招商引资，
寻求产业路子，探索发展方向；
我们勤政务实、不负众望，
承接政策落地，争取社会力量；
我们改善环境、争做典范，
提升村容村貌，改变村庄模样；

我们信念坚定、百炼成钢，
严守工作纪律，牢记初心使命。

还记得，
慈祥的老大爷拿来的羽绒服，
穿在身上是那样温暖；
曾记得，
热心的老大娘送来的阿婆茶，
喝起来是那样清香。
不能忘记，
研究发展规划时闪现在党员心中的期待；
怎能忘记，
探讨致富路子时洋溢在村民脸上的向往。
那恳切的眼神，
那信任的目光，
感动得我们忘记疲惫，
激励着我们乘风破浪，
去迎接明天初升的太阳。

宣传贯彻乡村振兴工作方针政策，
加强党建引领村级治理，
指导落实农村综合帮扶，
推动村级集体经济发展壮大，
帮助村民解决实际困难，
让村庄变成社会主义美丽乡村的模样：
支部过硬、党员领航，
产业落地、发展共享，
群众满意、村富民强。
这是我们的心愿，
更是我们的理想。

当笑容展现在老百姓脸上时，
也甜在我们心上。

我们也有感觉累的时候，
我们也没有想象中那么坚强。
我们曾经偷偷地流泪，
有过委屈，有过失望，
有过无助，也有过迷茫。
我们也曾想起城区的繁华，
也有过对环境落差的暗自神伤。
晴晚夜微凉，
独在他乡眺望霓虹灯的方向，
家人可安好?

脚下有泥泞，身上有汗水，
披星戴月，战高温斗酷暑，
爸妈，我也是一名光荣的驻村指导员，
原谅我无法经常孝敬在身旁，
常言道，“陪伴是最大的孝顺”，
何况二老都已白发苍苍。
孩子，原谅我不能陪你一起学习成长，
虽然我知道，人生的道路上，
你最希望有我的鼓励和赞扬。
辛苦了，爱人，
家庭的重担都落在了你的肩上，
我知道，在疲惫的时候，
你也需要一个依靠的臂膀。

最难舍的还是每次离家的时候，
因为在家人语重心长的叮嘱中，
分明看到了他们眼里那闪烁的泪光。

欠你们的太多太多了，
请你们理解原谅。
因为我选择了“驻村指导员”，
就选择了梦和远方。
选择了，就不忘初心一如既往。
等到乡村振兴取得胜利的时候，
我再回去慢慢补偿。

冲锋的号角已吹响，
使命不允许我们儿女情长，
责任不允许我们驻足观望，
我们已经走在了乡村振兴的路上。
黄文秀的先进事迹常在脑海闪现，
英雄的誓言仍在耳边回荡。
我们牢记嘱托、承载希望，
我们精神饱满、斗志昂扬，
我们善始善终、善作善成，
我们只争朝夕、不负韶华，
让青春在岗位上闪光，
让理想之花在扶贫攻坚路上绽放！

37 礼物

2020 年 1 月 17 日
星期五
天气晴

基层工作说难也难，难在发展、任务重；基层工作说不难也不难，关键是我们要找到消除“病症”的“药方”。这个药方就是坚持把群众利益放在第一位。

新春佳节将至，周家港村迎来一份属于全村人的新春礼物：“朱家角 6 路”公交车延伸线通进了村子，村里西片区“不通公交出行难”的窘境正式成为历史。这是我们送给周家港老百姓的新春礼物！

对于没在上海郊区农村生活过的朋友来说，他们很难想象在上海这座国际化大都市里，居然也有需要帮扶的“经济薄弱村”，更难想象的是，居然还有没通公交的“经济薄弱村”，而我们村就是其中一个。2017 年，村里狭窄的乡间公路才得以拓宽，但周家港村西片区“通路不通车”，并没有任何一条公交线路经过，群众出行极其不便，想要到最近的公交车站坐车，起码得提前一到两个小时出发。大部分老百姓主要靠自行车、三轮车、电瓶车等到朱家角镇购物买菜、上班、接送小孩、走亲访友，而腿脚不便或不会驾驶车辆的老人、学生、残疾人等就很难出行，因此造成就医难、购物难、旅游难、办事难、走亲访友难等“五难”。2019 年 6 月，我被任命为周家港村驻村指导员。“盼星星、盼月亮，就盼党和政府把公交

车开进村。”年过八旬的陆季英老人曾在我走访时这样说道，这个让村民牵肠挂肚的出行问题，也成了我心中的一块石头。

协调开通一条公交线路并不容易，但我没有退缩，组织上既然安排自己来村里扶贫，就是要帮老百姓办实事。我对村民们说：“请大家相信政府，公交一定很快会通！”为了更高效地实地考察，我在二手电瓶车市场买了一辆2000元的“小电驴”，踏上一条“走访勘测路”。从去年8月初开始，短短半个月内，和村干部走访居民80余户，在烈日下勘探路面情况，研究公交站点、设置合理路线，广泛听取老百姓的想法。8月中旬，因为气温过高，我长期待在户外差点中暑。我骑着“小电驴”，手提安全帽走访村民的形象深深印刻在大家脑海里，村中老人亲切称呼我“小华”，孩子称呼我“华叔”。看到我这样忙前忙后，村民就知道公交车很快就要进村了！

经过多次调研，我起草形成了《关于周家港村西片区村小组设置公交站点的情况调研报告》，并协调村“两委”班子对报告进行了集体研究并上报了镇规保办，一个月后，规保办的同志告诉我，这个问题已经向上级部门进行了反映，预计很快就能通车了。

“共产党帮我们干实事，我今年78岁了，以后每天都能去镇上看重孙女了！”高立翠老人成了“朱家角6路”公交车的首批乘客之一，对公交车的评价只有两个词：“方便”“宽敞”！开通的这一天，正好是农历的小年，朱炳君老人在儿子的搀扶下，一起前往镇上过小年。

小公交连着大民生，“小电驴”的奔波换来了老百姓的方便，我心里觉得十分自豪：“退役不褪色，就算来了地方工作，也要努力为老百姓服务！年味越来越浓，通了公交车，村子里的春节肯定更热闹。”

38 项目

2020 年 1 月 18 日
星期六
天气晴

当好创新发展的尖刀班、攻坚克难的突击队，做好示范引领的排头兵，精心筹划稳步推进，让项目落地、生根发芽、全面结果，力争打造一个集田园游憩、乡村休闲、生态体验、自然教育等多功能于一身的研学旅游综合体。

经过反复研究，最终决定由典扬文化娱乐（上海）有限公司（以下简称“典扬”）投资建设运营乡村研学基地项目，并在我们周家港村委会会议室举办了项目开发合作签约仪式，典扬的领导、周家港村“两委”班子成员、上海青朱周旅游开发有限公司开发运营团队等核心人员参加了签约仪式，我作为项目的战略规划者、招商引资者也参加了仪式，这次签约，让自己近半年的努力没有白费，这标志着我们村正式启动了乡村研学基地项目。

周家港村“乐稻心田”研学基地项目，是长三角一体化发展战略下朱家角镇首个引入纯社会资本市场化运作、独立核算、自负盈亏的美丽乡村项目，也是在中央一号文件的精神指导下，为增强集体经济、解决就业创业，利用闲置农舍田地，采用全新开发模式进行美丽乡村建设的大胆探索

与实践，更是长三角生态绿色一体化发展示范区里首个集研学、文化、农业、旅游于一身的项目。该项目避免了同质化、短期性，开发设计做到了政府、集体、村民、市场四赢，必将带来墙内开花墙外香的示范带动、辐射增品效应。本项目着眼于服务长三角、服务华为基地、服务朱家角4A级景区、服务“进博会”，围绕“以农养农（农业）、以农惠农（农民）、以农兴农（农村）”的目标，依托周家港村紧邻朱家角古镇、紧靠高速路和地铁站等区位优势，按照“以点带面，全面开发”的策略，坚持“力求小而美，不求大而全”的原则，紧紧围绕“乡村振兴”主题，融合“大研学”主线；弘扬六种文化“党建文化、军旅文化、农耕文化、民俗文化、国粹文化、节庆文化”；打造三种风格民宿“河宿、田宿、林宿”；突出30个特色亮点“初心广场、农耕博物馆、革命河古道、人民公社遗址、农民讲习所、书香门第、戏曲小院、普安农园等”；研发“米、蔬、酒、文创”四大类附加产品。做到精细布局、精准布点、精心布置、精益布效，力争把基地孵化成乡村振兴的大课堂、思想引领的大阵地、一体化服务的大平台、接待八方游客的大乐园，力争将其打造成全市乃至长三角地区乡镇一体化建设的新引擎、新标杆、新样板示范基地。

在周家港村乡村研学基地项目的准备阶段，我们得到了朱家角镇党委、政府领导的广泛支持，他们不仅详细听取了开发团队的专题汇报，还对研学基地项目的战略规划、资源收储、点位设计、课程安排以及项目申报、落实主体公司等具体工作提出了可行性思路和方案。

朱家角镇党委高书记在听取汇报时指出：典扬作为民企，积极响应国家战略，投身朱家角乡村振兴，它的加入开启了美丽乡村建设的全新模式，值得鼓励和肯定。他还语重心长地提出了三个需要重点思考的方面：一是项目的切入点是研学，要想好研学具体怎么做，把握好渠道资源；二是要考虑好研学基地如何与周边旅游资源联动，形成整体效益；三是目前有哪些需要政府来协调解决的问题。同时，高书记也强调了四个重点事项：村里空置房屋等闲置资源的收储要及时；项目开发过程中要让老百姓参与进来，明确村委、企业和村民在这个项目中的关系，确定一个合作方式；抓住机遇，抓紧申报2020年市级美丽乡村；确定项目总体策划方案，

把握好时间节点，多与村委、政府部门沟通，把握项目开发节奏。最后，高书记祝愿典扬投资的首个乡村研学基地项目在朱家角“成为新典范，扬名长三角”。这既是高书记对典扬的美好祝愿，更是研学基地的发展目标。

我作为牵线搭桥人也表达了自己的想法：为充分利用好周家港村现有资源，全力推进乡村振兴，实现健康发展，我经多方努力成功引入典扬来投资开发农旅项目。只要我们认真谋划、科学经营，我想未来就可以以这个项目为核心，带动产业聚集式发展，真正形成“多头并进、全面开花”的发展局面，切实把村级集体经济发展壮大，让村民们得到最大的实惠，不断增强“G50 生态走廊共享第一村”的影响力。希望开发团队与村“两委”班子，按照分工紧密联动、团结奋进，善始善终、不负韶华。

典扬沈董事长表示，开发乡村研学基地项目，是典扬积极响应国家乡村振兴战略的成果，作为有社会责任感的民营企业，会以极大的热诚紧扣青浦区“加快招商引资的步伐，打响青浦服务、青浦制造、青浦购物、青浦文化四大品牌，不断提升青浦显示度”的总体目标，用心用情用力打造长三角生态绿色一体化发展示范区乡村研学基地，这必将与朱家角古镇、张马村、沈太片区的发展形成集群效应，让朱家角镇周家港村实现由寂静冷清到门庭若市的华丽转身，实现由经济相对滞后到跑出经济加速度的换挡升级，不断提升村民的获得感与幸福感。

签约仪式上，周家港村党支部张书记发自肺腑地表达了“感谢、感激、感慨”。他指出，周家港村区位优势明显，毗邻朱家角古镇，文化底蕴足，投资环境好，是干事创业的热土。这次典扬能签约，说明公司高层眼光独到、慧眼识珠。他也相信，在大家的一起努力下，一定不会错过长三角一体化发展的历史机遇期，不会错过乡村振兴全面创新推进期，相信开发运营团队一定能当好创新发展的尖刀班、攻坚克难的突击队。

未来研学基地将按照战略规划和设计方案，逐步推进，力争用半年时间建好红色教育区、研学服务区、文化休闲区，并计划于 2020 年下半年，在上海市场试运营，为广大市民提供一个郊区研学旅游的新去处。

39 越剧

2020 年 1 月 18 日 星期六 天气晴	艺术振兴乡村，要以艺术为支点，助推乡村在人居环境、生产生活、文化内涵等方面不断升级，让乡村更具魅力和活力。

上海越剧院党总支书记孙雅艳，副院长、著名越剧表演艺术家钱惠丽，红楼团团长樊婷婷等一行人赴青浦区朱家角镇周家港村就结对共建事宜进行考察交流。周家港村党支部张书记、周家港村胥主任、周家港村研学基地项目投资人沈敏明等参加了考察交流座谈会，我主持了这次会议。

双方首先就各自特色及党建、业务工作亮点进行了介绍，并表示希望可以立足自身优势与特色，进一步加强双方在党建共建、文化传播等方面的多领域、多途径、多形式的交流合作。会议明确指出，乡村文化是中华文化的重要组成部分。在乡村文化振兴过程中，需要因地制宜，重点挖掘周家港村当地文化特色，充分调动本土的红色文化历史、优秀民风民俗等文化资源。

长期以来，上海越剧院积极响应做新时代“红色文艺轻骑兵”的号召，坚持深入生活、扎根人民。通过本次考察交流，上海越剧院对周家港村进行了深入了解，希望将来能以党建引领、文化铸魂助力乡村振兴，在更深层次、更高水平、更广领域实现更好的合作发展。

40 防控

2020 年 1 月 27 日
星期一
天气晴

病毒突袭而至，疫情来势汹汹，人民生命安全和身体健康面临严重威胁。基层干部要坚持人民至上、生命至上，以坚定果敢的勇气和坚忍不拔的决心，同时间赛跑、与病魔较量，迅速打响疫情防控的总体战、阻击战。

疫情就是命令，防控就是责任！自全国范围内发生感染新型冠状病毒导致的肺炎以来，周家港村坚决贯彻落实朱家角镇关于疫情防控工作的具体要求，村干部做到全时在位、全程值班、全域排查、全力宣传、全村动员，以强烈的使命感和责任感努力打赢疫情防控阻击战，确保村民生命安全。

一是思想高度统一。1 月 24 日（除夕），周家港村严格按照镇里的会议部署，第一时间成立疫情防控领导小组，传达上级精神。1 月 25 日，村“两委”班子带领各组小组长挨家挨户做疫情防控工作宣传，发放疫情防控提示书，要求村民们加强个人防护，节日期间做到不聚餐、少出门，做好戴口罩、勤洗手等防护措施。1 月 26 日，村“两委”班子再次召开新型冠状病毒肺炎疫情防控工作专题会议，制定周家港村防疫工作方案，根据

本村实际情况研究湖北来沪人员20条具体管控措施，明确班子成员和驻村指导员任务分工。今天，镇党委副书记、镇长乔惠锋同志亲临周家港村一线指导防疫工作，他强调：第一，要呼吁村民减少外出活动；第二，要增强自我防护意识；第三，鼓励村民主动上报湖北人员来沪入村情况。

二是防控高度细致。落实属地责任，加强人员健康监测，摸排人员往来情况，有针对性地采取防疫措施。充分发挥外口协管员作用，广泛开展摸排工作，对近期来沪人员逐一登记，建立台账，对从重点地区来沪的人员实施居家医学观察14天措施，并由专人监督。1月24日当天完成辖区内98名湖北籍人员的摸排工作，规劝前阶段离开村子去湖北的64名人员留在湖北暂不返村，对前阶段由湖北返村的11名来沪人员进行了重点关注，做好居家隔离的宣传工作，确保乡村医生连续14天随访，并对其生活给予关心照顾。做到每天知道他们在哪里、身体状况如何、家庭成员情况如何、有何实际困难，确保重点人员稳定、有序、可控。

三是宣传高度到位。按照镇领导指示，村“两委”班子广泛发动全村所有干部、党员、群众参与进来，先后制作宣传横幅4条、宣传标语30条，印刷告知书、倡议书各508份，每天利用村内显示屏、高音小喇叭等宣传防疫知识，积极发动10名党员志愿者参加疫情防控工作。安排专人对2个老年人活动室、5个垃圾房、11个公共厕所等公共场所进行打扫及消毒，保持环境卫生。张贴《致全区广大市民的告知书》和《致湖北籍在青人员的告知书》《关于暂停农村集体聚餐活动的通知》《新型冠状病毒预防工作提示》，实行“七包一”管控机制，确保不漏一人，做到全村覆盖。同时，村干部、党员带头引导和劝阻亲朋好友春节期间不要参与社会集体活动，不到人员密集场所，减少拜年、走亲访友等外出活动。

41 党旗

2020 年 1 月 28 日
星期二
天气晴

“沧海横流，方显英雄本色。”越是在紧急关头、非常时期，越是在严峻的挑战下、特殊的环境中，越能彰显党支部和党员的独特作用。

在当前抗击新冠肺炎疫情的严峻斗争中，周家港村党支部和广大党员干部积极行动起来，坚守岗位践初心，履职尽责担使命，让党旗在抗疫斗争第一线高高飘扬。

越在艰难困苦面前，周家港村的村民越能从党员干部身上看到希望、获得信心、凝聚力量。疫情当前，最需要党支部发挥战斗堡垒作用，党员干部发挥先锋模范作用。特别是习近平总书记对当前新冠肺炎疫情防控做出的重要指示，既是信任和嘱托，也是强有力的战斗动员，必将激励党支部团结带领广大村民坚决打赢疫情防控阻击战。

火车跑得快，全靠车头带。党支部张书记积极发挥带头作用，统筹谋划、科学指挥，第一时间传达镇党委防疫工作指示精神，第一时间安排部署。他一心扑在工作上，已经先后召开六次疫情防控专题会议，扎实推进各项防疫工作。用实实在在的行动，表明决战的意志，传递必胜的信心，送达真切的温暖，让村民看到党旗飘扬的地方就有力量和希望。他要求防

疫落在“严”字，重在“守”字。不仅要硬核防控，严格实行由责任村干部、责任党小组组长、责任小队长、责任村医、责任房东、责任外口协管员、责任民警“七包一”管控机制，确保网格管控，责任到人，同时在来沪人员管控上也要突出人性化，关心照顾有实际困难的人。部署了道口值守人员，向来沪人员发放出入证。

“关键时候不能掉链子。”疫情出现前，村主任胥雪华进行了一次手术，到现在身体还未恢复到最佳状态。疫情出现后，胥雪华没有一天休息，毅然选择了坚守一线。这段时间，开会、测体温、排查外来人口等工作成了她的“家常便饭”，她是接触来沪人员最多的人，她是敢于直面危险的“逆行者”。她说，作为村主任，守住了这个特殊时期，就守住了这个村；作为母亲和女儿，守好了每个细节，就是守住了亲人。

我原本今年打算回家过个团圆年，谁知因为疫情变成一家三口分三处过年。我是驻村指导员，也是军转干部，更是一名纪检监察干部，在疫情面前就是要跟大家共患难、共担责。我是这么想的，也是这么做的，这几日我始终以强烈的使命感和责任感与村干部一道奋战在村组防控前线，加班加点编写“土味”宣传标语，研究管控措施，参与布设封控道口，走访慰问居家观察人员，搞好宣传工作等。看着志愿者们在寒冷的夜晚值守饿肚子，还戴着反复使用过的口罩，村里“战备物资”紧缺让我甚是焦虑，经与多方努力联系，我得到供应商连夜支援的 80 箱共 960 盒方便面和 400 个口罩，我也主动上交特殊党费 500 元，也许只有为基层做点什么，才能让我心安。我没有把自己当一个局外人、旁观者，而是实实在在做了一个参与者、冲锋者。

随着形势的发展，我们在 12 个进村路口安排了值守人员，在党员、志愿者发挥的模范带头作用影响下，广大村民积极参与 24 小时巡逻排查、登记外来人员信息等工作。

老党员李祥刚，在接到召集令后，大年初一一大早就赶到村室，他反复向支部表示，最近有时间，可以随时参与防控工作。在巡逻中，老李一碰到村民，便立即上前耐心告知防护措施，发现有新的来沪人员，他马上向支部反映。老李表示身为党小组组长，在艰难时刻，他理应带头冲锋陷阵，发挥先锋模范作用。

老书记胥庆林，在人居环境整治中，用整整大半年的时间，每天都参与到整治工作中，这次抗击疫情，他再次站了出来，在接到支部电话后，他当即表示，他随时待命。这几天他拿着扩音小喇叭从早上8点一直到下午5点，沿着村内小道边走边进行宣传，村民劝他：老胥，这么大岁数了悠着点！可他却说：腿酸了、嗓子哑了不要紧，关键是要把党的声音传递到各家各户，我们周家港村的党员不能落后。

党小组组长董引娟，虽然一开始没接到支部的来电，但看到后，她深夜马上回电，询问情况，在得知要参与疫情防控工作时，她表示全力以赴配合支部工作。支部干部知道她平时要带两个小孙子，便询问她是否有困难，她表示，小家的小困难不比疫情大困难，会克服并与支部一起奋斗！像他们这样的老党员在周家港村比比皆是，他们用党员冲在前的实际行动激励着广大村民。

大事难事见党性、看担当。党员们在危难时刻挺身而出，广泛动员群众、组织群众、凝聚群众，全面落实联防联控措施，构筑群防群治的严密防线，让党旗第一时间在防疫第一线高高飘扬！

42 帐篷

2020 年 1 月 30 日
星期四
天气晴

星空帐篷是浪漫的，新冠病毒是无情的；夜班值守是辛苦的，默默奉献是幸福的。旗帜无声，却能凝聚强大力量；榜样无言，却能鼓舞磅礴斗志。

夜晚，寂静清冷，我村的 12 个道口，支起了一个个“星空帐篷”，实行 24 小时值守，四班三倒的“硬核”措施，全力以赴抗击疫情。帐篷里面亮起的灯光，是让全村人安心的守护。

“星空帐篷”听起来非常浪漫，但我要说的“星空帐篷”可不是在夜空下搭个帐篷看星星，而是为了防疫的需要，党员、志愿者在村中道口 24 小时值守时搭起的小帐篷。非常简陋，也就是找几根木棍固定在四个角，再用村民淘汰下来的蔬菜大棚塑料薄膜围起来，上面也盖上薄膜，然后接上一个灯泡。这样亮起来的小帐篷，在夜空下显得格外显眼。

我们一般会安排两名志愿者值守，到后半夜犯困时，两人可轮流在“星空帐篷”内小憩一会儿。最近气温已经很低了，夜间值守可是个辛苦活儿。即便这样，志愿者们也从没说过苦说过累。

前天晚上我和董阿姨一起值守，她是我所在党小组的组长，别看她 60 多岁了，但精神状态非常好，总是充满笑容。阿姨很健谈，她问我：“钱指导，你在部队这么多年，吃了很多苦吧！当兵站岗放哨，挺辛苦的。”

我说："阿姨，比起你们这一辈人吃的苦受的累，我这些都不算事。现在村里每天有20多人值守，大家都挺不容易的。"阿姨说："是啊，我们都是党员，必须带头。"就这样你一言我一语，不知不觉到了深夜。冬天的夜特别漆黑、特别安静。偶尔有村民回村，听到他们说"看到这个帐篷里的灯光好安心"时，我也觉得非常温暖。

"星空帐篷"看似土味十足，但在这样黑暗冷清的夜晚，显得那么光芒四射，就像一个个灯塔，指引着人们回家的方向。一夜下来，我还是感觉有点腰酸背痛，虽然很多年前也干过类似的事，而且还是荷枪实弹的，但感觉是不一样的，不过有一点一样，就是默默奉献。

在贯彻落实"双守双共，联防联控"过程中，我村的"星空帐篷"发挥了很大的作用，一个"星空帐篷"代表着一个战斗堡垒，是值班的阵地，更是人们对美好生活的向往。正是一名名共产党员挺身而出，一个个村民积极参与，我们才能在最短的时间内构筑起铜墙铁壁。

43 抗“疫”

2020 年 2 月 3 日
星期一
天气晴

冠状毒魔肆九州，农人宅里似笼囚。银屏每望牵情切，短信频传寄意稠。医者扶伤歼疫患，友人施爱汇洪流。瘟神好送千钧力，安平康泰村民求。

2003 年非典肆虐时的景象我至今还历历在目，那时我即将从军校毕业，当时整个军校实行封闭式管理，我们每天除了喝中药还是喝中药，也许是那时喝下的中药的余韵让我热血沸腾，在身体这些狭长的血管里注入了忠诚与胆魄、侠气与柔情。

又是一个冬天，寒风吹不痛我的肌肤，虽没有过多脂肪护体，但终究有军人特有的虎气加持。若有战、召必回，这是退役军人的铮铮誓言！当全世界的目光一起投向九省通衢之城武汉时，我知道又一次没有硝烟的战争要开始了！在这场战争中，我们面对的是无形的对手——新型冠状病毒。为了生命，举国动员；为了生命，我村硬核防控。虽然我每天会接触不少从湖北返村后进行隔离观察的人员，但至少心中存有一份希望，忙碌的身影替代了焦虑的心情。想想 84 岁老院士钟南山临危受命，逆流而行，探访疫情，这是何等的品德，令人感动落泪。为了生命，在最短的时间内，我驻守的村组建了由党员干部、普通群众组成的志愿者队伍，为防控疫情

“硬核”值守，为受疫情困扰的村民送去安宁和温情。在最短的时间内，村里有了严密的管理，生活有了可靠的保障，疫情有了谨慎的跟踪……尽管路途遥遥，尽管困难重重，我们坚信——众志成城，抗疫必胜！

冠状毒魔肆九州，农人宅里似笼囚。

银屏每望牵情切，短信频传寄意稠。

医者扶伤歼疫患，友人施爱汇洪流。

瘟神好送千钧力，安平康泰村民求。

一方有难，八方支援，这是我们中华民族的光荣传统。看着村里“战备物资”奇缺，我也甚是焦虑。这几天奋战在一线的人员，口罩都是用几天也不舍得扔掉，放在太阳底下晒晒、用热水蒸蒸继续用，我知道这样的口罩戴上纯粹是心理安慰而已。还有一些岁数大的老人甚至都没有口罩。志愿者晚上值守时的食物也是一个不小的缺口，防护服、护目镜、体温枪、消毒水从哪里弄？面对这么多困难，我知道只靠村里是解决不了的，那怎么办？正当我愁眉苦脸、坐立不安时，我收到了领导、同事、同学、战友等的关心慰问，有的朋友还及时伸出了援助之手。连日来，从个人到企业，从城市到农村，社会各界朋友自发加入战“疫”队伍，将点滴温暖汇成大爱江河，携手守护家园、守望相助、共筑防线、共抗疫情。

朋友们，让我们一起等春天，等春天到来！待山花烂漫时，我们要记得彼此的约定，待抗疫成功时，我们豪情再聚首。不曾忘记，这个冬天很灰暗、很漫长也很难挨，但大爱无疆，这份情谊弥足珍贵！

谁听说过青松会畏惧霜雪？随着疫情的到来，人们心中所有的善良和慈悲都被唤醒！红色背心是我们亲切的名字，奉献爱心的各界朋友此刻正在我们身后激动地呐喊。加油，朱家角！我们拥有最顽强的斗志！加油，周家港！我们还有更重要的使命！我们既要战胜眼前凶险的疫情，更要奔向乡村振兴辉煌的未来。这需要我们众志成城！来吧，亲爱的兄弟们！来吧，可爱的朋友们！让我们牵起双手，再难走的路，我们携手同行！不必气馁，不必惊慌，坚定向前。我有勇气和决心，我会以坚忍不拔的精神，打赢疫情防控阻击战，谁叫我是上海市第一批驻村指导员！相信明天会是一片祥和的春天，相信这片土地会是充满安乐的家园！

44 巾帼

2020 年 2 月 6 日
星期四
天气晴

疫情无情人有情，巾帼不让须眉。疫情阻击战依然在进行中，周家港村的巾帼志愿者们也时刻站在抗疫第一线，她们用勇气、温暖守牢生命安全线。

当前，新冠肺炎疫情形势十分严峻，为遏制疫情蔓延，周家港村号召全村上下一心，用实际行动守住生命安全线。疫情就是命令，关键时刻，周家港村的巾帼志愿者们积极响应号召，纷纷参与到各类防疫行动中，她们走出家门，走向村里的要道路口，走向村内的各个片区。

妇联执委委员朱亚丽，平时每天要照顾患有重病的老父亲，然而，在接到村妇联的紧急召集令后，她在半小时内就赶回了村里。寒冬的风吹在脸上依然刺骨，朱亚丽和其他志愿者并肩作战，穿上志愿马甲，手上拿着“人员、车辆排查登记表”，站在村道口处，一站就是一整天。当天换班后，朱亚丽又马不停蹄地赶回家中照顾老父亲。虽然每天连轴转，但朱亚丽毫无怨言，她表示：现在是特殊时期，我们女同志也要冲在前面，和大家团结一致，共渡难关。

妇联执委委员杨巧英在道口值守第一天，就主动打了满满一大桶冷水，把道口边的一个废弃岗亭擦洗了一遍。她说：大家在半夜值守的时候，寒气逼人，站在岗亭里面，既不妨碍值守，又能抵御寒冷，困难当头大家也得注意自己的身体。杨巧英的这一行为，让大家实实在在地感受到了巾帼志愿者坚强的外表下所特有的女性的温暖和细致。

妇联执委委员朱玉芳、吴国林家中都有孙子、孙女，此次抗疫志愿活动中，她们接到通知后，满口答应来参加志愿活动。其家人也十分理解，表示全力支持她们，做她们最坚强的后盾。值得一提的是，朱玉芳和吴国林两人的儿子都是周家港村党支部的党员，同时他们也是党员突击队的成员，正身体力行地战斗在疫情防控第一线。真所谓：抗击疫情，全家总动员！

疫情无情人有情，巾帼不让须眉。疫情阻击战依然在进行中，周家港村的巾帼志愿者们也时刻站在第一线，她们用勇气、温暖鼓励着大家，她们的巾帼力量也让我们有信心、有决心，一定能战胜疫情！

45 值守

2020 年 2 月 9 日
星期日
天气晴

思想不乱、精力不散、工作不休、标准不降，用实际行动践行初心和使命，践行对党和人民的绝对忠诚和责任担当。

乡村就是战场，值守就是战斗。打赢疫情防控阻击战是当前最重要的政治任务。自新冠肺炎疫情发生以来，青浦区驻村指导员积极履职，主动作为，及时取消休假，积极到岗到位，投身疫情防控的第一线，切实做到思想不乱、精力不散、工作不休、标准不降，用实际行动践行初心和使命，践行对党和人民的绝对忠诚和责任担当，为所驻村庄筑起疫情防控的“铜墙铁壁”。

一是迅速反应，吹响“疫”号角。防疫期间，为便于各驻村指导员做好疫情防控工作，区驻村指导员管理办公室利用青浦区驻村指导员风采平台，建立“1600 三报告”制度，即每天 16:00 前，每位驻村指导员要报告所在位置、工作情况、健康状况，做到全面且实时。同时，通过风采平台、微信等渠道，积极开展经验交流，及时反映战“疫”一线工作做法和好人好事，营造“争当先进、比学赶超”的良好氛围。区驻村指导员管理办公室主任钱坤荣、区驻村指导员工作组组长黄元杰还积极协调各种防疫物资，筹集、购买到了300个口罩及100副医用手套，及时发放到全区30名驻村指导员手中，确保疫情防控各项工作有序推进。

二是精准出击，瞄准“疫”靶心。各位驻村指导员充分利用扩音小喇叭、流动宣传车、LED显示屏、微信等，积极宣传疫情防控知识和相关政策，并通过电话联系摸排湖北籍人员入村情况。采取向英模学习、向党旗宣誓等形式，指导开展“抗疫当先锋，人人有责任”主题党日活动，进一步教育引导广大党员关键时候听指挥、敢冲锋，让其真正在抗疫中发挥好先锋模范作用，给普通群众做好榜样。协助村干部、志愿者在村里各道口设立疫情防控检查点，规范出入车辆、人员的登记、检查。指导全村党员干部包片包干，实行24小时全天巡逻，劝告群众不要与亲友聚餐、跨村走动、婚丧宴请、聚众娱乐。成立志愿者服务队，组织人员做好重点区域消毒保洁工作，对居家隔离人员提供测量体温、代购生活物品等志愿服务。

三是奋勇争先，构筑“疫”防线。面对日益严峻的形势，驻村指导员始终战斗在最前线、工作在最前沿，组织带领村“两委”班子成员、党员、群众有序做好各项疫情防控工作，构筑起疫情防控的坚强屏障。周密部署疫情防控各个环节，积极参与宣传教育、爱心帮扶等工作，做到值班巡逻不松懈，隐患排查不疏忽，安全宣传不停歇，积极当好群众的“贴心人”。带头认真学习防疫相关知识，走村入户发放宣传单页，广泛宣传疫情防控相关政策，切实扛起疫情防控责任。设立党员先锋岗，建立健全工作台账，对近期返乡、探亲、务工、旅游等各类人员实行全覆盖、分类式摸排，实施全天候管控，每天定时进行体温测量，确保所有重点防控对象居家隔离到位、人文关怀到位、生活保障到位。

46 风尚

2020 年 2 月 11 日
星期二
天气晴

驻村干部对群众一定要有感情，要与群众走在一起、打成一片，叫得出名字，帮得上忙，方能越来越亲近，建立起深厚的感情。有了感情，干部才能真心实意为群众服务，群众才会真心实意配合基层工作。

在得知新冠肺炎疫情发生后，青浦区驻村指导员都心系所驻村的安危，主动放弃春节休假，积极到岗到位。近日，为积极落实青浦区“双守双共、联防联控”行动，驻村指导员充分发挥示范带头作用，投身战“疫”一线，始终与广大党员群众并肩作战，进行防疫宣传，做好排查登记，维护安全稳定，坚决打赢防疫攻坚战。

防疫物资尽力筹集，他们为抗疫保驾护航。陆伟华是金泽镇田山庄村的驻村指导员，从大年三十开始，他就和村“两委”班子一起投入疫情防控工作中。有一天，晚上回到家，他告诉妻子由于口罩紧张，有些夜间值守的同事未戴口罩。第二天一早出门前，他不时看向家中自备的口罩，磨磨蹭蹭的样子被妻子察觉，妻子便说：“村里要是缺口罩，家里的先拿去救急吧！”妻子的话让陆伟华很是感动，也激励着他全力投入抗疫工作中。

宣传巡逻不停歇，他们用脚步丈量平安。驻村指导员把小喇叭握在手，走街串巷宣传：“今天到处串门，明天肺炎上门……”熟悉的乡音让防疫知识深入村民心里。针对农村老人多，且老人不会使用智能手机，不能及时通过网络获取有关防疫信息的情况，各村通过流动“小喇叭”喊话、上门告知等方式，加深村民对疫情形势和防控措施的了解，逐步消除其抵触和畏惧心理，使广大村民自觉配合并参与到疫情群防群控的行动中来。金泽镇淀西村驻村指导员黄元杰配合疫情防控宣传要求，一天之内书写了150多幅书法宣传标语，张贴在村里的显眼位置，力求不留宣传死角。我还编写了20条“土味”标语，通俗易懂，通过在各村张贴宣传、用高音小喇叭录音播放，极大地提高了广大村民的防疫意识。香花桥街道大联村驻村指导员丁华芳与外口管理人员组成登记工作组，逐一摸排春节后返村人员，并进行疫情防控宣传。

服务照顾力求周全，他们是居家隔离者的“贴心人”。白鹤镇驻村指导员陪同驻村医生，每天两次为居家隔离人员测量体温，并为他们送新鲜蔬菜，确保其居家隔离期间的基本生活。各村都有返沪的隔离人员，驻村指导员勇挑重担，第一时间上门，说明隔离要求，签订《承诺书》，每日记录居家隔离人员的健康状况，定时做好居家隔离人员的生活垃圾消毒处理工作。对于因居家隔离而不能外出买菜的村民，驻村指导员和党员志愿者主动提供买菜服务，帮助他们增强信心，为他们排忧解难，让其度过一个温暖的隔离期。驻村指导员用实际行动诠释了党员的责任，全力以赴做好疫情防控各项工作。

47 牵手

2020 年 2 月 13 日
星期四
天气晴

结对心连心，亮明身份冲在前；道口肩并肩，释放抗疫最强音。凝聚“党建 + 防疫”工作合力，全力打好疫情防控阻击战。

在疫情防控阻击战中，一幅幅“手拉手”共抗疫的动人图景在周家港村随处可见。

为支援周家港村党支部抗击新冠肺炎疫情工作，朱家角古镇旅游发展有限公司党支部与周家港村党支部开展了“双守双共、支部结对，联防联控、同心抗疫”的结对共建活动。活动仪式虽然简单，但意义深刻。这是一场特殊的支部结对仪式，书写了朱家角镇“上下连心、同心抗疫”的美丽篇章。

旅游公司总经理胡强表示：“疫情来袭，只有团结一致、众志成城，才能打赢防疫阻击战。我们旅游公司也不能缺席，不能当旁观者。”于是他带领杨家蔚、冷洁等同志先期来到周家港村详细了解抗击疫情工作中存在的困难，并与周家港村党支部书记张星球商讨了结对支援的具体支援方案。

两个党支部第一时间成立了联合疫情防控领导小组和志愿者服务队，

党员志愿者及时到岗、佩戴党员徽章、亮明身份，每日参与到周家港村抗疫工作中，不论刮风下雨他们始终坚守在周家港村各个道口细心、耐心地做好人员、车辆排查登记和疫情防控宣传工作，他们用实际行动让党旗在防疫一线飘扬，用初心和使命筑起群众生命的“安全线”。

联合抗疫以来，旅游公司党政班子成员每天都会来周家港村抗疫一线督促检查、指导工作。前几天连续下雨，旅游公司领导看到有些志愿者没有穿雨衣，急在心里，立马想方设法、多方筹集，向村里支援了100件一次性雨衣和100副面罩。

旅游公司原本安排了16名志愿者支援周家港村，在得知另外一名员工是周家港村村民，且已率先主动参与到村里口罩预约发放工作中后，考虑到她已熟悉相关流程，为支持周家港村抗疫相关工作，还特地让该员工增补到志愿者队伍中。

张星球书记说道：这支由旅游公司的17名同志组成的强有力的志愿者队伍，为我们村在这次抗击疫情工作中补充了新生力量，解决了缺人手的问题。

结对心连心，亮明身份冲在前；道口肩并肩，释放抗疫最强音。连日来，旅游公司党支部与周家港村党支部共同发力，打好疫情防控阻击战。

目前，在两个党支部的坚强领导下，旅游公司与周家港村共108名志愿者，正齐心合力、同舟共济，拧成一股绳，以必胜的信念投入疫情防控阻击战中，共同守护周家港村的安全！

48 综治“F4”

2020 年 2 月 15 日
星期六
天气晴

改革发展正处于攻坚阶段，不管是城市还是乡村，很多深层次矛盾还没有完全解决，影响社会稳定的因素也大量存在，特别在疫情的影响下，乡村治安形势更加不容乐观，维护社会稳定，乡村综治协管员任务艰巨，责任重大。

周家港村抗疫四兄弟顾奋联、曹健、陈银富、沈小弟被称为综治“F4”。他们自接到上级号召以来，从 1 月 24 日至今一直奋战在周家港村抗击疫情的第一线。他们发扬不怕苦、不怕累的精神，多日来连轴转，始终坚持和广大基层干部、党员、群众一起，不分昼夜坚守岗位，主要做了三方面工作。

一是仔细排查重点地区人员，做好精准防控工作。顾奋联作为分管综治工作的支部委员，起到了党员的先锋模范作用，带领着曹健、陈银富、沈小弟三名外口协管员共同坚守在周家港村的抗疫一线。1 月 24 日是除夕，这一天给综治“F4”留下了深刻的印象，他们本该和家人一起吃年夜饭，却出现在了抗疫一线，对租住在村里的湖北籍人员进行摸排，并给 24 日之前离开村子去湖北的人员一个一个打电话，规劝其暂不返村，还要对已由湖北返村的人员做好居家隔离相关工作。之后的连续14天他们和村干部、村医一道随访居家隔离人员，确保居家隔离人员思想稳定、行为可控。

二是摸排人员往来情况，有针对性地采取防控措施。综治“F4”充分发挥青浦人口信息采集系统的作用，广泛开展全面摸排，对近期来沪人员逐一登记，建立台账，重点追踪，实施居家隔离医学观察14天和健康状况监测，防止疫情输入。曹健表示：“我们一定要把摸排做细做精准，确保不漏一人，用最准确的数据说话。”

随着疫情重点地区和重点关注地区的增加，外口协管员对外来人员的排查也持续细化，先排查出具体人员，再对其近期是否离沪返乡进行分类排查，对于未离沪返乡人员，挨家挨户上门扫码登记，记录好外省市抵青浦人员信息，截至目前共计300人；对于还未返沪的人员挨个打电话通知暂时不要返沪，共拨打630多个电话。沈小弟说：“我们的电话都是24小时开机的，有时候拨过去没有接通，对方任何时候都可能回电，我们要把上级通知详细告知到个人。”

他们连日来与村干部一起劝退32名想要进村的外来人员，其中在道口劝返13人，有19人想从田间小路偷潜入村，也被发现劝返。陈银富说：“有时外来人员表示不理解，甚至情绪激动会说脏话，我们只能尽量安抚劝解，让他们配合工作。”

三是做好防疫宣传工作，守好防疫安全线。除了做好精确的排查工作，在全村范围内的防疫宣传也是必不可少的。以顾奋联为首的四人组，在村子里拉防疫宣传语横幅，贴防疫海报，发放科学防疫宣传单，以确保人人了解疫情，人人知晓科学防疫、科学就医。他们还在全村范围内进行巡逻，风雨无阻，用自己的力量守好周家港村的安全线。

“疫情就是命令，防控就是责任。”综治“F4”是这么说的，也是这么做的。这反映了朱家角镇村居综治工作者的良好精神风貌，他们为全面打赢抗疫阻击战筑牢了安全防线。

49 六字诀

2020年2月17日
星期一
天气晴

源浚者流长，根深者叶茂。总结创新源于对生活实践的深刻理解。理解越深，创造性越强。

为积极落实青浦区“双守双共、联防联控”行动，朱家角镇周家港村实施了“封闭式管理”，并巧用“六字诀”，守好“安全门”。无论白天黑夜，各道口的关卡，都是全村的第一道安全防线。有的年纪较大的值守党员对检查流程记不清，为提升值守检查效能，我研究制定了值守人员检查“一‘停’、二‘测’、三‘查’、四‘记’、五‘喷’、六‘放’”的“六字诀”。“六字诀”具体内容为：

一“停”，就是一名志愿者站在警戒线上面，当电瓶车、摩托车、汽车驶来时，使用正规停车手势让车辆在离警戒线2米远处靠边停车；

二“测”，就是用测温仪对进出人员进行额温或臂温测量；

三“查”，就是检查人员身份证、出入证，查车辆后座有无人员，查后备厢；

四“记”，就是登记车辆车牌，驾驶员身份信息、体温等；

五“喷”，就是对来往车辆的轮胎喷洒消毒水；

六“放”，就是对经过层层检查后符合规定的车辆、人员予以放行。

为加大全村各道口值守人员对值守检查“六字诀”的实施力度，我又发挥军事经验优势，组织现场模拟、示范教学，确保每名值守人员都能精准掌握动作要领、程序内容以及值守文明用语。从我们检查的结果来看，目前，所有值守人员对“上哨、站哨、换哨、下哨”的规范动作比较熟练，能够正确使用值守检查文明用语，现在在村子各道口都能看到规范的值守检查动作，都能听到“停车请出示证件”“请测量体温”等值守文明用语。

我知道，相比于深奥的大道理，那些通俗易懂、直白的话更容易让村民理解。“六字诀”清晰地概括了道口值守的全套程序，读起来朗朗上口，做起来清清楚楚。有村民跟我说：“钱指导员，有了‘六字诀’，一起值守的几个人分工也明确了，该检查的内容也都能落实了，轻松多了。”生活就是这样，需要实践学习再实践，我们只要善于观察，深入实践，就能发现并总结很多经验方法，为我们的工作生活服务。

50 夫妻

2020 年 2 月 19 日
星期三
天气晴

平凡中往往可以看到伟大，美好往往蕴含在平常的小事里。有一对平凡的“逆行”夫妻，妻子前方打硬仗，丈夫后方搞保障。两人共同守护着自己的家园，守护着周家港村。

新的一年已经来到，而今年的春节注定与往年的不同。当大多数人享受团聚时光时，有一部分人，他们战斗在抗疫一线，舍小家为大家，义无反顾在岗位坚守。他们是妻子、母亲，也是女儿；是丈夫、父亲，也是儿子；他们更是逆行的勇士！周家港村的村主任夫妇便是其中的一对“逆行”夫妻。

大年三十原本是家人欢聚的日子，但是肆虐的疫情牵动着所有人的心，疫情就是命令！村主任胥雪华放弃了与家人吃团圆饭，连忙赶往村委，参与防疫部署工作。今年多数人都是宅在家过节，而她却一直在防疫一线奔波。对从外地返村的人员进行登记；为居家隔离的人上门测量体温；派送蔬菜做好后勤保障；走街串巷参与科学防疫宣传工作；将宣传标语录入三个小喇叭内，由志愿者在全村范围内循环播放……村内道路设置关卡后，她为大家办理出入证，为防止人员在室内聚集，便搬了桌椅在室

外服务群众，第一天就办理了202张出入证。春节期间，别说和家人吃一顿丰盛的饭了，有时候忙起来能吃上一口泡面都成了奢侈。她忙碌的身影、洪亮的声音已深深刻入周家港村民的心中。

作为妻子的胥雪华在一线投身防疫工作，而作为丈夫的袁文刚则是她坚强的后盾，在后方用行动支持着妻子。受疫情影响，饭店全面停业了，当村委会人员正在为给志愿者提供午餐而发愁时，袁文刚主动请缨，接下了这个任务。他每天早早起床去采购食材，回家洗菜、切菜、配菜，再赶在午饭时间之前完成烹调。并不是厨师的他，一个人完成“买汏烧”，做二十多人份的午餐竟也显得游刃有余。菜品色香味俱全，得到大家的一致好评！

这对平凡的“逆行”夫妻不仅是夫妻，更是战友，他们以职责为担当，以坚守为使命，为周家港村的防疫工作献出自己的力量。

51 叔侄

2020 年 2 月 23 日
星期日
天气晴

叔侄同心，其利断金，肝胆相照，携手抗疫。在推进疫情防控工作中，有一对叔侄拧成一股绳，携手共筑抗疫战线，为周家港村的疫情防控尽己所能。

2020 年的春节，当大部分周家港村的村民按照防疫要求窝在家里的时候，有那么一对叔侄却忙碌在周家港村抗疫一线。他们按辈分是叔侄，但侄儿的年纪比叔叔大，这对小叔叔大侄子，一个穿梭于村内各道路，一个坚守着村道口，携手同心，共筑防线。

小叔叔杨国良作为村“两委”班子的成员，从除夕到现在始终在抗疫第一线，没有休息过一天。召开防疫工作部署会议、宣传科学防疫知识、在道口值班、全村巡逻、劝返外来人员……到处都有他的身影。如果村里出现突发情况，他总是第一个发动车子，载着相关工作人员迅速到达现场处理情况。他不善言辞，但坚守岗位，默默付出，尽己所能，为周家港村的防疫工作尽自己最大的努力。他表示：“疫情面前，人人都是战士，个个都有责任。”

大侄子杨志强是周家港村 1 组的组长，周家港村开展防疫工作时少不了小组长们的全力配合。他拿着科学防疫宣传单挨家挨户地上门发放，确保家家户户都了解如何科学防疫。1 月 30 日起周家港村在道口设置关卡禁止无登记在册、无出入证的外来人员出入，杨志强也积极响应，主动担任志愿者值班，守好进村的道口。连日来，他把自己的车当作了“家”，吃住都在车里，坚守在周家港村的防疫一线。杨志强的儿子和儿媳都是人民警察，也都在抗击疫情的前线坚守着，他常说：“我是一家之主，要给家里的孩子们做榜样，带头打好这场防疫攻坚战！”

2 月 4 日，有两名江西籍的外来人员偷潜入村内，接到村民反映后，身为 1 组组长的杨志强立即向小叔叔杨国良汇报，他俩立马赶到现场。经了解，这两人租住在 1 组村民家，年前返回老家，1 月 30 日收到过外口协管员“暂时不要返沪”的通知，但他们不以为然，在村道口被拦截后，由田间小路潜入村内。了解情况之后，叔侄二人便对租客轮番劝说，讲解当前疫情防控期间的政策规定，请他们配合村里工作，告诉他们待疫情缓解后随时欢迎他们回来。经过劝解，租客当天便返回老家。叔侄二人严格落实上级规定，做到严阵以待、严防死守、看死盯牢。对于偷溜进村的返沪人员，坚决落实发现一名劝返一名。

52 战“疫”

2020 年 2 月 25 日
星期二
天气晴

谨以此诗向所有奋战在上海抗疫一线的驻村指导员致敬！在此次疫情面前，驻村指导员们挺身而出，用舍生忘死的行动给村民送去了温暖和感动，他们何尝不是真正的人民卫士！也向所有奋战在抗疫一线的人民英雄致敬！

驻村抗疫战

难忘记：你闻令而动，遵令抗疫，
勇当“逆行者”，冲在第一线，用实际行动践行初心和使命！
曾记得：你那憔悴的面容、疲惫的身影，
以“驻村驻心”的执着，冒着生命危险前往！
难忘记：你那不舍的目光、简单的道别，
用厚实的手心，贴着孩子的脸，即便不舍仍坚定地去守护村庄！
曾记得：你那红色的背心、坚定的步伐，
在匆忙的夜晚，紧急奔赴乡村一线的战场！
难忘记：你那坚强的微笑、温暖的脸庞，
在村中小道，不知疲倦地喊话告知！
曾记得：你不知疲倦地排查服务、彻夜值守，在寒冷的夜晚，送来“星空帐篷”的温暖！
难忘记：你那洪亮的声音、坚毅的眼神，
让广大村民，感受到共同守护家园的决心！
曾记得：你把危险留给了自己，隔离不隔爱，
无惧生死测体温，为疫区居家隔离人员送爱心！
难忘记：你毫不犹豫送口罩，千方百计筹物资，
无私奉献的情怀，感动了身边的干部和群众！

也许因为，在你的身体里，永远流淌着“不忘初心”的血液，永远烙刻着“向前冲锋”的印记，永远回荡着“为民奋战”的心声！

毋庸置疑，每逢危难之时、千钧一发之际，你就迸发出“关键时刻能冲得上去、危急关头能豁得出来”的血性胆气！

这是一场没有硝烟的战争，我们看不见敌人，敌人却在疯狂地渗透肆虐。

这是一场未知风险的征途，大家都明白危险，你为何还要选择毅然前往？

因为你知道：那是驻村指导员的使命，那里有无限荣光的战场！

你不会向病毒屈服，你会勇往直前，用坚强的战斗意志与病毒较量。

即使再黑的夜晚，也定会迎来黎明的曙光。

那是希望的太阳冉冉升起在浦江两岸！

你是坚强而无私的驻村干部，你始终奋战在乡村抗疫一线。

你的默默付出赢得了信任与支持，换来了村民们的点赞，你就像一盏灯，放到哪里哪里亮！

53 直击

2020 年 2 月 27 日
星期四
天气晴

不管是镇里发放的，还是社会人士捐赠给村里的物资，在保管、发放、领取、登记、回收、监督等方面都得做到专人专管、专人专发、专人专领、专人专记，切实让每一件物资都用在刀刃上，每一件都经得起各方监督。

连日来，朱家角镇纪委书记、监察办主任杨钦多次亲自检查防疫物资登记管理发放情况。并对我们进行了“五连问”，“全镇防疫物资从哪里来？接受了哪些社会捐赠？怎么进行公布？物资如何发放？是否发放到位？”并特别提醒，物资管理务必严格规范，全部用于防疫一线，一袋米、一瓶消毒水、一个棉签都要经得起上级检查，经得起社会监督。

自朱家角镇全面打响疫情防控阻击战以来，社会各界人士无私奉献，捐赠物资的感人场景每天都在上演。在《新型冠状病毒肺炎疫情防控工作简报》上，每天都能看到镇里更新的防疫应急物资保障和防疫物资捐赠的数据。

一边是爱心捐赠，一边是物资紧缺，如何守护爱心、用好物资，这也是防疫工作的重要环节。对此，镇纪委、监察办采取全域督导巡查、全面清点对账的方式，以便有效监督，从而确保防疫物资用在刀刃上。

早在大年初三，朱家角镇纪委便开始监督检查镇里筹集发放抗疫物资和社会捐赠款物管理分配情况。

近期，朱家角镇纪委、监察办同志实地调查了周家港村从镇里领取的抗疫物资管理发放情况。当看到每一次领取的物资都清清楚楚登记在清单上，并且日期、品项、数量、流向、用途、签收等要素齐全，全程可追溯，镇纪委、监察办的同志纷纷点赞。

“如何珍惜、善用镇防疫办发给村里的大衣、棉被、口罩、消毒水、测温枪等物资，让它们用在真正需要的地方，发挥出应有的作用?”我跟村“两委”班子成员和村务监督委员会的同志商量决定，凡是镇里发放给村里的物资在保管、发放、领取、登记、回收、监督等方面都得做到专人专管、专人专发、专人专领、专人专记，切实让每一件物资都用在刀刃上，每一件都经得起各方监督。

“村（居）防疫一线就是战场，所有社会捐赠，我们都定期公示，接受监督。”分管副镇长季靓说道。

新冠肺炎疫情发生后，镇纪委、监察办主动扛起责任，做到监督在一线。镇纪委书记、监察办主任杨钦表示：物资分配和发放过程中若发现违法违纪问题，坚决依纪依法调查处理。

54 村医

2020 年 3 月 1 日
星期日
天气晴

世上没有从天而降的英雄，只有挺身而出的凡人。

“哪有什么白衣天使，不过是一群孩子换了一身衣服，学着前辈的样子，治病救人、和死神抢人罢了……”近日这段话在网络流传，感动了无数人。周家港村的“90 后”乡村医生雷展就是其中一员。

武汉的防疫阻击战早已打响，而在后方的乡村医生则拉开了抗击疫情的游击战和排查战。周家港村的“白衣天使”于大年初二正式上班，接到的工作任务是对辖区内重点地区来沪人员进行 14 天居家隔离及每天两次上门医学观察。雷展在接到通知后快速到达自己的岗位，积极配合上级工作，在领取防护用具后，便与周家港村负责人进行沟通，确定需要进行居家隔离的人员数量及地址。周家港村处于城乡接合部，道路四通八达，外来人员较多，由于村面积大村民小组分布较散，完成一户人家的医学观察再到另一户人家，往往需要花费较多时间，给医生上门开展工作带来很多困难，但这些问题都阻挡不了这位“白衣天使”的脚步，她娇小的身躯行走在周家港村的防疫第一线，带着使命和担当对每位隔离人员和每位村民的生命安全尽职尽责。

当灾难来临之时，前方有专家披荆斩棘，后方有基层人员排查摸底、严防死守。每天与居家隔离人员进行接触也是存在感染风险的。截至今日周家港村隔离的5户共11人，已全部解除隔离，所有人安然度过观察期。这14天的居家隔离对被隔离人员来说是煎熬，但每天两次的医学观察对雷展来说则是使命和责任。身为“90后”的她，用实际行动证明，扛起重担，她行。雷展表示：“祖国需要我，我义不容辞，一定守好岗、尽好责。”相信这位“90后”定能在这场防疫保卫战中守护好周家港村的一方平安。

55 书记

2020 年 3 月 3 日
星期二
天气晴

真心实意干事就能换来实打实的支持。抗疫期间，各村民小组团结一致，村里整个防疫工作得以顺利开展，这正是村干部们一点一点用实干换来的。干部群众心贴心，村里事情就好办。

“疫情就是命令，防控就是责任。”面对疫情，周家港村党支部书记张星球始终奋战在防疫一线，身先士卒，织密疫情防控网络，用实际行动诠释共产党员的初心和使命。

快速行动抓落实，耐心细致抓宣传。为切实做好疫情防控工作，提高村民的防护意识和自我保护意识，1 月 24 日（除夕）张星球立即赶到周家港村村委，严格按照镇里的会议部署，第一时间成立疫情防控领导小组，传达上级会议精神，当天开展了全员排摸工作和居家隔离的宣传工作。截至今天，11 个居家隔离的外来人员已满 14 天医学观察期，其间工作人员做到了每天知道他们在哪里、身体状况如何、家庭成员情况如何、有何实际困难等，确保重点关注人员稳定、有序、可控。

1 月 25 日，张星球就带领村“两委”班子成员、驻村指导员、外口协管员、各小组组长等人，挨家挨户地排查返沪人员，并做好疫情防护宣传工作，发放疫情防护提示书，提醒村民们加强个人防护，节日期间做到不聚餐、少出门，做好戴口罩、勤洗手等防护措施，养成良好的卫生习惯，守护好家人的身体健康。在进村路口和各村、组交通要道及显眼的位置张贴宣传标语，并通过喇叭喊话、微信群发布信息等方式，对村民进行防疫知识宣传，引导村民不信谣、不传谣。

“硬核”处理事件，“温情”对待他人。1 月 30 日，周家港村通过村民代表会议决议，结合上级“联防联控”工作要求最终决定：非本村人员一律不得入村，非本村车辆一律不得入村，未离沪的本村归村人员一律凭“双证”入村。全村有 12 个路口，果断隔断 4 个路口，只设置 8 个出入口，安排 117 名志愿者全天守候并对无名小路巡逻排查，做到严阵以待、严防死守、看死盯牢。对于偷溜进村的返沪人员，坚决执行发现一名劝返一名。连日来共劝返外来人员 29 人，其中在道口关卡拦截劝返 16 人；另外 13 人从田间小路潜入村内，租住在村内 5 户村民家中，经村民举报后，张星球带领村委工作人员、综治人员上门耐心劝返。在劝返时，平时温文尔雅的张书记展现出了绝不退让的气魄。外来人员最初非常不理解，甚至情绪激动、口出狂言。张星球始终不为所动，出于对本村村民的生命健康的考虑，他坚持原则、毫不退让，动之以情、晓之以理，坚决劝返外来人员。对待工作严肃认真、铁面无私的他，在慰问志愿者时体现出温柔细心的一面，使人如沐春风。他会在深夜为寒风中站岗的志愿者送去方便面，对他们表示亲切慰问，并会耐心指导工作；会带领村委工作人员上门为居家隔离人员派送蔬菜，确保其日常生活不受影响，切实做到“隔离不隔爱”。

以身作则走在前，众人支持紧相随。“龙头怎么甩，龙尾怎么摆。”这场防疫保卫战打响后，张星球每次都起着模范带头作用，走在众人之前，全村各个角落都留下了他忙碌的身影。周家港村的全体工作人员（包括所有志愿者），都愿意服从命令、听从指挥，所有人都身体力行，全力支持和配合着张星球的工作安排，守护着共同的家园。能够得到所有人的支持和配合，可见其非凡的人格魅力。他可以铁面无私，也可以温柔细心。坚持原则，只为对群众负责；重任在肩，必不负所托！

56 雷锋

2020年3月5日
星期四
天气晴

孩童时代，我们常把“向雷锋叔叔学习”挂在嘴边；成年后，之所以依然将雷锋视为人生“偶像”，就在于雷锋精神的核心内涵就是奉献与敬业，而这种精神内涵是具有感召力与生命力的。

雷锋精神在战“疫”中赓续传承。1963年3月，毛泽东主席题词：向雷锋同志学习。全国迅速掀起了学习雷锋同志先进事迹的热潮。从那时起，这个普通战士的名字就永远刻在人们的心中，“学习雷锋好榜样，忠于革命忠于党”这句歌词响彻大江南北。而今天，雷锋精神早已成了一种意蕴深远的文化力量，一种震撼心灵的精神图腾。

孩童时代，我们常把“向雷锋叔叔学习”挂在嘴边；成年后，之所以依然将他视为人生“偶像”，就在于雷锋精神的核心内涵就是奉献与敬业，而这种精神内涵是具有感召力与生命力的。

我们号召学习雷锋精神，是因为雷锋精神，人人可学；奉献爱心，处处可为。积小善为大善，善莫大焉。当有人需要帮助时，大家搭把手、出份力，社会将变得更加美好。

在抗击疫情的第一线，朱家角镇党委、政府集全镇之力，众志成城、共克时艰，坚决打赢抗疫阻击战。这里有“听民声知民意”全程督导一线抗疫工作的镇党委、人大、政府、政协班子成员，有冲锋在前、顽强拼搏、日夜值守的村居党员干部，有闻令而动、敢打硬仗的镇村两级战“疫”支援队，有义无反顾、日夜奋战、指导战“疫”的驻村指导员，有“党有号召，团有行动”的青年突击队，有大爱无疆、热心公益的捐赠者，有身居幕后、任劳任怨的防疫办“隐形战队”，还有一个个综治协管员、环卫工人、志愿者……正是无数个“雷锋”的挺身而出，才形成了一股股“守护家园、守望相助、同心战‘疫’”的磅礴力量，展现了一幅幅“共筑防线、共抗疫情、万众一心”的感人图景。

连日来，镇党委、人大、政府、政协班子14位成员纷纷下基层、走一线，主要开展了三方面工作：全面部署，及时“听民声知民意”检验工作实效；下沉督导，及时掌握全镇防控疫情的工作进展；亲临慰问，及时关心奋战“疫”线的村居工作者、志愿者的工作、生活情况。

人民，永远铭记雷锋；时代，永远需要雷锋。面对突如其来的疫情，多少身边的“雷锋”，用一只手拉着另一只手，像一束光簇拥另一束光一样，让我们体会到众志成城、共克时艰的温暖，感受到一方有难、八方支援的力量。这再次证明，雷锋精神人人可学，奉献爱心处处可为。

“沧海横流，方显英雄本色。”越是在紧急关头、非常时期，越是在严峻的挑战下、特殊的环境中，越能彰显党支部和党员的独特作用。一个个党支部成为抗击疫情的前沿堡垒，一名名党员成为勇往直前的抗疫战士，全力防控疫情防止蔓延，全心守护美好家园。《一线工作者自己书写的抗疫故事——朱家角镇周家港村志愿者》就展现了全镇村居党员干部、志愿者抗疫的使命与担当。

雷锋的伟大在于他将一个普通人的“至善”做到了极致，并终身践行。雷锋精神离我们的生活如此之近，只要有心，立足个人岗位、贴近自身生活，我们就可以做雷锋精神的传承者。疫情发生以来，朱家角镇无数普通群众积极加入战“疫”志愿者队伍中，或坚守岗位，或勇敢冲锋，或默默奉献，或慷慨解囊。他们虽然不是干部、不是医生，却是疫情防控阻击战中的重要力量。

英雄并非遥不可及，从平凡走向伟大的路不是云间阶梯，而是脚下实路。一步一个脚印，我们看得到每一个英雄一路走来的痕迹。比起照本宣科式的宣传，弘扬雷锋精神更需要全社会的氛围熏陶与成年人身体力行的示范。疫情防控期间全镇党员干部、镇村两级战“疫”支援队、驻村指导员、普通群众把村庄当战场，忘掉年龄，听从统一指挥，开展联合防疫工作。他们用无数的“小善”凝聚成“大爱”，传递着社会文明的新风尚和正能量。

大音希声，大爱无言。在战“疫”过程中，我们感恩、敬仰于熟悉的高大身影再次扛起重担，也欣喜地发现更多年轻人成长起来，走上一线。一声声“我报名参加”，让人激情澎湃，一支由 17 名青年组成的朱家角疫情防控青年突击队，奔赴位于朱家角盈朱路上的周荡治安检查站，构筑了疫情防控安全线。实际行动的感召远胜千言万语，这就是雷锋精神传承半个多世纪，始终保持强大生命力的原因。无论是我们这个时代，还是更久远的未来，雷锋精神永不褪色。

雷锋是一代代敬业者、奋斗者的缩影。在这个没有硝烟的战场，让我们接过雷锋精神的火炬，同时间赛跑、与病毒较量，当好新时代雷锋精神的传人，继续谱写“美丽角里雷锋多”的动人篇章！

57 尖兵

2020年3月13日
星期五
天气晴

驻村路上当尖兵，抗疫前沿敢冲锋。要想做好基层工作，就要扎根基层，吸纳地气；干在实处，利为民谋；胸怀理想，把为党为百姓做事作为最大的责任和快乐。

虽然无缘在家过春节，无暇过元宵节，与团圆作别，但在村民安危面前，我对自己的选择无怨无悔。我的父母在浙江老家翘首以盼，妻子和孩子在沈阳家中深深想念，但我毅然放弃春节与家人团聚的机会，在除夕夜，与村干部一起研究部署，根据本村实际情况，迅速制定措施并组织村民开展疫情防控工作，按照“内不扩散、外不输出”的要求，对在湖北特别是武汉务工或上学的归村人员实行居家隔离，安排专人进行监督，必要物资由专人送达，村医每天上门测量体温。妻子打来电话，问何时回家。面对妻子的询问，我只能轻轻地说道：“我在开会，现在疫情形势严峻，今年不能回了，帮我把机票退了吧。我以前是军人，现在是驻村指导员，一样是有需要就要上。”

我在军旅生涯中曾参加青浦抗洪、抗击雪灾、奥运安保、世博会安保等一系列重大任务。也许在我的身体里，永远流淌着“不忘初心”的血

液，永远烙刻着“向前冲锋”的印记，永远回荡着“为民奋战”的心声，每逢危难之时、千钧一发之际，就迸发出“关键时刻能冲得上去、危急关头能豁得出来”的血性胆气。脱下军装，面对疫情我依然冲锋在前，用实际行动诠释了军人的品格。

自从参加抗疫工作，我便开始了每天连续16小时的高强度工作，穿着部队的作战鞋，披着一件绿色的军用雨衣，戴着连续几天不舍得换的一次性口罩。布满血丝的眼睛，浮肿的眼皮，黑白相间的头发，这是我连日来奋斗在一线的真实写照。每天还要和村干部一起给居家隔离人员测体温、送蔬菜，我们宁愿把危险留给自己。乡村就是战场，值守就是战斗。哪里最危险就战斗在哪里，哪里最需要就冲锋到哪里。我是纪检监察干部，守土有责；也是驻村指导员，守土尽责；更是军转干部，守土担责。在抗击疫情面前就是要跟大家心连心、共患难。

当前疫情形势依然严峻，疫情防控正处于胶着状态。农村是遏制疫情蔓延的阻击阵地，作为驻村指导员，尤其又是纪检监察干部，我应当干好前哨，与党支部一道组织广大群众“一针一线”织起基层疫情防控阻击网，确保农村阵地稳如磐石。这是一场没有硝烟的战争，明知有危险，我仍选择战斗在最前沿。

为积极落实青浦区“双守双共、联防联控”行动，朱家角镇周家港村实施了“封闭式管理”。在寒夜里，各道口的卡点边亮起的“星空帐篷”，是让全村人安心的“守护神”，每当夜晚来临的时候我和村干部就会出现在这些帐篷里，在部队执勤站岗是我的强项，现在为抗击疫情我更加义不容辞。老党员董引娟说道：“村里的志愿者很多都是60多岁的老党员，钱指导员担心我们卡点值守经验不足，不能有效劝阻重点疫区外来人员闯入。为此，他给我们进行了军事化培训。”现在在周家港村的每个卡点，都能看到“上哨、站哨、换哨、下哨”的规定动作，能听到“停车请出示证件”“请测量体温”等值守文明用语。“现在值守检查都是按照钱指导员给我们制定的一‘停’、二‘测’、三‘查’、四‘记’、五‘喷’、六‘放’的值守检查‘六字诀’操作，这样大家记起来很方便，也能很好地分工履行职责，真正替全村人守好‘第一道关口’。”退役军人杨晨自豪地

向镇里检查组反映。

连日来，我充分发挥示范带头作用，投身战“疫”一线，始终与广大党员群众并肩作战，开展防疫宣传工作，掌握人员动向，做好排查登记，劝返闯卡人员，关心居家隔离人员……一天下来步数有上万步，衣服湿了好几遍。我和村里的党员干部，对辖区内222户出租户、429名居住在本村未离沪的外地人员、98名湖北籍人员等进行拉网式排查，对排查出的从湖北返村的11人实行居家隔离。同时，劝阻聚众打牌6次，劝止90余人走亲访友，劝返32名外来人员。能尽微薄之力，换一方平安，再累也值得。

我还积极主动发挥好宣传员的作用，利用晚上时间加班加点甚至通宵书写一篇篇具有真情实感的关于一线抗疫工作者的文章，这些“抗疫故事”“‘战地’日记”较好地展现了干部群众共同抗疫、共守家园的抗疫风貌。16篇文章先后被“学习强国”“东方网”“澎湃新闻”“绿色青浦”等媒体转发，这是对我们强有力的激励。村书记开心地给村里干部看，说我们的抗疫故事不仅排在“学习强国”首页，而且整个青浦区只有我们被报道。把基层抗疫一线的好人好事反映出来，也是我作为驻村指导员应尽的职责。

这些天在值守过程中，面对本应居家隔离却待不住出门的外地归村人员，我与村干部坚持站在寒风里不停地劝阻，有的人很配合，经过耐心劝阻后就返家，而有的人却站在门口，对我们指责、谩骂，甚至耍赖、威胁……这段时间我们成了居家隔离人员的出气筒，听着难听的话，我们确实也会心里不舒服，但我们知道自己肩上的责任，只能暂时放下委屈，微笑着劝阻，因为我们是人民的干部，在这关键时刻，我们有责任也有义务干在防疫的最基层。

我知道农村人口居住分散，这给防疫带来了挑战，宣传必须再升级。而且我在巡查过程中发现，有些村民三三两两聚在一起聊天，少数人不戴口罩，有的村民在自家门口吃饭……显然村民对疫情还没有足够重视，我急在心里。于是，我与村干部商量后决定加大宣传力度，让广大村民真正重视起来。为此，我加班加点编写了“土味”“农味”宣传语，用小喇叭、移动音箱，增加宣传密度和时长，从上午6点到晚上8点不间断宣传，确保村民不出门、不串门、不聚集。“今天到处串门，明天肺炎上门”“省小

钱不戴口罩，花大钱卧床治病”……这些“土味”宣传语回响在我们村的各个村组。我想只有把疫情防控知识编成听起来通俗易懂、读起来朗朗上口的宣传语，才能让乡亲们感兴趣，才能真正做到入脑入心、家喻户晓。

此次的疫情，时刻牵动着我的心。

从1月30日开始，村里8个道口卡点每天有76名志愿者值守，我思来想去，自己拿出4000元钱购买了方便面。之后我紧急联系了朋友，连夜落实了把方便面运到村子的事宜。大年初一晚上，我回到家接到大哥钱峻电话：“兄弟，你在村里抗疫要注意安全，现在口罩太难买了，我东拼西凑总算给公司订了400个口罩、10副护目镜，我不在上海没法收货，写的是你家地址，你到大门口取下，物流显示到了。”我开心地说道：“这么多啊，我要是有这么多口罩就好了。”听了我的话，哥哥便知道我想干吗了，问道：“是不是村里缺口罩？那你先拿去救急吧！公司反正不知道啥时候开工。”哥哥的话，让我很是感动。于是我连夜从家里出发把口罩、护目镜毫不犹豫地交到村干部手里。

我在部队这么多年也交到了不少真心朋友。在抗疫期间，好多战友、同学打电话过来问我需要什么，我说得最多的一句话是：“个人什么都不需要，如果方便能否帮忙弄些测温仪、口罩、方便面。”总裁班的同学俞海燕发来信息：“老同学，我家有备用的口罩，给你快递几个。”我回复：“你自己也不宽裕，留着吧。我家里本来有10个，看到老百姓没有，都给他们了。”现在，虽然政府实行了口罩预约，但药房都是按序发货。刚开始封闭式管理时，村里只有一个卫生员使用的测温仪，各道口无法落实对出入人员测体温的规定，在我看来这可是重大安全隐患。于是我又绞尽脑汁、想方设法为村里解决测温仪短缺问题，功夫不负有心人，我又为村里陆续弄来了500个口罩、5个测温仪、4桶消毒水。我们村总算在各道口率先使用起了测温仪。从网上看到武汉医用物资奇缺，我向党组织交了500元特殊党费；看到镇里护目镜短缺，我捐赠了20副护目镜，支持抗疫。我没有把自己当一个局外人、旁观者，而是实实在在做了一个参与者、冲锋者。

2019年6月至今，我始终战斗在基层，双脚踏遍了村里的田间地头，为民谋福祉，倾力惠民生，群众亲切地称我为“走到哪儿亮到哪儿的好指导员”。

58 理发

2020 年 3 月 16 日
星期一
天气阴

一条围裙，一把剪刀，一把梳子，一个推剪，一个吹风机，一瓶消毒液，周家港村党群服务中心的“临时发屋”就算开业了。在抗击疫情这样的特殊时期，这些简单普通的“装备”却充满了浓浓情意。

党群服务中心解决“头”等大事。民间有俗语说：“二月二，龙抬头，剃毛头。”好多周家港村村民也认为在这天理发，会为自己带来一年的好运。特别是今年遇上了突如其来的新型冠状病毒，普通老百姓更想图个好兆头。

从春节到现在，村里多数人不得不居家“闷”着，祥凝浜路沿街理发店也停止营业。理发这件简单且平常的事，在疫情防控期间，却成了一件难事，更是村民牵挂的“头”等大事。周家港村党群服务中心始终把村民的诉求放在首位，想村民之所想，急村民之所急，及时安排曾经开过理发店的村民志愿者张言乔为所有防疫一线的工作人员和村民提供理发服务。老党员李祥刚说：“虽然地方理发店暂时不能营业，但我们周家港村党群服务中心不歇业，服务群众是不会关门的。”

一条围裙，一把剪刀，一把梳子，一个推剪，一个吹风机，一瓶消毒

液，周家港村党群服务中心的“临时发屋”就算开业了，简单普通的“装备”却充满了浓浓情意。每个入内的村民先测量体温，没有异常就可享受一人一室的专属理发服务。志愿者张言乔会先给理发剪消毒，再“唰唰唰”地挥舞理发剪，大家“飘逸的长发”立即变成“干练的短发”。大家纷纷为张言乔的手艺点赞。村民周粉林表示：“非常感谢党群服务中心组织的这次义剪活动，张言乔的手艺很好，让我今天‘改头换面’，一下子年轻了好几岁。”

村党支部书记张星球表示：“村民们都比较注重传统风俗，所以都很重视在二月二这天理发，我们的党群服务中心当然要在此刻发挥作用，解决村民的‘头’等大事，疫情无情人有情。”

收获了大家的肯定，张言乔说：“理发师也可以用手中的剪刀为大家服务，为村内防疫工作出一份力。”

党群服务中心的“临时发屋”还在持续营业中，最大限度地为党员群众提供高效便捷、优质贴心的服务。相信我们只要同舟共济、共克时艰，定会打赢这场疫情防控阻击战！

59 冲锋

2020 年 3 月 17 日
星期二
天气晴

把疫情防控的临战心态、迎战姿态、决战状态带到乡村振兴中来，乘胜追击，真抓实干，以战时作风打通项目“最后一公里”。

青浦区朱家角镇周家港村研学基地项目是在长三角一体化发展战略下孵化的美丽乡村建设项目，依托国家乡村振兴战略。我们始终积极推进项目建设，“以冲锋之势”跑出乡村振兴“加速度”。周家港村研学基地项目开发领导小组自觉克服疫情带来的不利因素，有条不紊地组织复工复产，协调项目基础建设事宜，稳步推进规划设计工作，并取得了阶段性成果。

为助力驻村指导员推进乡村振兴项目建设，切实把关心帮助送到基层，今天下午，上海市农业农村委员会农村社会事业促进处处长郭保强、副处长陈怡赟一行人莅临周家港村，调研并指导研学基地建设。青浦区驻村指导员管理办公室主任钱坤荣、朱家角镇副镇长沈培陪同调研，我们项目开发领导小组成员参与了座谈交流。会上，周家港村党支部书记张星球汇报了本村全面建设情况，我对研学基地项目开发建设做了专题汇报。领导通过调研，深入了解了周家港村研学基地规划建设情况，充分肯定了我们在疫情防控期间不忘推进项目建设、助力乡村振兴所做的努力，并对研

学基地整体设计方案表示了高度认可和赞扬。

郭保强处长在认真听取汇报后指出，周家港村紧邻古镇，交通便利、河流交错、生态宜居、乡风淳朴，坐拥朱家角镇“三横一纵”区位优势和最具绿色生态的江南水乡古镇风景资源优势。作为引入民营资本建设的乡村振兴项目，周家港村研学基地项目在开发过程中要进一步重视与村委、村民的沟通协调。尤其是疫情尚未结束，在稳抓项目进度的同时要保持高度警惕。在规划阶段，就要将人民群众的利益放在首位，坚持做到不踩“红线”，不大拆大建，推进乡、村、人、文高度融合。在整体设计中，更要维持农村原有的自然风貌，让“白墙黑瓦”成为周家港村一道美丽的风景线。郭处长最后表示，将竭尽所能为项目提供相关支持与帮助，助力研学基地项目落地。

钱坤荣主任肯定了驻村指导员和村委在项目建设中起到的重要作用，也对项目分阶段、分步骤的推进战略表示认可。他强调，要时刻关注村民对项目的支持度、参与度和土地资源流转率，也要加强和政府部门的沟通交流，做好和长三角生态绿色一体化发展示范区执委会、农业农村委、土地规划局、水务局等相关部门的对接工作。陈怡赟副处长则指出，研学基地项目和周家港村是利益相关体，只有积极实现和村民的利益链接、利益共享，增强经济相对薄弱村的集体经济，才能真正实现驻村指导员提出的“以农养农、以农惠农、以农兴农”的初衷；周家港村有着优越的地理位置，开发时应充分利用，并依托东方绿洲、朱家角古镇和陈云故居等成熟景点，盘活资源，实现互动、联动，推进后续发展。沈培副镇长就朱家角镇整体规划做了补充说明，要求周家港村研学基地在建设中必须明确土地用地，充分利用闲置房屋。他还对污水管网改造、河岸一体化管理等工作提出了具体要求，鼓励周家港村尽快完成村庄改造，让村庄亮化与研学基地建设齐头并进。

在聆听了市、区、镇各级领导的意见后，我代表项目开发领导小组表明了四点决心。一是争分夺秒，把受疫情影响失去的时间抢回来，安全启动快进键，跑出乡村振兴的“加速度”；二是查漏补缺，倒排工期稳抓进度，对标建设目标，倒查时间表、路线图，有序推进，确保不违农时，不误工期；三是真抓实干，把疫情防控的临战心态、迎战姿态、决战状态带到乡村振兴中来，乘胜追击，以战时作风打通项目“最后一公里”；四是多方对接，把各类资源盘进来，因势而谋，借势而为，不断提高基地建设效率与质量，到“打铃交卷”时交出一份满意的答卷。

典扬文化娱乐（上海）有限公司董事长沈敏明随后表示，各级领导给出的意见、建议具有很强的指导性与可实施性，扎实、务实、有效。周家港村研学基地项目在下一步的建设中，会进一步落实各项意见，在实践中摸索出一条新的、可行的美丽乡村建设之路。同时要结合乡村振兴、长三角一体化发展战略和“进博会”，把握文娱市场上升态势，努力克服困难，做到政府、集体、农民、企业四赢。

60 媒体

2020年3月23日
星期一
天气晴

新闻媒体多次宣传报道，不仅表明项目得到社会广泛关注和官方主流媒体的认可，也意味着主流媒体对项目未来在乡村振兴、产业升级、经济提速等多方面取得成果充满期待。

青浦区朱家角镇周家港村研学基地项目落户周家港村以来，不仅受到了市、区、镇各级领导的关注和认可，各方媒体的相关报道也是源源不断。作为朱家角镇首个引入纯社会资本，实行市场化运作的美丽乡村项目，其先进的运营理念、新颖的规划设计打破了研学行业传统模式。全新的开发模式让项目逐渐成为文旅行业的新亮点。

随着项目开发建设的不断推进，越来越多的人渴望了解研学基地的情况。今天，上海市青浦区融媒体中心的记者就来到周家港村进行采访报道，深入了解了项目进展情况及项目在提升闲置农舍田地利用率、促进集体经济发展、增加当地农民就业创业机会、盘活乡村振兴各类资源等方面发挥的积极作用。

融媒体中心的大魏老师特地采访了我、张星球书记及典扬文化娱乐（上海）有限公司董事长沈敏明。我们介绍了项目的理念、发展方向、规划和目前工作推进情况，并详细介绍了研学基地项目签约落地以来，项目开发办公室与村委、村民之间的沟通配合情况以及资源收储情况。

周家港村党支部书记张星球在接受采访时表示，相信在研学基地专业团队的共同努力下，定会实现打造一个集田园游憩、乡村休闲、生态体验、自然教育等多功能于一体的研学旅游综合体的愿景。

在采访中我提到，研学基地项目可以为乡村振兴注入持久的动力，让周家港村实现由经济相对滞后到跑出经济加速度的换挡升级，不断提升村民的获得感与幸福感。我还指出，要以乡村研学为引擎，以农旅融合发展为导向，以建设 G50 生态走廊共享第一村为定位，以加强经济相对薄弱村的集体经济建设为出发点，以让农民得实惠为落脚点，力争把周家港村打造成特色产业发展的旺村、优化业态布局的活村、彰显文化特色的亮村、传递党的声音的红村。

除了青浦区融媒体中心的视频和文字报道，上海三农、《上海支部生活》、绿色青浦、青浦三农、朱家角发布等相关媒体也对项目进行了宣传。在各方关注下，研学基地项目的知名度与社会关注度可以说日益提高，这也为提升项目正式运营后的社会影响力、行业影响力打下了坚实的基础。

被广泛报道，这不仅是一种社会荣誉，更意味着责任。尤其是官方主流媒体的不断关注，不仅是对项目本身的认可，也意味着其对项目未来在乡村振兴、产业升级、经济提速等多方面取得成果充满期待。

我们也必将不负众望，砥砺前行，只争朝夕，不负韶华，围绕“以农养农、以农惠农、以农兴农”的核心目标，扎实推进项目建设，积极开展各项工作。我们将基地建设与“乡村振兴”主题相结合，以“大研学”为主线，将“党建文化、军旅文化、农耕文化、民俗文化、国粹文化、节庆文化”等融入基地的文化内核，力争早日建成长三角生态绿色一体化发展示范区内的精品文旅项目，推动周家港村走上经济发展的快车道。

61 梦想

2020 年 4 月 3 日
星期五
天气晴

思路清晰远比卖力苦干重要，摆正思想远比现实表现重要，选对方向远比努力做事重要，做对的事情远比把事情做对重要。成长的痛苦远比后悔的痛苦好，胜利的喜悦远比失败的安慰好！

按下振兴“快进键”，跑出驻村“加速度”。随着夕阳西下，乡村寂静的夜晚来临了，我还在灯火通明的小会议室看着投影仪投射的研学基地项目总体规划，想着如何抓项目建设进度，如何争分夺秒把因疫情失去的时间抢回来。这是我来周家港村后又一项需要“落地生根”的要紧工作。

初到村里那会儿，虽然我黝黑阳光的脸上总是挂满笑容，但还是有不少村民怀疑我这位“阳光指导员”能不能禁得住基层“风雨”的考验。转眼近 10 个月过去了，身为一名党员、普通干部，我时刻严格要求着自己，有序开展各项工作，用真心交到了农民朋友，用真情赢得了群众信任，用实打实的成绩向周家港村的村民朋友证明自己。我想，既然来了，就必须脚沾泥土，落地生根，争取多为村里办实事、办好事，办能让全村走上乡村振兴的大事，这也是我来村子的初心。

我从以下几个方面为村里谋发展、办实事。

一是因地制宜高起点战略谋划。青浦区朱家角镇周家港村，曾是有名的农业强村，蔬菜种植产业远近闻名。然而，近些年随着土地减量化，私营企业全部搬迁，规模化种植体量减小，村子的发展遇到了瓶颈，特别是没有适应市场发展的村级集体经济特色产业，其前进的“脚步”慢了下来，一时难以找到突破口。直到去年我驻村以后，我开始为村子发展谋出路，千方百计拓宽村民致富之路，让沉寂多年的村子重新燃起了“弯道超车”的火花，找到了一条“换挡升级”的新时代发展之路。刚驻村那会儿，我了解到村里基本依靠财政补贴，缺乏自身“造血”功能，尤其近两年来，“三大整治”、公共设施改造等每年开销比较大，村里亟须发展自身经济，看到这个情况，我心急如焚，感到责任重大。我知道“授人以鱼不如授人以渔”，乡村要振兴，核心是产业振兴，产业振兴之路也是可持续发展之路。思路决定出路，周家港村的出路就是要充分发挥区位、生态、人文等独特优势，以长三角一体化发展战略实施为契机，以乡村振兴战略为指导，积极探索与实践自身发展新路径，以理念创新为先导，以环境改善为基础，以绿色发展为根本，以文化培植为支撑，以制度建设为保障，注重观念更新、因地制宜、差异竞争、特色生存，逐步形成独具特色的乡村发展模式。在充分酝酿、认真分析的基础上，我经过对村情民风、区位优势、地形地貌、产业结构、基础资源、周边环境等全面、系统的研究分析，提出了着眼于服务长三角、服务华为基地、服务朱家角 4A 级景区、服务“进博会”的目标，并引入社会资本，致力将周家港村建设成 G50 生态走廊共享第一村，真正让村子美起来、富起来、强起来。

二是精准布局高标准落地项目。周家港村属于景区园区带动型乡村（北靠古镇、南邻工业园区），坐拥朱家角镇“三横一纵”区位优势和最具绿色生态的江南水乡古镇资源优势。为帮助村里找到一条适合自身发展的好路子，我认真学习借鉴了浙江美丽乡村建设经验，还特地利用节假日赶到老家浙江湖州的“两山”理论发源地安吉县天荒坪镇余村和德清县五四村，实地考察了产业配置、运营模式等，撰写了《在长三角一体化视域下对朱家角镇乡村振兴建设的几点思考》并在朱家角镇乡村振兴研讨会上进行了交流，文中的内容得到了与会镇领导的充分认可。得到镇里的全力支

持是完成产业振兴的关键，于是我跟村“两委”班子商量后，我们一致认为继续发挥好水稻和蔬菜两大基础产业优势，因地制宜发展研学项目特色产业，聚焦农民创业、产业融合、线上线下融合，推进“农创+文创+旅创”品牌建设。我心里清楚，得到了村“两委”班子认同，也有了好的项目设想还不行，找不到好的投资方等于是空想，有好的投资方没有专业的运营方也等于白干。

我知道乡村文旅项目投入大、产出慢，好多项目要么“难产”，要么“昙花一现”，考虑问题必须周全。为此，我不急着去找投资方，而是放出了“两招”。第一招就是静下心来把产业振兴的战略规划详细梳理出来，把村里的人和事、景和物撰写成文章宣传出去，让身边的朋友知道这个村、关注这个村，营造投资热土。这一招还真管用，有很多商界的朋友陆续打电话过来咨询我有关投资的具体事宜。这时，我又抛出第二招：投资必须满足四个条件，一要有乡村情怀，资金链有保障，舍得前期投入；二要有高端规划设计运营团队；三要不碰“红线”，只能利用现有土地房屋资源；四要按照现有的战略规划去细化设计。这样一来，既能挑选好的投资方，又能不偏向、管长远，更能规避风险。功夫不负有心人，经过多次思想交流、理念推介、项目论证，最终选择了有传媒文旅背景的典扬文化娱乐（上海）有限公司。为确保规划的合理性、科学性，我还积极与镇分管领导沟通，让研学基地项目开发团队与镇相关职能部门进行了讨论交流，形成了符合周家港村情、民情、社情的策划方案，组建了由典扬文化娱乐（上海）有限公司统领的规划、开发、融资、运营一体化高端团队。当然在推进项目时，特别是与群众沟通协调闲置房、林地、菜地等流转事宜的过程中，经常遇到谈好了过两天当事人就反悔的情况，甚至也有人不理解，不信任，不配合……我会不厌其烦、耐心细致地告诉群众乡村振兴的关键是要发展壮大集体经济。只有发展壮大了集体经济，才能让村子有收入，从而能够有钱为村民办事，特别是为弱势群体提供必要的帮助。把闲置的农房、林地等流转出来不仅可以拿到可观的租金，还能盘活经济……经过不懈的努力，个别有想法的农户也打消了顾虑，由观望到配合再到积极地参与进来。2019 年 11 月 17 日，研学基地项目首批四套民房最终选定签约；2019 年 12 月 1 日，开发公司与村委签约，并正式入驻办公。在我的建议下，双方又组建了项目开发领导小组，明确权责关系，建立工作例会制度，全力推进项目建设，力争把研学基地孵化成乡村振兴的大课堂、思想引领的大熔炉、一体化服务的大平台，打造成全市乃至长三角地区乡镇一体化建设的新引擎、新标杆、新样板示范基地。

三是四方共赢高品位建设发展。开发建设项目是一个系统工程，必须用联系的观点、发展的观点看问题。为此，在开发建设过程中，我考虑最多的是如何形成利益共同体的问题。我在多次协调对接政府、集体、村民、企业的过程中，提出了“项目要充分考虑政府、集体、村民、企业四方共赢，实现开发一个研学基地、盘活一批闲置资产，开设一套体验课程、串联一片旅游资源，发动一批农民参与、吸引一群企业集聚，打造一条文旅产业，振兴一个美丽乡村”的终极愿景。从政府层面看：项目将作为朱家角镇乃至青浦区的一个新亮点，丰富朱家角镇的旅游业态，带来新的流量入口，促进全域旅游发展，并发挥出与朱家角古镇、张马村沈太片区等旅游资源的关联效应。同时，研学基地运营后将吸引与研学旅游相关联的上下游企业聚集，形成产业集群，为招商引资注入活力，为政府增加税收创造条件。从村集体层面看：注册项目主体公司落户朱家角后不仅会增加村集体的返税收入，同时也会全面升级周家港村美丽乡村建设，助力全村建设上新台阶。项目获得收益后，开发公司还会将每年赢利按比例分配给村集体，增加村集体的收入，并设立“公益基金”为村里特殊群体提供福利。从村民层面看：开发运营期间将为村民提供建筑、设计、绿化、保洁、安保、水电等方面的多个岗位，可促成 100 多人就业；涉及房屋租赁的农户平均每年增加收入约 4 万元。

此外，本项目开发产生的产业示范效益将带动四家农村合作社的发展。通过包装设计，赋予产品品牌价值，再通过线上线下营销，来解决水稻、蔬菜等销售问题。项目还能带动村民参与经营，自主销售蔬菜、特色糕点、手工艺品等产品，预计年增收 2 万元。同时，按照“以点带面，全面开花”的策略，坚持“力求小而美，不求大而全”的原则，要突显项目的党建文化、军旅文化、国粹文化、农耕文化、民俗文化、节庆文化，挖

掘乡村本土特色元素，利用优美田园风光及江南水乡资源，植入乡村农旅配套产业，大力发展美丽乡村研学旅游，优化农村空间布局，设置文化景观环境，已修建或计划修建初心广场、初心码头、红茶馆、普安花园、新时代农民讲习所、戏剧小院、党群服务中心、退役军人服务站、人民公社等30余个富有内涵的亮点景观，有效盘活农村闲置资源，调整改善农村产业结构，增加村民就业创业岗位，让周家港村实现由寂静冷清到门庭若市的华丽转身，真正实现由经济相对滞后到跑出经济加速度的换挡升级，不断提升村民的获得感与幸福感。

驻村以来，我走家入户、宣传政策、座谈讨论、争取资金、解决矛盾、组织活动、整治环境、防灾抢险、维稳安保、抗击疫情……村子里悄然发生了很大的变化。虽然我脸晒黑了，人也憔悴了许多，但更接地气了，与村民的关系更加密切了，也得到了百姓的认同。这正印证了一句话：金杯银杯不如百姓的口碑，金奖银奖不如百姓的夸奖。

62 生态

2020 年 4 月 8 日
星期三
天气晴

周家港村研学基地的开发就是立足于乡村自然生态，利用周家港村原本的“绿水青山”，变原本的地理优势、生态优势为经济优势、发展优势。这不仅符合我国对于生态环保的追求，也符合人类追求可持续发展的大趋势。

2005 年 8 月 15 日，时任浙江省委书记的习近平同志在安吉余村考察时，首次提出了“绿水青山就是金山银山”的科学理念。转眼间，15 年时光匆匆而逝。上周，习近平总书记又一次莅临余村考察调研，看绿色之变，谈绿水青山。

在视察西溪国家湿地公园仅几天后的 4 月 3 日，习近平总书记在参加首都义务植树活动时再次强调，良好生态环境是全面建成小康社会的重要体现，是人民群众的共有财富。要牢固树立绿水青山就是金山银山的理念，打造青山常在、绿水长流、空气常新美丽中国。

回望过去的 15 年，我们发现“绿水青山就是金山银山”的理念已经走向全国，走向世界。尤其在当下的中国，生态优先、绿色发展已经成为社会经济发展的共识，生态环境保护的理念更是深入人心。

研学基地的开发也是如此。研学基地项目开发领导小组始终秉持着保护乡村生态环境的初心，通过一次次走访调研，了解村庄基础情况。领导小组不仅对项目场所和周边进行实地勘测、确定开发界线，还与设计公司一起对村中自然生态环境进行调查摸底、制定原生态研学路线。

从内容上来说，乡村研学与研学者对乡村自然生态环境的探索、研究、学习是密不可分的。周家港村有着优美宜人的自然环境，可谓绿树成荫、莺歌燕语。这样的环境不仅是研学的基础，也是研学基地项目生存发展的根本。

生态环境是最宝贵的资源，更何况“绿水青山就是金山银山”，这句话振聋发聩。周家港村研学基地的开发就是立足于乡村自然生态，利用周家港村原本的“绿水青山”，变原本的地理优势、生态优势为经济优势、发展优势。这不仅符合我国对于生态环保的追求，也符合人类追求可持续发展的大趋势。

时间已经来到 4 月，研学基地施工在即，我们任重道远。我们将以习近平总书记“绿水青山就是金山银山”的理念为指导，在项目开发领导小组的带领指挥下，克服疫情影响，更加严谨认真地投入开发工作中去。我们将注重生态文明建设，利用好周家港村的“绿水青山”，打造乡村生态研学示范基地，带动区域经济发展，全力为当地人民群众打造这一片未来的“金山银山”。

63 主任

2020年4月13日
星期一
天气晴

驻村帮扶是做好各项扶贫开发工作的重要保障。扶贫开发工作包括许多具体内容，仅靠文件要求、会议部署，而没有面对面的沟通、手把手的指导，很难做得扎实。

青浦区驻村指导员管理办公室主任钱坤荣，被我们驻村指导员亲切地称为“荣叔”。他聚焦乡村振兴战略，推进农村综合帮扶重点工作，充分发挥牵头抓总、沟通协调、调研指导、服务保障等职能作用，以坚决的态度、有力的举措、过硬的作风，推动驻村指导工作高效有序地运转。

自去年6月区驻村指导员管理办公室成立以来，为使选派的30名驻村指导员尽快适应农村工作、进入角色、融入乡村，钱坤荣主任将上海市驻村工作部署和文件精神融入“不忘初心、牢记使命”主题教育，结合阶段性工作重点，组织驻村指导员合理开展学习，让大家做到学有计划、学有笔记、学有心得，从而全面准确地理解驻村工作任务。他牵头在区委组织部举办了驻村指导员业务培训班，亲自研究培训计划、培训内容，并进行专题授课，结合自身经验教授大家如何提高履职能力。他安排专人整理汇编涉及农村党建及“三农”等的文件，并将其下发；组织大家赴乡村振兴示范村金泽镇莲湖村、“一站两中心”示范点练塘镇徐练村开展现场教学，为驻村指导工作的顺利开展打好基础。他还安排季度工作例会、每月工作推进会以及各片区每周一召开的工作晨会等，及时掌握工作完成情况，分析工作中存在的问题，研究具体解决办法，提出相关工作要求。此外，他协调召开区各职能部门联席会议，加大协调支持力度，分析工作中出现的新情况、新问题，积极改进工作方式，调整工作方法。去年夏天，所有驻村指导员都在参加“三大整治”工作，他心里惦记着大家，冒着酷暑到各驻村点看望每位驻村指导员，并开展夏日送清凉活动；从去年11月起，他带队不辞辛劳地开展大走访，对每个派驻村开展全覆盖走访调研。正因为他在思想上激励、工作上帮带、生活上关心，才使驻村指导员们到岗后，能够迅速进入工作状态。大家深入村居进行座谈、走访，了解村情民情，特别是在加强农村基层党建、三大整治、结对帮扶以及美丽乡村建设、抗击疫情等方面发挥了积极作用，成为一支战斗力极强的农村建设队伍。

为确保各项工作有序开展、顺利推进，钱坤荣主任牵头研究制定了《青浦区驻村指导员管理工作办法》，明确了例会制度、为民服务工作制度、学习培训制度、信息专报制度、考勤考核制度、督促检查制度及自我管理制度七项工作制度，明确了区、镇、村以及派出单位的管理职责。围绕乡村振兴重点工作，明确驻村指导员考核七项任务，细化考核内容、评分标准、时间节点，实行季报，以便及时了解驻村指导员工作开展情况，并将其作为驻村指导员年终考核评优的重要依据。他又协调区委组织部、区农委组建了指导督导工作组，围绕村情底数、自身建设和七项任务，通过听、看、查、访、问等方式从严从实指导督查办公，全面了解驻村指导员工作中存在的问题，梳理方法路径，强化责任意识，促进驻村工作各项任务落实。

他积极联系各类媒体，加强与区融媒体中心的联系，加强对驻村工作的宣传报道，展示驻村指导员工作风采。每月牵头刊发一期驻村工作简报，并依托绿色青浦、青浦党建、青浦三农平台，及时报道驻村工作的特色、亮点和工作成效等。精心指导驻村指导组研发上线“青浦区驻村指导员风采展示平台”，开设主题教育、乡村振兴、驻村手记、市民驿站、文化探究等专题，截至目前，该平台已发布驻村工作资讯1300余条，其中驻村指导员撰写的驻村手记、驻村随想等相关文章也在《中国水稻科学》杂志、上海电视台新闻综合频道、人民网、东方网、上观新闻、《都市城乡报》、青浦电视台新闻栏目等进行宣传。平台还得到了市驻村指导员管理办公室的多次肯定，已在全市推广。通过一系列工作制度的落实，钱坤荣主任为驻村指导员围绕中心、把握全局开展工作创造了良好的条件，营造了“比、学、赶、帮、超”的良好氛围。

他对大家讲得最多的一句话就是“大家要脚沾泥土接地气，用心用情用力抓帮扶”。他善于听取驻村指导员的工作想法，并帮忙谋划、跟踪问效，直到落地生根、开花结果。特别是针对驻村工作的难点、痛点、堵点，他请专家帮忙解决，确保工作有序推进。在他的带领下，驻村工作开展约10个月以来，30名驻村指导员严格落实区驻村办各项规定，真心全力驻村帮扶，积极主动作为，收获了累累硕果。他精心指导周家港村驻村指导员全力打造长三角研学基地项目并促成签约落地；解决村村通等群众急盼的民生问题，“以冲锋之势”跑出乡村振兴“加速度”；指导建新村驻村指导员依托“江湾·角里”城乡党建联盟以协调菜篮子进市区事宜；促进与电商平台“美团买菜”签约，推动本地优质农产品线上销售；指导赵屯村驻村指导员改建红草莓党建服务站，积极打造党群之家服务专委会，并邀请剪纸非遗传承人到村开展剪纸培训，推动农村文创发展；指导红旗村驻村指导员落地“农域通数字乡村管理建设”信息化项目，积极打造智慧村务，并推进“七彩神仙鱼”特种养殖；帮助西岑村驻村指导员研发村级信息管理平台；指导淀西村驻村指导员以打造乡村文化品牌、促进乡村文化振兴为切入点，对接虹口区虹阳文化活动中心，举办“城乡携手、文化互融”文艺汇演，积极选育本土艺术；推动响新村驻村指导员制定“健康响新”行动方案，积极推进家庭医生、关爱肿瘤病人、中医养生急救等项目……正因为他的“好思路”引来了“新方法”，“好风景”引来了“新经济”，“好作风”引来了“新成绩”，才使乡村振兴的步伐更快，也让“驻村指导员”这个金字招牌在青浦大地更加响亮。

在疫情形势严峻的时候，1月26日（大年初二），钱坤荣主任与驻村

指导员工作组就如何迅速展开疫情防控工作进行探讨和筹划，第一时间统一思想，明确工作要求和方法步骤，并迅速部署；看到基层防疫物资匮乏，钱坤荣主任积极协调各种防疫物资，第一时间筹集、购买口罩及乳胶手套，发放给全体驻村指导员；他连续多天深入各村指导一线防疫工作，给大家加油鼓劲，驻村指导员也纷纷加入各镇战“疫”先锋队、突击组；他还依托区驻村指导员工作交流平台建立“16:00 三报告”制度，即驻村指导员每日 16:00 前报所处地点、工作情况及健康状况，以便全面掌握 30 名驻村指导员情况。此外，他成功实现疫情防控季的驻村连线——召开网络远程视频月度例会，确保了特殊时期驻村工作的高质高效、有序推进。

“疫情就是命令，防控就是责任”，这不只是一句口号。在钱主任的带领下，青浦区全体驻村指导员以强烈的责任心和自觉性第一时间到岗到位，始终冲在抗疫最前沿，用实际行动践行初心和使命。在这个光荣的驻村干部群体中，有强化工作组整体战“疫”能力的驻村办“指挥员”；有冲锋在前、顽强拼搏、日夜值守的“战斗员”；有强力营造防疫宣传氛围的“宣传员”；有积极筹集防疫物资，助力农产品销售、复工复产的“保障员”……形成了一股股“守护家园、守望相助”的扶贫干部力量，展现了一幅幅“共筑防线、共抗疫情”驻村指导的感人画面。

64 模式

2020 年 4 月 17 日
星期五
天气晴

做好“结合”文章，用改革的办法破难题，用创新的思路求实效，持续发力，久久为功，真正实现经济相对薄弱村后来居上、“弯道超车”，逐步实现由量变到质变的华丽转身，努力走出乡村振兴的“珠里路径”。

近日，区委书记赵惠琴来朱家角镇主持召开青西片街镇党委书记例会，为青西发展划重点、找答案。她强调，示范建设时不我待，要跑出加速度、干出显示度，加快推动青西协同发展，为服务国家战略、推动跨越发展再立新功、再续传奇。典扬文化娱乐（上海）有限公司（以下简称典扬）是有社会责任感的企业，早在去年下半年，在赵书记的牵线搭桥下，典扬正式落户青浦区朱家角镇周家港村，探索与实践全新开发模式，助力乡村振兴。

研学基地项目签约后，典扬在朱家角注册了上海青朱周旅游开发有限公司，作为周家港村研学基地项目的开发主体，并遵循《社会资本投资农业农村指引》的基本原则，全力打造乡村研学基地项目。该项目是长三角生态绿色一体化发展示范区里首个集研学、文化、农业、旅游于一体的项

目，我们的初衷是要起到示范带动效应。该项目会努力做到：①尊重农民意愿。乡村振兴只有让农民参与进来，让其真真切切感受到发展变化，得到实实在在的实惠，农民的获得感、幸福感才会不断提升，农民才会更加支持我们的项目建设。比如，可以把种粮大户的大米纳入基地的电商平台促销产品中。②遵循市场规律。要充分运用长三角生态绿色一体化发展示范区的独特优势，紧贴朱家角镇全域旅游发展规划。更好发挥政府作用，利用典扬自身优势将人才、技术、管理等现代生产要素注入农业农村，加快建成现代农业产业体系、生产体系和经营体系。③坚持开拓创新。加大与青浦区、朱家角镇人民政府以及长三角地区金融机构的合作力度，争取地方政府的强力支持，充分发挥典扬在传媒、文娱等方面的市场化、专业化优势，吸引一批企业聚集，为盘活周家港村经济提供更多有效的渠道，研究探索更多行之有效的模式。

紧紧对标朱家角镇实施乡村振兴战略的要求，确定把“乡村新型服务业”作为投资周家港村的重点产业和领域，这与《社会资本投资农业农村指引》中规定的产业不谋而合。未来将重点发展休闲农业、乡村旅游、餐饮民宿、创意农业、农耕体验等产业，充分发掘生态、文化等各类资源优势，打造一个设施完备、功能多样、服务规范的乡村休闲旅游地。聚力发展乡村特色文化产业，推动农商文旅体融合发展，挖掘和利用农耕文化遗产资源，打造特色优秀农耕文化产业集群。发展农业生产托管服务，提供市场信息、农技推广、农产品营销等生产性服务。构建传统商业圈、小门店、小集市等商业网点，积极发展餐饮住宿、文化艺术等生活性服务业，为乡村居民提供便捷周到的服务。协助村委开展村庄清洁行动和美丽宜居村庄、最美庭院创建等活动，推进农村人居环境整治与发展乡村休闲旅游等有机结合。

区委赵惠琴书记指出，以张马村为核心的沈太路片区、以练塘镇东庄村为核心的朱枫公路片区的乡村振兴集中连片建设要加快推进。而研学基地就位于朱枫公路最北端，未来必将与东庄村形成南北相望、首尾相顾的乡村振兴战略格局。同时，周家港村坐拥朱家角镇最优质的客源基地、最具特色的江南水乡风景等优势。面对这样优质的市场基础，我们着眼于产业振兴，将率先探索乡村振兴发展新模式，全力打造高水准的乡村研学旅游综合体，这必将为古镇释放产能、突破发展瓶颈、拓展全域多维旅游提供发展空间与样板，也将为本地区推动“五个振兴”起到积极的作用。

何谓“五个振兴”？一是要不断完善全产业链开发模式。典扬将联合村里农民专业合作社等新型经营主体、小农户，加快全产业链开发和一体化经营，开展规模化水稻种植，开创品牌、注重营销，促进生产、加工、销售产业链各环节的有机衔接，强化水稻与农产品加工、流通以及服务业等渗透交叉，推进农村一、二、三产业融合发展。为适应未来发展，典扬将下乡进村建文娱领域总部，协同其他社会资本聚焦优势突出的产业链条，并补齐产业链条中的发展短板，发挥示范带动作用。

二是要探索区域整体开发模式。按照“一轴两翼”整体发展战略，以朱枫公路为轴，东片区打造研学基地，西片区打造农业科技项目，在符合法律法规和相关规划、尊重农民意愿的前提下，因地制宜，探索区域整体开发模式。统筹农业农村基础设施建设与公共服务、高标准农田建设、产业融合发展等并进行整体化投资，建立完善合理的利益分配机制，为长三角地区农业农村发展提供区域性、系统性解决方案，促进农业提质增效，带动农村人居环境显著改善、农民收入持续提升，实现企业与农户互惠共赢。

三是要创新政府和典扬合作模式。积极探索农业农村领域有稳定收益的公益性项目，推广政府和典扬合作模式（PPP 模式，即 Public – Private Partnership）的实施路径和机制，不仅要让自身投资可预期、有回报、能持续，更要依法合规、有序推进与政府的紧密合作。

四是要探索设立各类乡村振兴基金。要在市、区农业农村部门的牵头协调下，推动设立政府资金引导、金融机构大力支持、社会资本广泛参与、市场化运作的乡村振兴基金。推介有实力的社会资本，结合朱家角农业产业发展和投资情况，规范有序地设立产业投资基金，发挥引导和资金撬动作用，进一步推动农业产业整合和转型升级，加快推进乡村振兴战略实施。

五是要建立紧密合作的共赢机制。典扬落户朱家角后，我们成立了项

目开发领导小组，进一步强化责任意识，引导农民以土地经营权、林地、技术等入股，农村集体经济组织通过股份合作、租赁等形式，参与村庄基础设施建设、农村人居环境整治和产业融合发展。创新村企合作模式，充分发挥产业化联合体模式的联农带农作用，激发和调动农民参与乡村振兴的积极性、主动性。我们将采用“农民 + 村集体 + 企业”“土地流转 + 优先雇用 + 社会保障”“农民入股 + 保底收益 + 按股分红”等利益联结方式，与农民建立稳定的合作关系，形成稳定的利益共同体，做大做强新型农业经营主体，提升小农户生产经营能力和组织化程度，让农民更多分享产业链增值收益，让企业和农民共享发展成果。

65 朱周

2020 年 4 月 19 日
星期日
天气晴

周家港村研学基地的定位是传播“党建、军旅、农耕、民俗、国粹、节庆”六种文化的长三角研学旅游综合体。文旅项目只有注入了文化的灵魂和艺术的气息，才能保持原动力、经久不衰的生命力。

为助力国家乡村振兴战略，典扬文化娱乐（上海）有限公司旗下的上海青朱周旅游开发有限公司作为开发主体，全权负责周家港村研学基地项目。自项目落户周家港村以来，受到了各级领导的肯定，也受到越来越多社会各界人士的关注。作为驻村指导员，我也积极、全心全意地帮助开发公司尽可能地吸引更多的社会各界朋友为基地建设赋能。

周末我邀请了原武警上海总队政治部文工团教导员、国家一级演员、上海市青年联合会委员、上海市音乐家协会声乐专业委员会理事、男高音歌唱家朱志容和上海歌舞团独唱演员、国家二级演员周敏霞等一行来研学基地参观洽谈。朱志容和周敏霞其实是一对夫妻，他们二人的姓正好与开发公司名称的部分字重合，说来也是挺有缘分。交流会上，开发公司总经理罗丹红就研学基地的规划、理念、发展方向和目前工作推进情况进行了

介绍，双方围绕乡村研学的未来发展、音乐与乡村结合的可能性等话题进行了深入的交谈。

朱志容作为“湘籍三大青年男高音”之一，曾获上海“十佳文化新人”提名奖，同时也是亲子音乐嘉年华创始人，举办过多场演唱会，在文化项目运营和管理方面均有丰富的经验。而典扬文化娱乐（上海）有限公司作为投、建、运一体化的创新型文娱企业，一直着重于内容的场景植入、创新创造。在周家港村研学基地的建设过程中，我们始终以文化和内容作为项目的软件核心，也特别重视各类型文化在项目中的融合，并期待其为研学产业发展带来奇妙的化学反应。

此次“朱周”二人来到“青朱周”，不仅表达了他们对乡村的喜爱和向往，也对基地的发展前景十分看好，并从音乐文化角度出发为基地的运营管理提出了一些切实可行的建议。此次交流收获颇丰，对于基地的文化打造很有意义，同时双方对未来的跨领域合作充满期待。

66 组团

2020 年 4 月 23 日
星期四
天气晴

领导组团靠前服务、机关专业服务、村干部兜底服务，项目推进大跨一步。要主动将项目融入朱枫公路片区乡村振兴集中连片建设的整体战略中，做到精细布局、精准布点、精心布置、精益布效，跑出加速度、干出显示度。

今天上午，我们邀请了朱家角镇党委组织委员朱巧其、宣传委员吴文娟到周家港村实地调研指导研学基地项目。周家港村研学基地项目开发领导小组成员参加了座谈会。

会上，村党总支部书记张星球详细汇报了引入社会资本投资周家港村助力乡村振兴的现实意义和党建引领研学基地项目落地推进的具体举措。村主任胥雪华汇报了村委在协调农民、收储资源、对接政策等方面搞好服务保障的具体事宜。典扬文化娱乐（上海）有限公司总经理罗丹红从项目概述、项目开发、项目价值、项目实施等方面做了详细介绍。会议对开发过程遇到的排污纳管、道路维修、沿河生态步道建造等需要政府层面具体帮助指导的实际问题进行了深入探讨交流，两位领导结合自身工作经验一一给予了现场解答。

我对研学基地项目落地以来，镇领导组团靠前服务、机关专业服务、村干部兜底服务表示感谢，并向两位镇领导阐述了基地建设战略思想——全力转变乡村经济发展相对滞后的现状。去年，我尝试引入社会资本典扬文化娱乐（上海）有限公司来开发建设周家港美丽乡村项目。该项目的启动为周家港村的振兴发展注入了动力。我们将采用“农民＋村集体＋企业”“土地流转＋优先雇用＋社会保障”“农民入股＋保底收益＋按股分红”的利益联结方式，通过企业打造研学产业、文创产品，为村民提供就业创业岗位，让村民得到更多看得见的实惠。在战略谋划设计上，我们将紧紧围绕党建引领乡村振兴，全力打造党建服务片区、农耕体验片区、商业配套片区。利用“三横一纵”交通优势、南园北镇地理优势，坚持走农旅融合发展道路，做到场所共享、土地共享、房屋共享、产品共享、技能共享、成果共享，真正将周家港村建设成G50生态走廊共享第一村，把周家港村建设成传递党的声音的红村、特色产业发展的旺村、优化业态布局的活村、彰显文化特色的靓村。特别要主动将项目融入朱枫公路片区乡村振兴集中连片建设的整体战略中，做到精细布局、精准布点、精心布置、精益布效，跑出加速度、干出显示度，真正实现以农养农（农业强）、以农兴农（农村美）、以农惠农（农民富）的初衷，真正达到开发一个研学基地、盘活一批闲置资产，开设一套体验课程、串联一片旅游资源，发动一批农民参与、吸引一群企业集聚，打造一条文旅产业、振兴一个美丽乡村。

典扬文化娱乐（上海）有限公司董事长沈敏明介绍了公司发展的优势、现有板块开发以及未来助力乡村发展的设想。他谈到，周家港村在美丽乡村建设方面有着得天独厚的优势。去年9月，在驻村指导员的牵线搭桥下，典扬文化娱乐（上海）有限公司开始投资开发周家港村研学基地项目。这个项目是长三角一体化发展战略下朱家角镇首个引入的美丽乡村项目，公司有乡村情怀，有开发主体公司，有运营团队，一定会把项目做好做长。新的项目落地，也激发了村民的就业创业热情。村民有热情，企业开发也更有信心。沈敏明表示，周家港村研学基地区位优势明显，自然资源丰富，在科学合理的规划下，一定能发展成为长三角生态绿色一体化发展示范区的研学文旅综合体标杆项目，公司也将发挥自身文旅研发和传媒宣传优势，在朱家角镇全域乡村振兴推进中贡献自己的力量。

镇党委领导通过调研指导，深入了解了周家港村研学基地的规划建设情况，充分肯定了驻村指导员和村“两委”班子在项目建设中起到的重要作用，也对开发公司分阶段、分步骤推进项目建设的战略和展现出的专业能力表示认可。镇党委宣传委员吴文娟在认真听取汇报后表示，周家港村研学基地落户朱家角将为全镇增添一抹亮色。要做好“研学基地”的开发建设，首先得做好基础建设，打造好整体环境；其次要着眼于“学”——“学什么，怎么学，有什么收获”，在场景营造和内容注入上，要坚持一个理念、围绕一条主线来设计；最后在“研判”方面，开发团队已经做了充分分析，成果值得肯定。她还强调，周家港村研学基地要依托自身特色，做到“人有我必有”“人无我有”“人有我特”；要让村民参与到项目中来，共同推进研学基地的可持续发展；相信在专业团队的运营下，周家港村研学基地定会为朱家角“增亮点、添特色、促发展”，她也将竭尽所能提供政策支持与帮助，助力项目早日建成落地。

镇党委组织委员朱巧其充分肯定了开发小组目前取得的成绩。他说，驻村指导员和村“两委”班子在项目建设过程中不做表面功夫，脚踏实地、兢兢业业地为百姓做实事；项目开发团队也很“接地气”，务实的同时也展现出了专业素养，是一支有情怀、有战斗力、有想法的队伍。他相信，在研学基地项目开发领导小组的努力下，项目建设一定可以走好每一步，真正实现“四方共赢”。朱巧其也对项目建设提出了几点建议：一是要以乡村振兴领导小组为平台，做到积极参与、及时反馈、相互交流、团结协作；二是要积极申报美丽乡村，借力打力进一步完善基础设施建设，做好基础保障工作。最后，朱巧其表示他会全力支持周家港村研学基地项目建设，做好协调和沟通工作，助力项目落地成功。

研学基地项目开发领导小组坚信，在各级领导的科学指导和强力支持下，定将充分发挥长三角生态绿色一体化发展示范区的区位优势和“三横一纵”的交通优势，结合乡村振兴、长三角一体化发展、“进博会”三大国家战略，稳步让项目推进落地、生根发芽、全面结果，实现以沉浸式的研学体验来筑乡村振兴“中国梦”！

67 动工

2020年5月5日
星期二
天气晴

劳动节里基地忙，“乐稻心田”新篇章。中华民族是勤于劳动、善于创造的民族，正是因为劳动创造，才能拥有辉煌的历史，正是因为劳动创造，才能开创美好的未来。

五一假期刚过，不少人还沉浸在假日悠闲的气氛中，坐落于朱家角古镇边的周家港村却一直保持着五一以来忙碌的热闹景象。从村南到村北，从G50生态廊道到村委大楼再到河岸荒地，处处可见劳动者的身影。“乐稻心田”长三角周家港研学基地正在高速建设中，工人们的号子声、铁锤的敲击声、施工机械的轰鸣声交织在一起，为这个五一劳动节献上了一曲独属于劳动者的赞歌。

今天上午9时18分，周家港村临河的建设工地上红旗招展，一场简约而不失隆重的动工仪式正在这里举行，以庆祝研学基地正式进入硬件设施建设阶段。我和周家港村党支部书记张星球、村主任胥雪华等领导，以及典扬文化娱乐（上海）有限公司董事长沈敏明等一起出席了开工仪式。

五一假期里，我们放弃了休息时间，一直在工地一线指挥建设施工，为项目排忧解难。大家现场合影留念后，还实地勘察了项目各关键节点的

施工情况，并对施工团队提出进一步要求，要提高施工效率，保证工程按时、按质完成。张星球书记谈到，施工单位要设置好围栏、安全指示等施工现场安全防范设施，做到安全施工、文明施工。下一步村委及村集体也将与开发公司继续保持密切的合作，为开发团队和村民之间的沟通交流搭建桥梁，帮助周家港村村民从研学基地项目中寻找发展机会，为村民带来更多实实在在的收益。村主任胥雪华也表示，研学基地的开发建设离不开与周家港村当地传统民俗文化的融合，离不开对村风、民情、历史、古物的调查、收集与了解。她也将积极解决开发过程中的“疑难杂症”，为项目建设提供更多帮助。

我想，咱们研学基地项目开发领导小组要不畏艰险、冲锋在前、真情奉献、展现党员干部的担当精神，要始终遵循《社会资本投资农业农村指引》的基本原则，注重调查研究，细致推敲规划设计与建设要求。项目要将推动农村人居环境整治和产业融合发展相结合，全方位探索创新村企合作模式，充分发挥产业化联合体等联农带农作用，激发和调动农民群众积极参与到乡村振兴的大热潮中来。

典扬文化娱乐（上海）有限公司董事长沈敏明在听取领导的意见和建议后表态，我们领导小组将定期召开联席会议，共同研究建设过程中遇到的问题，广泛听取社会各界的意见和建议，确保建设一个点位，形成一片美景。开发团队在工作中将继续重视该项目与常规旅游类、乐园类项目的区别与特殊性，在保留乡村核心属性的同时高效推进项目建设。

我们此次动工的区域有G50生态廊道公园、村史馆、开发馆、军史馆、廉政馆及“BOOM草坪”特色区域地块，各有各的设计，各有各的精彩，先后有两家设计公司参与项目的规划设计。在科学规划的基础上，五一期间项目数个区域同时开始动工建设，展现了新时代乡村振兴需要的强实力与加速度。我们项目开发领导小组将始终保持自力更生、艰苦奋斗的前进姿态，在乡村振兴路上奋勇搏击、勇往直前，弘扬匠心精神，脚踏实地把项目建设好，真正助力美丽乡村建设，转变过去周家港村的老旧风貌，为周家港村带来新时代新乡村的新景色、新气象。

68 商会

2020 年 5 月 12 日
星期二
天气晴

浙商几十年来“白天当老板，晚上睡地板”，胆大包天，鸡毛换糖，网联世界，造就品牌，成就了“浙商”的品牌。

中国要强，农业必须强；中国要美，农村必须美；中国要富，农民必须富。乡村振兴，是一场必须付诸实践、取得成功的攻坚战，必须凝聚社会各界力量，做好振兴发展大文章。今天下午，上海市浙江商会走进长三角生态绿色一体化发展示范区（青浦）座谈交流会在青浦举行，区委领导与企业家们共聚一堂、共谋发展。这次交流会为上海市浙江商会未来在青浦投资发展指明了方向。

近年来，青浦区区域商贸环境不断优化，迎来了前所未有的发展机遇。对浙江在沪企业来说，投资青浦，就是投资未来。

2019 年 10 月，我牵线搭桥引入典扬启动长三角青浦研学基地项目。典扬成为长三角一体化办公室挂牌后浙商首家投资开发青浦美丽乡村建设的民营资本，也成为赵惠琴书记口中的浙商企业领军人中的一员。典扬是有社会责任感的企业，主营业务分传媒和文娱。传媒板块有数字营销、品牌传播和内容制作三大业务。文娱板块独创“内容 + 场景 + 科技”三大引擎。

作为上海市浙江商会中的一员，典扬以此次上海市浙江商会走进长三角生态绿色一体化发展示范区（青浦）座谈交流会为契机，积极通过商会联系服务百万在沪浙商的影响力，通过商会会员企业遍布高端智能制造、人工智能、信息技术、生物医药、时尚文化、能源材料、金融投资、地产旅游、交通物流等诸多行业领域的特色优势，为青浦引入更多合作机会，促进当地产业升级，力争将现已正式开工启动的青浦朱家角周家港村“乐稻心田”研学基地打造成为长三角绿色生态一体化发展的新样板示范基地。同时努力走出乡村振兴的“珠里路径”，让周家港村的人民群众不断增强获得感和幸福感，真正打响在沪的浙商品牌，成为新典范，扬名长三角！

69 农时

2020年5月14日
星期四
天气晴

基地农时小记丨不负春光，不误农时，春耕生产正当时。“春种一粒粟，秋收万颗子”，眼下正值一年一度的春耕农忙时期。随着近期朱家角地区气温回升，雨水增多，“乐稻心田”长三角周家港研学基地遵循“不违农时，不误农事”的理念，已于近期全面开展水稻春耕生产工作。

“微风拂面春意浓，大地回春暖融融。”如果你趁着春光来到基地田间，远远就能看到农民们忙碌的身影。连绵成片的水稻田里，人们驾驶着整田机、播种机来回穿梭，放水、松土、拔草、播种，机器的轰鸣声响彻田野，无数鸟儿在田间盘旋追逐，仿佛是丰收的预告，到处充满着勃勃的生机。

“人误地一时，地误人一年。”据了解，为满足研学基地区域全部农田耕种需要，项目开发领导小组制订了详细的农耕计划，同时与周家港村有着丰富种植经验的种粮大户周林恩展开深度合作，利用现代化的机械设备逐亩、逐块开展整地、播种等工作，保障基地今年春耕生产顺利、高效地完成。

“民以食为天。”水稻在我国历史悠久，它作为主食已有几千年历史，人工种植和栽培最早可追溯到新石器时代。周家港村具有悠久的水稻种植历史文化，研学基地作为依托自然农村建设、体验传统乡村的研学教育基地，也将传统的水稻种植文化融入研学课程之中。

我们精心选取了部分面积较小的田地作为传统人工种植体验区，这些区域的水稻并没有采用机械播种，而是安排了人工耕作的“秧田”进行单独育苗。待秧苗长大后，大家就可以来到周家港研学基地，走进田园，实地参与“插秧”这一流传千百年的春耕劳作环节，亲身体验农民伯伯劳作的辛苦，了解一粥一饭的来之不易，同时也能感受劳动带来的纯粹快乐。

当前，周家港研学基地已进入全面建设阶段。作为长三角生态绿色一体化发展下的综合性研学基地，要做到集研学、文化、农业、旅游于一体，必须紧紧依托自然农村风貌，利用现有农屋农舍，创新内容设计，并融合“大研学”主线，以情景再现的方式深度体验、传播知识、弘扬文化，让参与研学旅行的大家在实践中体验，在体验中学习，在学习中成长。

70 主播

2020 年 5 月 19 日
星期二
天气晴

通过“直播 + 电商”的模式，促进乡村电商发展，助力乡村产业振兴，让“干部 + 农民”变主播，“网络 + 手机”变农机，“直播 + 旅游”变农活，“数据 + 带货”变农资，为推动“文创品 + 农产品”上行，培育经济发展提供新模式与新动能。

我之所以发起本次系列乡村直播，就是想让网友认识青浦、走近朱家角、体验周家港，助力朱家角创5A级景区，助推青浦乡村产业振兴。于是我邀请村干部与项目开发公司老总一起参与，并通过抖音、腾讯看点、快手等多个平台直播。我把村委会办公室改成直播间，自己变主播，卖力吆喝旅游、特产、美食……在直播大行其道的当下，我也终于开启了自己人生的第一场直播。

今天下午，村委会内一改往日的宁静，传出了阵阵笑声和吆喝声。村党支部书记张星球、典扬文化娱乐（上海）有限公司董事长沈敏明与我一起对着镜头推介周家港的乡村旅游联动活动和农产品。网友们纷纷留言：“村干部也直播，厉害了厉害了”“开场还敲鼓，好有乡村风啊”。针对网友们对于研学基地的功能定位的好奇，我们也一一给予了解答。直播中，我们还为周家港村四家农业合作社的蔬菜、大米等农副产品带货。通过与网友互动，在线头脑风暴，还给地产大米起了个好听的品牌“朱溪玉谷”。通过截屏抽奖，10 名幸运网友更是获得了大米和亲子体验水稻种植的奖励。一场直播下来，我也是感慨万千，疫情之下，如何增加农民收入，是驻村干部的责任。做主播，我也是大姑娘上轿头一回！通过直播，扩大了我们周家港的影响力，助力了乡村振兴！

“村支书 + 驻村指导员 + 文娱公司总经理”，三个男人一台戏，从周家港村的前世今生，聊到深度挖掘自有 IP，以及未来的乡村振兴之路。一个小时的直播吸引了 16000 多名网友观看。

短短一个小时，故事还没完。作为直播发起人，我感到直播是新生事物，基层村干部作为乡村振兴的带头人，也要跟进学习。这次是首播试水，今后还要继续。乡村振兴，既要有创新，又要有实力。希望通过“直播 + 电商”的模式，促进乡村电商发展，助力乡村产业振兴，让“干部 + 农民”变主播，“网络 + 手机”变农机，“直播 + 旅游”变农活，“数据 + 带货”变农资，从而推动“文创品 + 农产品”上行，培育经济发展新模式与新动能。通过“直播 + 旅游”，真正实现旅游营销全区域联动、全资源整合、全要素协作、全行业参与、全媒体覆盖，全面带动长三角旅游市场纵深发展，真正成为长三角周家港研学基地旅游营销的一次创新之举，努力把周家港村打造成传递党的声音的红村、特色产业发展的旺村、优化业态布局的活村、彰显文化特色的靓村。

种粮大户周林恩全程观看了直播后，激动地对我说：“直播给农户们创造了更大的平台，这下全国人民都能看到了。以后种粮种菜更要严格执行绿色种植，让高质量的农产品走上全国人民的餐桌！”

本次直播以“美好生活、乐在青浦”为主题，是周家港村乡村直播系列第一场；这是周家港村进行的一次大胆尝试，周家港村也因此成为朱家角镇乃至青浦区开设直播的第一村。

71 档案

2020 年 5 月 22 日
星期五
天气晴

村史馆、开发馆、军史馆和廉政馆“四馆”是周家港研学基地的特色展馆，它们以城镇历史为切入点，通过“文字 + 图片”、视频的方式，创新场景营造，情景化展现历史故事、名人逸事，做到“讲出故事，讲好故事，讲活故事”，带给观众全方位沉浸式参观体验。

时间不知不觉来到 5 月下旬，周家港研学基地的各项建设正在按计划稳步推进。为传承民风乡俗，让青少年在实践中了解历史，培养他们的爱国情怀，周家港研学基地启动“四馆联建”计划，即建设村史馆、开发馆、军史馆和廉政馆。“四馆”自筹备以来，获得了各级领导的密切关注和认可。今天上午 10 点，青浦区档案局领导莅临周家港研学基地，调研展馆的筹备和建设工作。

座谈会上，领导认真听取了我对展馆建设的初衷、战略定位以及馆内各个板块内容和设计的汇报，并对我在村庄历史文化发掘与档案文献研究方面取得的成果给予了高度肯定。档案局胡国新副局长表示，建设展馆是真真正正地为百姓做好事、办实事，区档案局将在不改动展馆整体设计的前提下，为展馆提供有意义、有价值、有特色的图片、文字资料和相关实物，助力周家港村“四馆联建”。未来，区档案局与周家港研学基地还可以进行更多的联动，进行深层次的合作。

这四个展馆是周家港村、朱家角镇乃至青浦区历史的集中展示，是对周家港村村民开荒拓土、艰苦奋斗精神的继承和发扬，更是乡村振兴、美丽农村建设的重要环节。此次和区档案局的合作，是大馆联动小馆，将全面提升“四馆”的高度，拓展广度、深度，为展馆的沉浸式体验提供强大助力。这四个展馆一定会成为周家港村的特色打卡点。

村史馆、开发馆、军史馆和廉政馆“四馆”是周家港研学基地的特色展馆，它们以城镇历史为切入点，以“文字+图片”、视频的方式，创新场景营造，情景化展现历史故事、名人逸事，做到“讲出故事，讲好故事，讲活故事”，带给观众全方位沉浸式参观体验。此外，周家港研学基地还将把“四馆”融入相关研学课程当中，在参观体验的基础上引导孩子们进一步感知和思考。

72 神器

2020 年 5 月 25 日
星期一
天气晴

有眼界才有境界，有实力才有魅力，有思路才有出路，有作为才有地位。政从正来，智从知来，财从才来，位从为来！

“三大整治”出妙招，粉碎神器来助力。“三大整治”专项行动正在周家港村如火如荼地进行，但是如何处理整治中产生大量的木材废料、树木枯枝等，成了一个难题。一次偶然的机会，村主任胥雪华从新闻报道中看到奉贤区四团镇五四村用粉碎机将树木枯枝进行粉碎的新闻，便立即联想到我们也可借用此方法处理堆积的树木枯枝，粉碎后还可将其还田作肥料，既能解决燃眉之急，又能进行资源再利用。

说干就干，周家港村“两委”班子立即召开会议，一致同意购入粉碎机。村主任胥雪华带着我前往奉贤区四团镇五四村取经。我在学习过程中发现了两个难点：一是粉碎机是由河南的厂家生产的，运输成本高昂；二是粉碎机需要电力运转。考虑到周家港村区域面积广，户外无法插电运作机器，也许可以替换成使用柴油的机器。如果能在本市工厂中找到厂家改装生产，便可大大节省采购费用。于是我们就利用周末时间走访了奉贤区的各大工厂，寻找合适的厂家，功夫不负有心人，终于找到一家可以满足改装要求的厂家，可以生产出靠柴油驱动、有双向入口的粉碎机，改装后的机器可以将直径 10 厘米内的木材瞬间粉碎。

5 月 23 日，粉碎机顺利到达周家港村，见到实物的村民大为惊叹，机器高速运转，之前让人头疼的树木枯枝瞬间成了碎屑。机器底部还装有一个推车，可以让机器灵活移动，全村范围内的树木枯枝都可以被粉碎，高效便捷。

今年以来，我村进一步加大“三大整治”长效管理力度，及时跟进长效管理措施，不断总结经验、创新方法，利用机械化轻松高效地处理树木枯枝等，推广机械化粉碎还田，共同促进绿化废弃物的资源再利用，变废为宝，彻底消除焚烧隐患。

73 攥拳

2020 年 5 月 29 日
星期五
天气晴

建立结对共建关系，是建设美丽乡村过程中迈出的坚实步伐。这有利于推进乡村振兴，有利于为民服务解难题，有利于促进基层作风转变。持之以恒扎实开展丰富多彩的共建活动，必将使党建引领能力得到明显提高，组织功能得到明显加强。

发挥集群共建优势，攥拳聚力乡村振兴。自去年以来，我紧紧围绕“以城带乡、城乡互促、共建共享、协调共进”结对共建思路，以强化基层党组织功能为重点，为村党组织牵线，使其先后与上海市人民政府外事办、上海农业农村委员会、上海越剧院、青浦区纪委监委、朱家角镇文体中心、旅游公司等的党组织建立了结对共建关系，着力推进乡村振兴，着力为民服务解难题，着力促进基层作风转变。通过结对共建，周家港村党支部的党建引领能力明显提高，组织功能明显加强，在建设美丽乡村过程中迈出了坚实的步伐。

一、摆在重要位置，推进双向共建。以往，结对共建工作的主要方式是所结对党组织单向地为乡村提供帮扶支持，协调解决乡村发展难题，“单向结对”多，“双向共建”少。从去年开始，从单向输出逐渐转变为城

乡双向互动，双方分别把这种互动列入年度工作计划并作为日常工作内容。上海市人民政府外事办公室副主任贝兆健、上海市纪委监委驻市农业农村委纪检监察组组长邓帅萍、上海市农业农村委农村社会事业促进处处长郭保强、区纪委副书记仲吉宇等领导多次到周家港村走访慰问，深入田间地头，进行实地查看，详细了解研学基地项目规划，听取我对项目推进工作的汇报，并对党建引领乡村振兴提出具体方法。村党支部也多次邀请市、区级党组织结合“不忘初心、牢记使命”主题教育开展乡村振兴座谈会、先进事迹学习会、党员思想交流会等。在充分调研论证、统一思想的基础上，市、区级党组织与村“两委”一同制定了结对共建三年规划和乡村振兴推进计划，明确了指导思想、目标任务、工作要求、具体措施和长效机制。结对共建工作开展以来，我们紧紧围绕组织一次集体学习、进行一次驻村调研、盘活一个振兴项目、解决一个实际困难、安排一次重点工作、开展一次走访慰问“六个一”的要求开展活动，使结对共建更深入、更具体。每年春节、农民丰收节、国庆节等节日期间，市、区级党组织会来周家港村研学基地办主题党日活动，开展帮扶活动，看望慰问老党员、特困户、老年退役军人，并进行深入交流，倾听意见和建议，多方了解社情民意。结对双方共互相走访调研学习八次，召开座谈会五次，提高了机关与基层互促的“双向度”，凸显了“共建”的鲜明特色，增强了共建实效，真正达到了结对共建的目标要求。

二、建立“六联”机制，增强帮扶全面性。结对共建不能单纯地建立在物质帮扶上。要丰富帮扶任务，加大帮扶力度，变单一性帮扶为全面性帮扶，全方位、多层次的结对共建显得尤其重要。乡村振兴需要大量的资金投入，这是输血功能的体现，但更重要的是提升自身造血功能，这样才能走可持续发展之路。党建引领乡村振兴不是一句空话，更需要进行组织共建、资源共享、活动共办、党员共管，从而全面提升基层组织的党建水平，这样才能赋能乡村振兴。为此，我们制定了“基层组织联建、乡村振兴联手、党员队伍联管、困难群众联扶、党建资源联享、廉洁从政联创”的“六联”结对共建机制。外事办美洲处、涉外安全处党支部结合村里开展的“三大整治”活动，建议村党支部强化组织引领，形成环境整治“红

色网格”，不断激发党组织的战斗力。党支部把“外事无小事”与“群众的事无小事”相结合，把“办好事实事”与“农村人居环境整治”相结合，充分发挥了“红色细胞”渗透作用，赢得了老百姓的支持，“脏、乱、差”现象得到了极大改善。去年，针对经济薄弱村基础设施差、集体经济弱、农民增收难的实际情况，区纪委监委选派我全方位驻村帮扶。我采用全新模式进行探索与实践，成功引入了典扬文化娱乐（上海）有限公司进行市场化运作并开发乡村振兴研学基地项目，增强集体经济，解决就业创业问题，助力乡村振兴。为积极配合乡村振兴项目，实现资源共享，市外事办积极协调市政府资源为文旅项目出谋划策、提供帮助，并把研学基地作为党建活动及外事拓展活动基地。市农业农村委纪检组协同社会处争取协调农业农村委资源，争取相关政策倾斜，协助村委、开发公司完善村内公共设施建设，实现全村田、水、路、渠、林综合配套。

三、发挥特色优势，推进服务具体化。现在，多数单位结对共建的热情很高，但往往是城镇的单位为农村的提供帮助的情况比较多，如节日慰问、资助特困家庭等。我们可以认真梳理双方的资源优势，做一些管长远、管根本的具体服务事项。开发农旅项目后，农村的资源优势将不断扩大，更能吸引城镇结对单位经常来村里一起研究合作共赢的结对项目。我牵线的上海越剧院，其党总支就充分利用组织优势，发动演艺名家开展爱心帮扶活动，积极做好送戏下乡、爱心资助、慰问困难群众、关爱儿童等活动。去年年底，我们筹建戏剧小院时，越剧院“红楼团”党总支与我们深度对接，提供建设经验和相关展示品，并在后续的开发运营中选派艺术名家来村提供强有力的指导。镇文体中心党支部还听取了乡村振兴建设项目专题汇报，并表示将依托农家书屋、农耕文化馆、龙舟水上基地，在田山歌、农具操、舞龙等乡土特色品牌打造上进行深度合作。忠斌旅游众兴客运联合党支部利用业务优势，连续两年为村里老人体检、为党员参观学习提供大巴。镇旅游公司在疫情防控期间，第一时间与村党支部成立了联合疫情防控工作领导小组和志愿者服务队，用实际行动展现了结对心连心，亮明身份冲在前；道口肩并肩，释放抗疫最强音。真正形成了“党建＋防疫”的工作合力。

74 插秧

2020 年 6 月 18 日
星期四
天气晴

种子放在水泥地上会被晒死，种子放在水里会被淹死，种子放到肥沃的土壤里才会生根发芽结果。选择决定命运，环境造就人生！

彩色稻田种下“乡村振兴”，缤纷色彩只为周家港美好未来！今天上午，“乐稻心田”长三角周家港研学基地的彩色稻田田块里热闹非凡。在项目开发领导小组的带领下，村委干部与开发公司员工纷纷戴上草帽，亲自下田，为已铺好底色秧苗的稻田插上彩色秧苗。

为把“乡村振兴”这几个大字用彩色秧苗种出来，我们项目开发领导小组想了很多办法，在去年我们就购买了彩色水稻，然后聘请种粮大户周林恩帮忙培育秧苗。这事看似简单，但实施起来还是挺麻烦的，怎么样才能把这几个字用彩色秧苗种出来呢？机器插秧肯定不行，人工插秧可以，但怎么才能插得整齐，为此，我们集思广益，总算想出了一个好点子，就是先让广告公司制作好“乡村振兴”四个大字，再将“字”放到稻田里，然后把“字”圈起来的秧苗叶子用剪刀剪掉，接着把剪掉叶子的普通秧苗拔掉，种上彩色秧苗。说干就干，一大早我们统一穿上印有“乐稻心田”字样的研学基地 T 恤，开始下田插秧。我小时候生活在农村，那个时候家

里十几亩田都要人工去插秧，二十多年过去了，再下地插秧心里还是蛮兴奋的，当然我们村的老村主任顾奋联、农业队队长杨国良都有插秧经验，所以我们三人就每人带两个“徒弟”，很快就种下了彩色水稻秧苗。虽然好久没有脚沾泥土，但闻到那股泥土的气息，我仍感到无比亲切，有种家乡的味道。

我们种的不仅是秧苗，种的更是感情，研学基地项目需要我们大家共同努力，只有真正把情怀的种子撒播在乡间，才会真正融入美丽乡村建设之中。此次插秧栽种下的秧苗品种来自海南、上海，有三种不同的颜色。经过在田块里一个多月的人工育秧，这些精挑细选的彩色水稻秧苗生长得茁壮且健康，并在今天搬进了它们的新家，组成“乡村振兴”四个意蕴深远的大字。

“彩色稻田”是我们研学基地项目一期规划中的一大亮点，种植“彩色稻田”不仅是为了秋收时在丰收的土地上展现文字，更表达了大家振兴乡村的热情，这里将成为未来研学基地乡村课程的户外“大课堂”。彩色稻田里种下的不仅是缤纷的色彩，还是对周家港未来的美好期待。

75 风景

2020年6月22日
星期一
天气雨

初心系列红色片区与村史馆、开发馆、军史馆、廉政馆“四馆联建”项目，是上海市区域内首个“红色基因”项目，体现了周家港村党支部在党群文化建设中新的探索与创新。

“四史”学习教育，长三角周家港研学基地“这边风景独好”。去年我驻村后，提出了“以农养农、以农惠农、以农兴农”的发展振兴思路，成功引入社会资本，开发了纯社会资本市场化运作、独立核算、自负盈亏的乡村振兴项目，率先开启了采用全新乡村开发模式的探索与实践之路。其中，红色文化核心区是研学基地项目一期打造的重点，位于朱家角镇周家港村123号，红色文化核心区注重党建引领乡村振兴，已修建或计划修建党群服务站、初心广场、初心公园、初心文化厅、初心码头、村史馆、开发馆、军史馆、廉政馆与红茶馆等。

从石库门再出发，高扬信仰大旗。打开初心之门，深烙初心使命。从党群服务站到初心广场、初心墙，相关场景设计巧妙地融入了石库门风格，这在朱家角农村尚属首次。在初心墙上将展示一幅“在习近平新时代中国特色社会主义思想指引下前进”的形象画，画的两侧展示“入党誓言”“我们是谁”“从哪里来”“为什么出发”“走过的路”等八个“永远不能忘了”，内涵丰富，予人启迪。建设初心广场、初心墙就是为了让“习近平新时代中国特色社会主义思想”在农村生根发芽，让其真正成为指导乡村振兴实践的法宝。我们在初心墙向北京方向眺望，回望历史，感慨党的事业发展之不易；展望未来，每一名党员都应扪心自问：面对使命任务和关山重重，今天，我们该以怎样的姿态再出发？

村委会一楼的初心文化厅，一颗红色五角星在天花板的正中央，代表了共产党人“一颗红心耀乡村”。整个初心文化厅可以作为村民聚会、开展文化活动等的场所，此处也是“四史”学习教育中心、新时代文明实践中心，布置有习近平关于乡村振兴的金句语录，较完整地展现了党史、社会主义发展史的一件件大事和足迹。不仅可以让党员和群众回顾那一段段波澜壮阔的历史，也能增强村民在实践中守初心、担使命的思想自觉和行动自觉。

前期受新冠肺炎疫情、梅雨季节的影响，项目推进受阻，周家港村项目开发领导小组为把“四馆”尽快建设好，加班加点，做了大量艰苦而细致的工作，通过查阅、访谈、整理大量史料，研究确定了“四馆”整体板块构思，撰写文字稿 3 万余字，修改稿件 15 次，采集信息 106 条，访谈群众 10 人，收集历史照片 167 张，走访纪念馆 3 个，设计版面 70 个，修改设计 18 次，校对 12 次，最终定版。

村史馆与开发馆连为一体，统称“乡村振兴馆”，将周家港村历史与文化的积淀、改革与发展的思考都融入了其中，一幅幅具有历史年代感的照片、一座座荣誉奖杯、一件件陈旧实物，将人带入那个年代，深情感悟历史长河中的人、物、事。“风扫地，月点灯，睡在家里看路人”“开小车，住洋房，家家户户奔小康”……这些朴实的话语，生动诠释了过去与现在的村民生活。村史馆与开发馆代表了周家港村对厚重历史的回望与对美好未来的憧憬。这是岁月流转的痕迹，这是历史传承的记忆，更是一届届村干部、一代又一代村民在党的领导下拼搏奋进、艰苦创业的结果。

军史馆与廉政馆的结合，则展示了周家港村悠久的、光荣的拥军文化传统与村“两委”班子对廉洁奉公、一心为民精神的不懈追求。周家港村

的军史馆内容非常丰富，一部从军史、一段光荣史，就是一堂生动的教育课。军史馆中“榜样力量”板块，展示了周家港村广大退役军人的风采，其中有抗美援朝老战士董仁富、对越自卫反击战一等功臣鲍忠毕的感人故事。“历史记忆”板块详细记录了抗战史、解放史，让人深切感受到朱家角丰富的红色资源。讲好身边人、身边事是教育广大党员群众铭记历史、继承传统、知史爱党、知史爱国、知史爱军的有效教育手段。今天，战争的硝烟早已散去，但苦难的岁月永不能忘，我们必须牢记来时的路，让历史不再重演，勿忘国耻，振兴中华。廉政馆里“为政不为民，民当弃之；为政不清廉，民当惩之”的廉洁寄语，让人警醒。我对此感悟颇深，这事实上就是“四史”学习教育的落脚点。廉政漫画、廉政故事以及廉政案例，无不释放出党员干部要“深怀爱民之心，恪守为民之责，善谋富民之策，多办利民之事”的初心使命。

周家港村建设落成的“四馆”，是锻造红色气质，不断增强坚守初心使命的信仰、信念及信心，以小见大深入学习“四史”的学习教育平台，也是教育广大党员群众永远听党话、跟党走，不忘苦难历史，饮水思源、处富知贫，牢记前进方向，发扬优良传统的思想堡垒。将为乡村留下一笔宝贵的精神财富，在弘扬主旋律、传递正能量、推进乡村振兴方面发挥积极作用。

另外，依托研学基地项目，典扬文化娱乐（上海）有限公司联合周家港村党支部，在四组一处民房建设了第一个乡村直播空间，开启以“美好生活·乐在青浦”为主题的系列乡村直播计划。5 月 19 日是中国旅游日，这一天我们开启了直播首秀，推介周家港的乡村旅游联动项目，为周家港四家农业合作社的蔬菜、大米等农副产品直播带货。6 月 16 日，进行了第二场直播，周家港村村主任胥雪华为周家港村的特色阿婆粽代言。利用“直播 + 电商”的方式，将乡村特色的产品、文化、民俗推广出去，助力乡村产业振兴。

76 “四史”

2020 年 6 月 27 日
星期六
天气雨

紧紧围绕“党建引领乡村振兴，讲好红色故事，传递红色声音，凝聚红色力量，展示红色成果”这条主线，全力打造红色片区，建设“四馆”党建引领阵地，打造“四史”学习教育品牌。

去年 10 月以来，青浦区朱家角镇周家港村引入社会资本推进乡村振兴，以长三角研学基地项目建设为契机，紧紧围绕“党建引领乡村振兴，讲好红色故事，传递红色声音，凝聚红色力量，展示红色成果”这条主线，全力打造红色片区，建设“四馆”党建引领阵地，打造“四史”学习教育品牌。学习“四史”，永远奋斗。我们在不大拆大建、不损坏村貌的情况下，把村委区域改建为红色文化片区，借助社会资本、因地就势建设了村史馆、开发馆、军史馆、廉政馆等展馆，生动展现了周家港村祖祖辈辈在党的正确领导下的奋斗历程和感人事迹。

“岁月变迁，沧海桑田，生生不息，绵延永恒。有周姓先民筑居，当为村先。上下求索，追根溯源，村之由来，历史远矣！一唱雄鸡天下白。中国共产党领导人民得解放，从此周家港村翻开了历史新篇章。”这是周家港村“村史馆”前言里的一段话，其中蕴含了“为什么出发”的思想资源。“船到中流浪更急、人到半山路更陡”，走好新时代长征路，不能忘记来时路，更不能忘记为什么出发。党在领导中国人民进行革命、建设和改革的过程中，始终坚守着为中国人民谋幸福、为中华民族谋复兴的初心使命，坚毅前行。

时过境迁，现在的周家港村毗邻朱家角古镇，宛如一幅水墨丹青画，稻香四溢、绿水碧波、一江水韵……这儿早已不再是满地的芦苇荡，更不再是人迹罕至的荒凉地。从一个贫困落后的小村落，发展壮大成如今的周家港村，这是岁月流转的痕迹，更是一代又一代村民在党的领导下拼搏奋进、艰苦创业的结果。“风扫地，月点灯，睡在家里看路人”与“开小车，住洋房，家家户户奔小康”这两句话生动诠释了过去与现在村民的生活。

“为什么出发”是本源之问，也是未来之问。党指幸福路，勤开致富门。改革开放以来，周家港村的建设发展日新月异不足谓其速，瞬息万变不足谓其新。文明远溯的周家港，村之沿革，史之演绎，正是中国农业、农村、农民发生巨大变化之生动缩影。牢记“为什么出发”，我们寻历史足迹，忆先民生活，读苦难辉煌，表乡梓情怀，讴歌幸福生活，记录奋斗历程。

把镜头拉近“开发馆”，我们会发现写在醒目位置的字：中国要强，农业必须强；中国要美，农村必须美；中国要富，农民必须富。乡村振兴，是一场必须付诸实践、取得成功的攻坚战。这是中华复兴之梦，更是咱们周家港村全村人的梦想与追求。

周家港村毗邻江南名镇朱家角，地处长三角生态绿色一体化发展示范区内，历史上曾是全镇有名的农业强村，蔬菜种植产业远近闻名。如何把握先机，应势而动，将这生态水乡田园的活力化作经济发展热度的动力，这是我们反复思考的问题。其中彰显了“走什么样的路”的实践智慧。作为一片热土，就要热点不断、热度不减——这是上海市领导对长三角生态绿色一体化发展示范区提出的要求。示范区的建立，天生承担着探索一体化发展经验成果、将发展的热度向外辐射的使命。我们以《社会资本投资农业农村指引》为指导，率先引入上海典扬文化娱乐（上海）有限公司纯社会资本投资开发乡村研学基地项目，助力乡村振兴，带领广大党员群众

自力更生、艰苦创业，积极探索与实践自身发展新路径、新模式，以发展乡村研学为引擎，以农旅融合发展为导向，以建设G50生态走廊共享第一村为定位，努力把周家港村打造成传递党的声音的红村、特色产业发展的旺村、优化业态布局的活村、彰显文化特色的靓村。

“四史”中积累了“怎么走”的宝贵经验。只要我们善用历史的智慧，总结经验教训，不断探索“怎么走”，就一定能在乡村振兴中闯出一片天地。

历者过也，史者事也。国家不能遗忘历史，民族不能没有记忆，乡村不能没有乡愁。历史是最好的教科书，历史也是清醒剂，“四史”是极其宝贵的“红色资源”。为了将“四史”学习教育有效延伸，我们在村史馆、军史馆中融入了重大历史节点、历史事件、历史人物、历史环境、历史思想、历史影响等。比如：村史馆中“岁月变迁”板块，详细展示了1930—2020年的重大历史记忆。从先民开荒种地到正式建立周家港大队，从农业学大寨到家庭联产承包责任制，从蔬菜种植先进村到引入研学基地开发项目……图文并茂地展示了周家港村的历史发展。

讲好身边人、身边事，是教育广大党员群众铭记历史、继承传统、知史爱党、知史爱国、知史爱军的有效教育手段。周家港村的军史馆内容非常丰富，一部从军史、一段光荣史，就是一堂生动的教育课。周家港村有为青年先后告别家乡从军卫国。多少次枪林弹雨，多少次冰霜雨雪，多少次硝烟弥漫，多少次风吹浪淘。战争岁月，手握钢枪，舍生忘死，搏击前线；和平年代，戍守边疆，支援建设，保卫人民，守望和平，无私奉献；回归社会，退役不褪志，退伍不褪色，仍有英雄本色。为了大家，他们舍小家，为了祖国，他们舍弃一切乃至生命，用青春和热血谱写了人生壮丽的篇章。他们是党和国家的宝贵财富，是周家港村的骄傲。

今天，战争的硝烟早已散去，但苦难的岁月永不能忘，我们必须牢记来时的路，让历史不再重演，勿忘国耻，振兴中华。军史馆“历史记忆”板块中就详细记录了抗战史、解放史。经过艰苦卓绝的斗争，周家港人民终于扬眉吐气，以高昂的激情，开始了社会主义的新步伐。

回望来路，苦难铸就辉煌；展望前途，光明引领未来。踏上新征程，无论过往取得多大成绩，我们都需要时刻保持头脑清醒，都需要居安思危、朝乾夕惕，继承先烈遗志，劈波斩浪，一往无前。为了祖国的安宁，需有“头可断，血可流，祖国领土不能丢”“牺牲我一个，幸福几亿人”的豪情。

周家港村还首次建设了廉政馆，一段廉洁寄语，事实上就是“四史”学习教育的落脚点。“为政不为民，民当弃之；为政不清廉，民当惩之。深怀爱民之心，恪守为民之责，善谋富民之策，多办利民之事。做官先做人，万事民为先。执政以廉为本，为官以勤为先。做人一身正气，为官一尘不染……”若我们多多学习和领会这些廉政箴言的真谛并付诸行动，为人者定能做个明白人，为官者定能做个清官、好官。

学习“四史”，不能为了学习而学习、为完成任务而学习。我们建设好“四馆”，就是要在坚持正确历史观的基础上，学会历史思维、培养历史视野、增强历史担当。在学习中，历史结合现实学、理论联系实际学，党员干部要把自己摆进去、把工作摆进去、把责任摆进去；在推进乡村振兴、深化“三大整治”等实际工作中，运用历史方法、历史智慧、历史经验，破解发展难点、民生痛点、治理堵点，真正把集体经济发展得更好、人居环境治理得更好，持续发力，久久为功，真正实现后来居上、“弯道超车”，逐步实现由量变到质变的华丽转身，努力走出乡村振兴的“珠里路径”，让周家港村百姓共享实实在在的发展成果，不断增强获得感、安全感、幸福感。

周家港村建设落成的“四馆”，是锻造红色气质，不断增强坚守初心使命的信仰、信念及信心，以小见大深入学习“四史”的学习教育平台；是传承红色基因，感悟中国共产党和中国人民用鲜血、汗水和泪水写就的精神宝藏；也是教育广大党员群众永远听党话、跟党走，不忘苦难历史，饮水思源、处富知贫，发扬谦虚谨慎、不骄不躁、艰苦奋斗的优良作风，牢记前进方向，继承优良传统的思想堡垒。

77 考察

2020 年 7 月 17 日
星期五
天气阴

传承的是红色基因，锻造的是红色气质，弘扬的是红色精神。建设好“四馆”能更好地教育广大党员群众知史爱党、知史爱国、知史爱军、知史爱民，让大家真正做到不忘苦难历史、不丢优良传统，积极投身乡村振兴。

今天下午，区委常委、宣传部部长姜道荣赴朱家角镇“四史”学习教育挂钩村——周家港村进行实地调研，朱家角镇党委宣传委员吴文娟陪同。姜部长来到周家港村，先后参观了周家港村研学基地红色片区新建成的党建引领阵地，并与镇领导、村干部、驻村指导员进行了深入探讨。

姜部长饶有兴致地参观了村史馆、开发馆、军史馆和廉政馆。村党支部书记张星球现场讲解了周家港村一路走来的动人故事。我向姜部长进一步介绍村里建设“四馆”的目的：一是传承，二是锻造，三是弘扬。传承的是红色基因，锻造的是红色气质，弘扬的是红色精神。建设好“四馆”能更好地教育广大党员群众知史爱党、知史爱国、知史爱军、知史爱民，让大家真正做到不忘苦难历史、不丢优良传统，积极投身乡村振兴。

姜部长听完说道：你们这个“村史馆”蕴含了周家港村“为什么出发”的思想根源，可以让我们不忘来时路，走好新时代长征路。你们的“开发馆”详细介绍了周家港村的开发由来，展现出周家港村对美好未来的憧憬。你们的“军史馆”内容丰富，一部从军史就是一堂生动的教育课，而“廉政馆”则突显了清廉、为民、务实的廉政文化核心价值。

座谈交流中，姜部长认真听取了张星球书记对周家港村建设发展和“四史”学习教育开展情况的汇报，询问了我驻村工作开展情况，并对周家港村未来发展提出了真知灼见。张星球书记谈道：周家港村展示馆，是我们村学习四史的生动课堂，全面展现了我们村祖祖辈辈在党的正确领导下的奋斗历程和感人事迹。这些岁月流转的痕迹，这些历史传承的记忆，是我们一届届村干部、一代代村民在党的领导下拼搏奋进、艰苦创业的结果。村主任胥雪华说道：我们结合这次“四史”学习教育，建设好红色“四馆”，组织党员群众观看这一幅幅有历史年代感的照片、一座座荣誉奖杯、一件件陈旧实物，深情感悟那个年代的人、物、事，进一步让党员群众在推进乡村振兴、深化“三大整治”等实际工作中，更好地借鉴历史方法、历史智慧、历史经验，破解发展难点、抓住民生痛点、打通治理堵点，真正把集体经济发展得更好、人居环境治理得更好。

镇党委宣传委员吴文娟表示：去年，周家港村成功引入社会资本推进乡村振兴，率先开启了采用全新乡村开发模式的探索与实践之路。周家港村建设落成的“四馆”是以小见大深入学习“四史”的教育平台，接下来，不仅村里要运用好这个教育平台，我们也要做到“墙内开花墙外香”，继续依托研学基地项目建设好“新时代文明实践站”，传播文明之风，助力乡村振兴。

姜部长指出：乡村振兴，是一场必须付诸实践、取得成功的攻坚战。中国的复兴之梦，也是周家港村全村人的梦想与追求。要以长三角一体化发展战略实施为契机，突破乡村发展瓶颈，引入纯社会资本投资，助力乡村振兴。姜部长说：“我在馆内看到了‘乐稻心田’研学基地项目的介绍以及周家港村开发战略概述，这充分展现了你们村投入乡村建设的活力与信心。学习‘四史’，就是要通过对历史的研习更好地总结经验、把握规

律，指导当下实践，引领未来。你们建设红色‘四馆’，积极响应党的‘四史’学习教育与研究，为乡村党员提供学习平台与资源，为朱家角的乡村留下一笔宝贵的精神财富，在弘扬主旋律、传递正能量、推进乡村振兴中发挥了积极作用。”

对于开展好“四史”学习教育，姜部长强调要在三个方面下功夫：一是要在深化认识“四史”学习教育重大意义上下功夫。“四史”学习教育，是市委贯彻落实习近平总书记在考察上海时重要讲话精神的重要举措，是我们建立“不忘初心、牢记使命”长效机制的“开局篇”、夯实中国特色社会主义共同思想根基的“奠基石”、打造高素质专业化干部队伍的“必修课”。二是要把学习成效更好地转化为助力青浦实现全面跨越式高质量发展的动力。要从我们党初心不改、矢志不渝、不畏艰难的奋斗史和本村先民的创业精神中汲取精神力量，更好地肩负起实现全面跨越式高质量发展的时代使命。三是要融入日常、抓在经常，真正在解决实际问题、推动乡村振兴上下功夫。通过体悟先烈和榜样的精神内核，把革命传统、优良作风熔铸于指导乡村振兴的各个方面，加强组织领导，带头加强学习、强化机制建设、注重学习效果、凸显自身特色，按照镇党委要求有力有序地推进学习教育各项工作，确保组织到位、措施到位、落实到位。

“四史”学习教育务必抓在经常、融入日常、落到实处。要围绕服务本村重点工作，突出实效，抓好学习教育。把解决问题、推动发展作为下阶段的重点，助力推动研学基地项目建设，提升群众的幸福感、获得感，真正解决老百姓关切的问题。要融入日常学习教育，始终不折不扣抓好任务落实。村干部率先垂范，并领导广大党员群众，用好用活各类学习教育资源，开展好红色主题参观见学活动。强化责任落实传导，确保学习教育持续推进。加强对党支部、党小组学习教育开展的督促指导，研究常态化学习机制，防止形式大于内容。

78 座谈

2020 年 7 月 21 日
星期二
天气晴

从设计图向施工图转变，从施工图向实景图转变。红色片区的建设为乡村“四史”学习教育增添了一道亮丽的风景线，将周家港村历史与文化的积淀、改革与发展的思考进行了很好的呈现，为乡村留下了宝贵的历史记忆、精神财富。

今天上午，朱家角镇党委书记高健、副镇长沈培等一行人来到周家港村，实地调研“乐稻心田”研学基地已建部分，查看周家港村乡村振兴建设的情况，并召开座谈会，听取周家港村研学基地建设产业布局及重点项目建设等工作情况汇报，同时为周家港村研学基地展示馆揭牌。

“乐稻心田”长三角周家港研学基地积极响应复工复产号召，“挂图作战”，按下乡村振兴快速键，着眼于服务长三角、服务“进博会”、服务华为基地、服务朱家角全域旅游，围绕“以农养农、以农惠农、以农兴农”目标，力争打造长三角乡镇一体化建设新引擎、新标杆、新样板示范基地。

目前，研学基地已经实现从设计图向施工图的转变，正在从施工图向实景图转变，已完成党群服务站、游客服务中心、初心学堂多功能厅、村

史馆、开发馆、军史馆、廉政馆、沿江 BOOM 草坪、艺术稻田等一批旅游接待、红色研学、农业科普学习、休闲度假设施和区域的建设，并按规划继续打造红茶馆乡村手工体验区、国学传承培训中心、乡村直播空间站、稻田餐厅休闲区等。

高健书记一行人一路走、一路看、一路指导，建议研学基地项目开发领导小组进一步突出产业特色，抓住乡村文化研学旅游这一主题，结合朱家角美丽乡村建设，打造一个集党建服务、文化传播、田园游憩、人文休闲、生态体验、全域教育等多领域、多功能于一体的研学旅游综合体，真正探索出一条研学产业、旅游经济与乡村振兴共同发展的新路。

周家港村党支部书记张星球汇报了上半年本村重点工作开展情况以及与研学基地项目建设相关的生活污水排污纳管工作、村域 G50 高速生态廊道建设、村内道路修缮工作、公共厕所改造、村庄绿化美化等推进情况。我对研学基地“红色核心区”以点成线、以线带面带来的价值进行了系统阐述，并提出了让分别位于朱枫公路沿线两端的周家港村研学基地与练塘镇东庄村联动，从而形成南北相望、首尾相顾的乡村振兴链条两极的未来设想。典扬文化娱乐（上海）有限公司董事长沈敏明表明公司将继续加大建设力度，并全面介绍了项目总体布局设计、单个点位推进进度、新闻发布会情况以及需要政府协助的公共设施建设上的具体问题。

沈培副镇长指出，周家港村研学基地要坚定不移地走自身创新发展道路。要在规划引领下，进一步深化功能打造和形态塑造；要进一步发挥配套公共服务的辐射作用；要创新投入机制，引入社会资本参与重点项目建设。此外，对土地流转、景观河道建设、乡村直播带货、打造特色农产品品牌等具体事宜进行了指导。

高健书记对周家港村研学基地项目开发领导小组的工作予以充分肯定，并对开发领导小组提出的实际困难进行了逐一回应。他表示，开发领导小组能克服疫情、雨季影响，采用科学方法，自力更生，按规划、按计划、按步骤、按节点井井有条地推进项目建设，体现了团结干事的团队精神、艰苦创业的奋斗精神、积极作为的创新精神。

他强调，一是要再接再厉咬定目标不放松，善于总结、提高立意、找准市场、把握规律，爬坡过坎寻找可持续发展之路，真正在实践中将周家港村的经验转化为朱家角的乡村振兴模式。二是要始终坚持党建引领，广泛发动党员群众，吸纳更多的群体参与乡村振兴建设，努力盘活农村集体经济。三是要不断提升乡村治理能力，改善人居生活环境，加大村庄空间管理力度，借助“创全”工作大力弘扬文明新风，研究具体举措加大外来人员管理。四是要边建设边布局，通过招商引资、招才引智等形式将周家港村已形成的产业雏形与广阔的市场紧密衔接，不断激发市场主体活力，聚力更多企业投身乡村振兴、发挥更大作用、实现更大发展。

他指出，开发领导小组要进一步统一思想、强化认识，不断推进功能定位再明确、规划设计再提升、文化引领再凸显，通过研学业态注入、产业集群发展、人居环境整治等一系列措施，坚持一张蓝图绘到底，以只争朝夕的工作干劲、敢为人先的工作热情，跑出加速度、干出显示度，全力建设周家港村研学基地，聚力打造 G50 朱家角高速生态走廊共享村。

周家港村研学基地项目开发领导小组一致表示，重任在肩、砥砺前行。在今后工作中会注重党建引领、生态发展、商业运营，继续推进资源收储、改造施工、课程开发、节庆营造、农创开发等各项工作，把握生态化、市场化两大原则，力争让周家港村研学基地项目按规划早日开放运营，接受市场检验，为乡村振兴探索新路径、实现新模式贡献积极的力量。

79 追梦

2020 年 8 月 1 日
星期六
天气晴

驻村就是战斗，乡村振兴是最勇敢的冲锋！驻村干部要真正为老百姓谋福祉，深入群众，与群众建立起深厚的感情，在守土有责、守土负责、守土尽责中留下最美的乡村足迹。

之所以选择离开繁华闹市来到青浦区，是因为我当年在青浦区抗洪时差点牺牲在这里，但不是被淹死，而是累死——几天几夜连轴转，扛沙包、下水打桩，我体力严重透支，到最后扛沙包时突然眼前一黑倒在泥水中。当我们抗洪结束离开时，当地老百姓都来送行，熟鸡蛋、水果、糕点一个劲地往我们车上扔，这让我想起了革命年代，老区的人民用大红枣送亲人的场面。我和战友们热泪盈眶，深切感受到了“军队打胜仗，人民是靠山”这句话的含义。

当我再次来到这里，青浦区正经历从上海之源向上海之门跨越的历史时刻，我清醒地认识到，我将面对的是全新的起跑线，必须将心态主动“归零”。昨日“子弟兵”，今朝“打铁人”！我把“离队不忘本，转业不转志，退役不褪色”作为工作信条，努力让自己成为“铁打的人”！2018 年 11 月，我转业到地方，从革命军人到纪检战士，变的是装束，不变的是一以贯之对党和人民的无限忠诚。短短几个月我较好地实现了从纪检监察业务“门外汉”到监督执纪“行家里手”的转变。2019 年 6 月，我又被组织选派为上海市首批驻村指导员，再次从零开始，做起了驻村指导员。

驻村岁月，让我深切感受到了乡村工作的艰巨，明白了基层干部的苦恼与幸福，加深了对群众的感情，我真正读出了“真理的味道”，悟透了“活的灵魂”，学到了“看家本领”。有一天，我下班走到车子旁边，发现我的车把手上捆着个黑色塑料袋，我当时很警觉，心想：不会是有人恶作剧吧？我打开一看，原来是蔬菜，里面有张纸条，纸条上没写字，只画了一辆公交车。我似乎明白了是怎么一回事。刚驻村那会儿，我买了一辆二手电动车走街串巷去走访，老百姓跟我讲得最多的事，就是村里没有开通公交车。于是我冒着酷暑实地勘察，拿出在部队画作战图的本事，形成了一份图文并茂的调研报告。最后，我协调镇、区有关部门，全力以赴解决了村里公交车开通难的问题。望着老人开心的笑容，我心里跟吃了蜜糖一样甜，因为当时正值 2020 年春节前夕，这是我送给老百姓最好的新年礼物，也是我为民办的第一桩实事，一辆二手电动车换一辆朱家角 6 路公交车，值了！

真正考验我的是“三大整治”，这可是项政治任务，“三大整治”攻坚战是场大仗硬仗。连续作战 80 天，没有一个休息日，而且“不讲武德”“硬核”的事还真不少，让我真正见识了“亮菜刀”“滚地皮”“歪歪理”“脱口秀”等形式多样的群众性表演技巧。记得村里有条小路常年污水外溢，村民们怨声载道，奇怪的是，处在污水边的三户人家，一直不愿让村里挖沟疏通。这户说“我家从不开后门，臭就臭吧”，那户说“我家房子老，挖沟影响地基，地基不牢地动山摇”，另一户又说“我鼻子不灵光，闻不到，而且现在时兴戴口罩”。我就纳闷了，好好的一件事，为啥他们宁愿闻恶臭，也不愿意弄干净呢。于是我从侧面了解情况，才发现，不是不想弄，而是有矛盾，这个矛盾上一辈就有了，是延续下来的，我们讲的是继承光荣传统，他们继承的是历史矛盾。我想只要思想不滑坡，方法总比困难多。于是我连续几天，一家一家去讲，从邻里关系、家风家教，一直讲到生态环境、身心健康，用了好几个学科的知识，总算把他们给讲通

了。通过这件事我深切体会到，张张嘴不如跑细腿，难以解决的事，几张问卷和几个电话代替不了面对面沟通，关键还得看脚下泥土有多厚，掌握情况有多真。

我知道，一个村无产业不发展。为此，我在调查研究的基础上，提出了“以农养农、以农惠农、以农兴农”的战略目标，对本村的建设发展做了系统规划，但是光有规划也不行啊，得有资金投入，怎么办？于是我开启了人生中的第一次乡村振兴的探索与实践，打算把这个沉寂百年的村打造成一方热土。短短 4 个月，在我的积极运作下，成功引入社会资本，前期投入 1000 万余元，朱家角镇首个纯社会资本市场化运作、独立核算的美丽乡村研学基地项目正式落地。虽然受到疫情影响，但在青浦新时代“抢拼实善”奋斗精神的激励下，我们很快把荒地变成了大草坪，把闲置房变成了红场馆，把垃圾场变成了休闲广场，把臭水沟变成了清水塘。周家港村美丽乡村研学基地项目也逐渐从施工图变为了实景图。

有一次，村里的社工小冯跟我说：“钱老师，你上新闻了！”并发我一张截图。我心想：难道我被投诉了？这到底是怎么一回事呢？仔细一看截图文字，原来是村里吴阿姨感谢我帮她以满意的价格把房子租给了开发公司，并且把她的毛坯房装修好了。

驻村岁月，是我生命中一个极其重要的段落，我的“正步”人生从未“稍息”。乡村振兴绝不能轻言胜利，村民们对幸福生活的追求，是驻村干部肩头的重要责任。路才刚开始，脚踏实地走好每一步，相信定能实现心中的美丽梦想。

80 培训

2020 年 8 月 9 日
星期日
天气晴

熟悉的思维，熟悉的路线，熟悉的日子里，永远不会有奇迹发生。改变思路，改变习惯，改变工作的方式，往往会创造无限，风景无限！

为期两天的集中学习培训已经结束，说心里话，这是我难得静心学习的机会，也是成长道路上一段值得记录的时光。学习期间，我本着“学有热度、思有深度、悟有高度、践有力度”的目标，珍惜机会，认真读书，勤于思考。这次培训虽然时间不长，但培训内容丰富、形式多样，让我受益匪浅。此次培训，我感受到了市农业农村委的良苦用心。此次培训既有涵盖方方面面的课堂讲授来丰富我们的理论知识，也有实地考察以开阔我们的眼界。此次培训对我来说是一个学而思、思而践、践而悟、悟而得的过程，借此机会，谈谈自己的收获及体会。

一、要从“扣扣子”入手，提升政治素质敢作为。实践充分证明，理论上清醒是思想政治坚定的前提，科学理论是坚定理想信念的基础。这次培训非常重视理论武装，安排了“全国乡村治理典型案例”“上海乡村土地制度”等内容。我感悟到，我们党之所以能够历经艰难困苦而不断发展壮大，之所以能够完成近代以来种种政治力量不可能完成的艰巨任务，根

本原因就在于高度重视思想建党、理论强党，使全党始终保持统一的思想、坚定的意志。理论武装就像穿衣服扣扣子一样，如果第一粒扣子扣错了，剩余的扣子就都会扣错。培训期间，我自学了《中国工农红军长征简史》，深刻感悟到，红军长征是一次让全世界震惊的伟大奇迹，也只有中国共产党领导的人民军队才能做得到。我们现在做乡村工作，条件相对艰苦，遇到的难事不少，更要赓续红军长征精神，做到在推进乡村振兴的道路上，不逃避、不退缩，要有建功乡村振兴的百折不挠的意志品质、锲而不舍的决心恒心和奋斗不息的精神状态。用习近平新时代中国特色社会主义思想理论武装自己，这对于一名驻村干部来说至关重要，对此我有三点思考：一是要弄清楚“我是谁”，我们都是被组织选派到乡村工作的优秀党员干部，要当好为人民服务的驻村干部。二是要弄明白“为了谁”，我们去驻村的目的，最终是为人民群众服务，多为民办实事，让群众感受到党的温暖。三是要知道“依靠谁”，在村里想办成事，必须要贯彻群众路线，要发动群众、依靠群众，团结一切可以团结的人，这样才能真正把想办的事办成办好。

二、要从“担担子”入手，践行青浦使命能作为。大事难事看担当，考验面前见精神。“关键时刻冲得上去、危难关头豁得出来，才是真正的共产党人。”习近平总书记的话语给人以深刻启示。作为一名党员干部，唯有踔厉奋发、勇毅前行，做冲锋陷阵的战士，保持冲劲、韧劲、实劲，才能以实绩汇聚奋进的澎湃动能。当前，举好“四史”学习教育的“指挥棒”，凸显“进博会”溢出效应，提升示范区建设“显示度”，创建全国文明城区，任务艰巨，责无旁贷。困难面前，我们能否做到冲锋号一响，毫不迟疑地冲上去？能否勇打头阵、勇立战功，打通“堵点”、补上“断点”？这需要责任与担当。就拿我们朱家角来说，应全面落实市委、区委的决策部署，聚焦国家战略，在深度推进示范区建设上展现显示度；聚焦治理能力，在加强和创新社会治理上构建新格局；聚焦民生导向，在服务和保障民生上提升群众满意度；聚焦高质量发展，在推动经济提质增效上打造新高地；聚焦党的建设，在基层党组织建设上增强战斗力……这些，都不可能一蹴而就，需要我们坚持不懈地去努力，关键是要敢于担当，面对风险挑战不能绕道走。在实践层面有三点启示：一是要有政治觉悟。不论处于高位还是低位，都要认识到自己是一名党员，要愉快接受组织安排的工作，认真履职，不讨价还价。二是要有担当精神。担当精神检验的是一名党员干部的党性，不能只盯着位置、盯着权力，不想干事、没有担当的人迟早要被淘汰。三是要有廉洁意识。要始终坚持清正廉洁，只有这样才会拥有强大的底气，不会受到羁绊。

三、要从"钉钉子"入手，增强本领善作为。拥有较强本领是善干事的底气、能担当的根基。记得在党的十九大报告中，习近平总书记向全党提出了"既要政治过硬，也要本领高强"的要求。通过学习，我越发感到，政治过硬和本领高强是一个辩证统一、相辅相成的整体。政治过硬是灵魂、是方向，本领高强是基础、是保证。既然"新时代是奋斗者的时代"，那么就要在干事创业中发扬"钉钉子"精神，以能力为要、拼搏为美，向行动致敬。弘扬"钉钉子"精神，善作为、重在实、贵在深、赢在细。从我参加工作以来的经历来看，没有金刚钻，确实揽不了瓷器活。有了学问，就好比站在山上，可以看得很远，看到很多东西；没有学问，如在暗沟里走路，摸索不着，那会苦煞人。通过这次培训，我更加感受到，要以永远在路上的执着"补钙充电"，根本之道就在于把学习作为成长进步的阶梯，把学习作为一种责任、一种习惯。当前，最重要的就是学深悟透习近平新时代中国特色社会主义思想，深刻领会和掌握贯穿其中的马克思主义立场、观点、方法，把学习成效转化为立足本职、干事创业的"看家本领"。我虽然在部队涉猎了多个领域，学了很多知识，但到乡村工作，我还是头一次，有些知识我也不懂。所以，必须加强对政策法规的学习，多向基层干部群众学习。区委领导提出"要以抢的意识，携手打好经济发展主动仗；以拼的勇气，携手筑牢进博保障护城河；以实的作风，携手下好先行建设一盘棋；以善的追求，携手谱写人民城市新篇章"。我觉得就是要在实施青浦区全面跨越式高质量发展战略的大背景下，不断增强政治责任感和历史使命感，发挥好"抢、拼、实、善"新时代青浦奋斗精神，从小事入手，努力把本职工作做出彩。简而言之，就是要有钉钉子精神、要敢于啃硬骨头、甘于奉献。

81 发布

2020 年 8 月 16 日
星期日
天气晴

以“乐”为核心，打造“乐游（乡村旅游）、乐学（乡村研学）、乐享（农产品、IP 文创）”三大产品体系。始终围绕“乐”来构建体验场景，并融入品牌运营思维，带动乡村商业体、有机农产品等相关产业联动，撬动乡村市场，升级朱家角品牌，开创“乐稻心田”乡村振兴新模式。

乡村研学新品牌，稻花香里话振兴。在我们项目开发工作领导小组的精心策划下，今天上午，各界朋友在周家港村初心学堂齐聚一堂。这对我来说，是一个幸福的时刻，也是值得纪念的时刻，因为“乐稻心田”长三角周家港研学基地项目是上海市首个由驻村干部全程参与策划的帮扶项目，今天研学基地正式启幕，“乐稻心田”沉浸式乡村研学品牌诞生。

一个乡村农旅项目必须要有属于自己的品牌，“乐稻心田”积极响应国家乡村振兴号召、顺应市场需求、把握时代风口，以小驭大，以乡村原生态为场景，以研学游为产品，依托开发团队的内容创作、传播和运营能力，充分发挥短视频、自媒体矩阵营销、新零售电商、直播带货的服务能力，聚力打造长三角首个乡村研学品牌。这次我们以“乐稻心田，乐在乡间”为活动主题，采用“线下发布+线上直播”相结合的方式，坚持“小而精”“小而美”的原则，重在发布开发团队市场化运作原创品牌——“乐稻心田”，全力宣传周家港特有的品牌营销模式。

凡是来过周家港村的朋友都跟我说，这个项目坐拥长三角一体化发展契机、朱家角江南水乡文化和周家港自然生态资源三大核心竞争力，拥有“距都市不远，离自然很近”的区位格局。的确，要搞好一个农旅项目，区位优势至关重要。基于周家港村的资源禀赋，我们提出了以“乐”为核心，打造“乐游（乡村旅游）、乐学（乡村研学）、乐享（农产品、IP文创）”三大产品体系。在运营中坚持围绕“乐”来构建体验场景，并融入品牌运营思维，带动乡村商业体、有机农产品等相关产业联动，撬动乡村市场，升级朱家角品牌，开创“乐稻心田”乡村振兴新模式。

当前，朱家角镇正在努力成为长三角生态绿色一体化发展示范区，稳步推进特色小镇建设，积极创建国家5A级旅游景区，这对研学基地来说是一个千载难逢的良机。如何把乡村研学与古镇旅游相结合，这是一个全新的课题。周家港村毗邻古镇，规划中的周家港东路将直接连通古镇，游客可以游完古镇游乡村，有了流量导入，将大大加快把周家港村打造成一个集文化传播、田园游憩、人文休闲、生态体验、研学教育等多领域、多功能于一体的研学旅游综合体的步伐。

从我考察的情况来看，乡村从来都不缺产品、不缺自然生态，真正缺的是可以进行资源整合的运营团队。从2019年年底典扬文化娱乐（上海）有限公司进驻周家港村开始，我就起草了开发周家港村研学基地项目的申请书，并向镇里主要领导进行了专题汇报。朱家角镇党委领导也非常关心这个项目，在半年时间里先后多次深入调研，提出合理化意见与建议，帮助我们解决实际困难，这为我们铆足干劲开发建设注入了精神动力。

这次开发团队做了大量艰苦而细致的工作，为更加生动地展现“乐稻心田”形象，开发团队结合研学基地航拍区域近似鸟的形状以及基地传承的红色、绿色、金色所代表的三种文化，隆重推出了以项目Logo三色鸟为原型的“港港弟”鸟形人偶，并将其作为周家港村的形象代言人，他将以憨萌可爱、幽默风趣的形象，迎接四方来客。

82 发言

2020年8月16日
星期日
天气晴

驻村干部应该是一个实干家，不能只想当“战略家”，不愿当“突击手”“爆破手”；抓工作一定要有“一竿子插到底”的决心和韧劲，不见成效不收兵。

党指幸福路，勤开致富门。改革开放以来，周家港村经过历届干部与广大村民的努力，经过多年的发展，告别了“风扫地，月点灯，睡在家里看路人”的苦难岁月，迎来了“开小车，住洋房，家家户户奔小康”的幸福生活。为积极响应乡村振兴战略，自去年以来，我们就把产业振兴作为工作重中之重，经过不懈努力，成功引入典扬文化娱乐（上海）有限公司来开发研学基地项目，开启了全新开发模式，进行了乡村振兴的大胆探索与实践。

一、树立“持久战”理念，打造个体“美所其美”。乡村振兴是一场“持久战”，打造好周家港村，需要持续发力，久久为功，逐步实现由量变到质变的华丽转身。去年，我们做了深度调查研究、系统战略规划，注重因地制宜、放大优势、彰显特色，综合考虑周家港村经济、社会、文化、地理等方面的特有元素以及群众关切点、期盼点，科学合理地确定乡村振兴的目标任务，把握好推进的速度、建设的力度和群众的接受度。深层次挖掘乡村文化，提炼出代表性符号和元素，建立乡村文化基因库，在保留原生态乡村景观风貌、乡村生产方式、乡村生活方式等方面下功夫。周家港村“乐稻心田”研学基地有别于其他的田园综合体，那是因为它有独特的“文化符号”，被烙上了历史变迁的文化印记，被注入了文化创新的乡土内涵。独特的“文化符号”给研学基地增添了独具一格的亮丽风景，点亮了“处处看风景、事事有意义、时时受教育”的研学要旨。一个带着浓郁地域文化气息的“白色虎符”村牌禅意深远，一面石库门风格的“初心墙”激活红色基因，一只展翅飞翔的“三色鸟”畅游蓝天，乡村小玩伴“港港弟”鸟形人偶憨萌可爱……这些“文化符号”是基地无声的文化“金名片”。

二、运用“麻雀战”战法，串珠成链“美人之美”。当前，我们基地各项建设进入了攻坚阶段，为跑出加速度、干出显示度，真正把研学基地孵化成乡村振兴的大课堂、思想引领的大熔炉、一体化服务的大平台，我们灵活运用“麻雀战”战法，聚焦主要矛盾、抓住核心环节、紧盯突出短板、突破重点任务，按照“以点带面，全面开花”的策略，坚持“力求小而美，不求大而全”的原则，突显党建文化、军旅文化、国粹文化、农耕文化、民俗文化、节庆文化，做到精细布局、精准布点、精心布置。目前，研学基地正从施工图向实景图转变，已完成党群服务站、初心墙、初心学堂多功能厅、村史馆、开发馆、军史馆、廉政馆、沿江 BOOM 草坪等一批旅游接待、休闲度假设施和区域的建设，并按点位规划继续打造红茶馆乡村手工体验区、国学传承培训中心、乡村直播空间站、稻田餐厅休闲区等。同时，坚持从项目引领到生态宜居，在村“两委”班子的正确领导下，大力开展人居环境整治，让乡村既添颜值又增气质。把荒芜地变成大草坪，把闲置房变成红场馆，把垃圾场变成休闲广场，把臭水沟变成清水塘。如今，我们不仅提升了农民的幸福指数，更孕育了乡村发展的新生机。

三、叠加“阵地战”火力，连线成片“美美与共”。“阵地战”需要形成火力叠加和作战集群效应，乡村振兴也是如此。“盆景”难成势，只有形成“风景”才具有强大的生命力和影响力。研学基地北接朱家角古

镇、南临沈太片区、西连东方绿舟，并在朱枫公路片区集中连片建设中，与练塘镇东庄村形成南北相望、首尾相顾的乡村振兴链条两极。这种特有的战略方针，需要我们在拥有独具特色的产业的基础上，将研学基地纳入全域美丽乡村整体布局，主动加强区域统筹联动，统筹安排空间布局，系统推进水林田草整治，全面推动产业融合发展。未来我们可以建立“C20”乡村旅游联盟，串联起长三角一带旅游资源，打造“党建互助兴思想、振兴互助兴产业、乡风互助兴文明、发展互助兴共融、旅游互助兴家园”的良好格局。

当前，我们已经取得了阶段性胜利的有利态势，创造了声势，就像产品推广一样，已经创造了一个“新星”的有利态势，并得到各个领域的关注，接下来要全面夺取胜利。我相信，在政府领导和各界友人的支持关心下，只要我们按既定战略，组织开展好各项工作，就能取得最终的胜利。

83 颁奖

2020 年 8 月 21 日
星期五
天气晴

军人是构建国防长城的基石，家庭是社会的细胞，新时代的年轻军人与军属用行动诠释了“责任担当，爱家爱国”的精神风尚。正是有了每一名军人的热血奉献和每一名军属的默默支持，我们的生活才更加美好，我们的国家才更加安定。

今年，我很荣幸被评为 2020 年青浦区“最美退役军人”，这是组织的关心，更是全村人的厚爱。今天，我受邀参加了青浦区第十一届“情定淀山湖　爱在军旗下”集体颁证仪式暨“最美退役军人”表彰大会。国防人人有责，双拥处处有情。青浦区秉承红色基因，围绕“双拥情”“夫妻情”，聚焦现役和退役军人家庭以及最美退役军人。旨在凝聚起军民的深厚情谊，发扬军人家庭的文明家风，在全社会营造崇军拥军的良好风尚。这个极富庄严仪式感和独特荣誉感的活动在短视频《家 · 国》中拉开序幕，青浦区委副书记杨小菁为活动致辞，并代表青浦区委、区政府向所有为青浦发展贡献力量的军人们表示衷心的感谢，向参加活动的现役及退役军人家庭送上最诚挚的祝福。

青春奉献，军魂永驻。作为五组退役军人家庭之一，我倍感荣光。短

视频《家·国》深刻展现了退役军人不变的军魂以及退役军人家庭的文明家风。退役军人家庭在平凡里尽显伟岸，飒爽间溢满柔情，危难时夫妻携手并进。他们的家国情怀和儿女情长里写满忠诚、奉献、使命与担当。一日戎装在身，终生军魂在心。青浦区副区长金俊峰，区政协副主席、卫健委主任饶斐文为我们 15 名退役军人颁发了 2020 年青浦区“最美退役军人”奖杯和获奖证书。一部情景剧《出征》讲述了我们退役军人在抗疫期间的奉献精神与来自家庭的情感纠葛，充分反映了退役军人与军属舍小家为大家的精神风貌。

信仰忠诚，相濡以沫。令我印象深刻的是，主办方为一对“30 后”的军队离休老干部夫妇举办了钻石婚庆典。老干部夫妇自述了参军经历与军人情怀，分享了革命故事与婚姻感悟，展现了老一代革命军人对军队的深厚感情，以及半个多世纪凝结的革命友谊与坚贞爱情。军队离休老干部许明明还专门写了诗《爱的真谛》并在现场朗诵，“我们执子之手相伴而行，见证了新中国的缔造诞生，经历了新中国的成长繁荣，参与了新中国的伟大建设……”抒发军人情怀，赞美红色军队，并且从军人与家庭的角度，诉说他对年轻军人家庭及“后浪”们的期望与嘱托。

责任担当，爱家爱国。活动现场，在浪漫的《婚礼进行曲》中，7 对“90 后”现役军人夫妻走上台，举行了一场隆重的新婚仪式。在全场观众的见证下，他们进行了新婚宣誓。全国最美家庭还向全场观众发布了《最美家庭倡议书》。

军人是构建国防长城的基石，家庭是社会的细胞，新时代的年轻军人与军属用行动诠释了“责任担当，爱家爱国”的精神风尚。正是有了每一位军人的热血奉献和每一名军属的默默支持，我们的生活才更加美好，我们的国家才更加安定。人民不会忘记他们，祖国不会忘记他们。此次活动，展示了军人的家国情怀与文明家风，巩固了“爱我人民爱我军”的良好局面，推动青浦双拥工作再上新台阶。

84 说理

2020 年 8 月 25 日
星期二
天气晴

观念改变，改变的是对事物的认识，虽然事物本身没变，但观念可以影响人的行为，而人可以改变世界。做工作要做到心中有数、言之有理、方法正确。

大家都知道农村的工作很复杂，那么，驻村干部遇到难以沟通的村民时到底应该怎么办呢？第一，要充分了解情况。作为一名驻村干部，在群众有了诉求或者遇到重要情况时，应该第一时间充分了解情况，把事情的来龙去脉搞清楚，只有这样才能正确、公平地处理事情。第二，要充分做好工作。在农村，我们能看到很多村民其实是不管规定和法律政策的，他们“一根筋”地为自己的利益着想。比如，我们村里开展“三大整治”工作，不符合政策的简易房是要拆掉的，但是很多人就不愿意，认为那是他自己的东西，怎么说都不让拆。这个时候就需要驻村干部去做工作了，要把政策和规定给他们讲清楚，一次不行就两次，两次不行就三次。说实话，很多村民最后也都慢慢理解了。第三，讲究方式方法。有时候，在做了很多次工作之后，肯定还会有村民不会同意。那这个时候就要耍点“小手段”了，可以把情况给村民家里明事理、懂政策的人讲清楚，让他们来

做自己家人的工作，往往这种办法是很有效的。比如，村里排污纳管要经过村民家房子，但人家死活不同意，说害怕危害自家房屋安全，这个时候可以跟其家里明事理的孩子或者老人说明情况，让他们来劝劝家里人。第四，要有威信，能“唬住人”。从实际情况来讲，我个人认为驻村干部还是要有威信的，不能被一些胡搅蛮缠的人扰乱了阵脚。比如，很多村民有不合理的诉求，怒气冲冲地来找村干部解决，这个时候干部要拿出自己的威信和真诚劝说，千万不能冲动，要耐心细致地把情况了解清楚，并做好说服工作。

综上所述，个人认为驻村干部在开展乡村工作时，应做到心中有数、言之有理、方法正确。特别是遇到胡搅蛮缠的村民时，要先把该做的工作做好做足，凡事先占个理字。并采取正确的方式方法，不能蛮干。同时，驻村干部还要保持公平公正，不能辜负村民对自己的信任！

85 产业化

2020 年 8 月 27 日
星期四
天气晴

每个乡村都有其天然的资源禀赋，乡村干部要善于挖掘资源、利用资源、改造资源，真正让看似无用的原生资源成为产业发展中的宝贵资源。

“无产业，不振兴”，无论从方法论还是从价值观上，都一定要回归到对乡村产业的关注。我们在谈到乡村振兴时，都会想到资本和产业这两个至关重要的要素。长期以来，在乡村发展过程中，我们都喜欢用“空心化”这个概念来形容目前的乡村。所谓“空心化”，其实就是除了老人和留守儿童，农村里最精壮的人群或最好的劳动力都离开了村庄。目前，我们上海的农村“空心化”问题也日趋严重，而且这个“空心化”是真“空心”，不是假“空心”，因为上海农村里稍微有点经济实力的人，都会为了子女在镇里或者区里、市里购置房产，其子女大多彻底离开了农村。我所帮扶的周家港村毗邻镇区，村里除了 70 岁以上的老人，大部分年轻人都在外面工作生活。

人口“空心化”的背后，是产业“空心化”，这一问题令我深思。以前，我们村曾是全镇有名的农业强村，蔬菜种植产业远近闻名。然而，近些年随着土地减量化，私营企业全部搬迁，规模化种植体量减小，村子的

发展遇到了瓶颈，特别是没有适应市场发展的特色产业。以前，村里家家户户以种植蔬菜作为产业支撑和主要经济来源，但现在土地越来越少，而且从事农业的人群除了3个种粮大户，其他基本没有。所以，现在谈乡村振兴，不得不谈乡村产业的重新集聚或者农业的重新发展，否则乡村就不可能振兴。

前几天，我们驻村指导员们在谈乡村产业发展时，大家在思考，这些村除了种水稻、茭白，养鱼虾等传统农业外，还可以利用现有资源搞些什么产业。我也一直在考虑周家港村到底适合什么产业，这是一个需要反复调研论证的课题，一旦研究透了、选择准了，就要毫不迟疑、精准发力，快马加鞭去落实。长三角生态绿色一体化发展示范区的农村产业既有相似性，也有不同之处。比如，浙江嘉善、江苏吴江等地乡村企业发展较好，农民致富的路子相对较广。而我们这边乡村的产业相对还比较单一，农村的发展相对比较慢，这也许与当地非常注重生态保护有关，这样一来，有些项目是没法在乡村建设的。我觉得这反而是件好事，原生态更容易整体开发农旅项目，更能满足城市人群对乡愁乡味的需求。近年来，越来越多的城市人群喜欢到郊野乡村休闲娱乐，这个市场需求，为我们提供了产业视角，比如开发建设一些乡村民宿、农家餐饮店等，这些都是乡村转型发展的重要产业。

在乡村的产业结构当中还出现了一种情况，就是围绕互联网或乡村和城市之间交通的便利性，出现了城市现代服务业和乡村服务业之间的无缝连接，比如一些创客，他们以技术作为支撑，同时具有鲜明的互联网因素，这种因素，为乡村发展注入了互联网思维。我想，可以在乡村进行全新的尝试，所以，根据这个思维，我组织了由青浦区第一个“乡村直播空间站”率先发起的“美好生活 · 乐在青浦”乡村直播专项行动，旨在促进“古镇 + 乡村电商”发展，助力“古镇 + 乡村产业”振兴，让“干部 + 农民”变主播、“网络 + 手机”变农具、“直播 + 旅游”变农活、“数据 + 带货”变农资，为推动“文创品 + 农产品”上行、培育经济发展提供新模式与新动能。通过“直播 + 旅游”，真正实现旅游营销全区域联动、全资源整合、全要素协作、全行业参与、全媒体覆盖，全面带动长三角旅游市场向纵深发展。

从资源禀赋的角度来讲，文化属性是乡村非常明显的属性之一。当我们更加重视文化产业时，从资源的富集程度来看，乡村空间其实是一个很强势的区域所在。为此，我毫不犹豫地引入文旅产业来推动本村振兴。因为我知道，周家港村好比乌镇的乌村，在长三角这样一个强势的资源富集区，如果我们能够将新的消费需求、新的技术和新的商业模式与朱家角丰富的文化资源，尤其是传统文化资源进行结合，那么周家港村的文化产业应该是它将来独具优势的一个产业。随着城市人在农村休闲上的消费不断增多、华为人才公寓落户在朱家角及外来人口增多，周家港村完全可以自生出很多新的消费需求。所以，在谈乡村产业的发展时，我们一方面要避免出现传统的工业化产业；另一方面要积极寻找自身独特的资源禀赋，比如农业资源、文化资源和庞大的消费人口基数，再加上互联网的支撑，在这样综合的因素之下，系统性考虑整个乡村的产业结构。只有这样才能在最大限度上避免乡村的产业空心化，改变没有产业带来的乡村衰败之势，进而寻求乡村的转型发展，这才是我们推进乡村振兴过程中真正值得依赖的路径。

86 造血

2020 年 9 月 2 日
星期三
天气晴

发展特色产业、增强自身“造血”功能是推动村级集体经济发展的必由之路。选择什么样的产业，这是战略性问题，而怎么发展产业，这是技术性问题。有时提出问题远比解决问题难，但没有问题提出，哪来的发展?

近年来，中央连续出台了一系列文件，为壮大村级集体经济和提升村级集体经济自我发展能力谋划路径、指明方向、提供保障。特别是 2019 年，中共上海市委组织部会同上海市农业农村委员会共同印发《关于在实施乡村振兴战略中选派优秀干部支持本市经济相对薄弱村发展工作的通知》，明确面向全市经济相对薄弱村，从市级机关、市属国有企业和各区政府机关、企事业单位中，选派优秀干部支持其发展。我想这是上海市委要把发展壮大村级集体经济作为基层党组织中重大而紧迫的任务来抓，从而不断增强基层党组织凝聚力，提高村级组织服务群众的能力。因此，发展村级集体经济不仅是经济问题，更是关系到党在农村执政基础和执政地位的重大政治问题。这一年多来，一位位驻村指导员“八仙过海各显神通”，脚沾泥土、亲民爱民，想方设法促进村级集体经济发展。

但从当前上海涉农区乡村发展的状况看，受区位条件、发展基础、经济能力等主客观因素影响，近几年村级集体经济尽管有了较大发展，但自身“造血”功能并未被完全激活，村级集体经济还没有呈现出“百花齐放、竞相争艳”的良好局面。其中存在的主要问题有三个方面：一是发展村级集体经济意识不够强、内生动能不足，存在等、靠、要思想；二是缺乏发展资金支撑；三是村里既缺乏整体布局、统筹谋划的带头人，也没有创造吸引人才、培养人才、留住人才的良好条件。但从青浦区朱家角镇的发展来看，改革还是充满着希望。近几年，朱家角镇党委、政府充分发挥区位、生态、人文等独特优势，以长三角一体化发展战略实施为契机，以“乡村振兴战略”为指导，积极探索与实践自身发展新路径，取得了有目共睹的变化与发展。我想这得益于以理念引领为先导，以环境改善为基础，以绿色发展为根本，以文化培植为支撑，以制度建设为保障，注重更新观念、因地制宜、差异竞争、特色生存，从而走出了一条生态美、产业兴、百姓富的可持续发展路子，逐步形成了独具特色的江南水乡发展模式。

我曾在 2019 年 10 月的朱家角乡村振兴座谈交流会上建言：要注重“双轮驱动”，一个是以朱家角古镇为核心，辐射周家港、小江、横江、大淀湖等村，形成一个轮；另一个是以张马村为核心，辐射周边李庄、张巷、新胜、王金、林家等村，形成另一个轮。要真正形成“一核、一轴、一心、一线、多点”的振兴格局，不断激发内在驱动力。“一核”就是打造古镇核心圈，辐射周家港、小江等周边村庄，形成补位型农村休闲旅游业态圈。“一轴”就是打造朱家角水乡古村景观轴，贯通连接规划范围内的 7 个主要村庄，沿线布置文化景观节点，将其串联成文化景观带，形成水乡古村景观带。“一心”就是以张马村为村庄带的主要发展中心，重点打造依托湿地、花海、泖塔等文化元素的民宿休闲游，改善村庄环境的同时突出水乡古村文化，承担起发展生态农业、培育原生态乡村旅游的职能，成为展示朱家角水乡古村的核心空间。“一线”就是让周家港村研学基地在朱枫公路沿线建设中与练塘镇东庄村形成南北相望、首尾相顾的乡村振兴链条两极，聚力使周家港村研学基地成为长三角研学的孵化基地。周家港村具有独特的战略纵深与空间，有利于加强区域统筹联动，有利于

推动产业融合发展，可以真正实现开发一个研学基地、串联一片旅游资源，打造一条文旅产业。“多点”就是要把周家港村、王金村、安庄村、庆丰村等乡村振兴基础较好的村庄作为建设美丽乡村的战略预备队，在建设实践上有所倾斜，逐渐与张马村、林家村等美丽乡村形成互补性联运发展格局，真正建设形成朱家角镇全域美丽宜居的水乡村庄带。

同时，我们也要清醒地看到，目前相关工作区缺乏思路，不能因地制宜，支撑不够，困难多资源少，管理弱化、缺少运营经验等制约村级集体经济发展壮大的问题仍然没有解决，我们还有很长的路要走。特别是近年来，中央把发展壮大村级集体经济作为提升基层组织力、助力脱贫攻坚、推动乡村振兴的动力引擎，要求各地积极探索符合实际的多元化发展模式，着力提升村级组织“造血”功能与质量。基于此要求，我始终认为，乡村振兴不能仅依赖财政补贴“输血”，更要通过“造血”，唤起村民对美好生活的向往。我心中一直有张蓝图，就是要把周家港村打造成“村民参与、企业集聚、文旅产业发达”的美丽乡村。我在对周家港村的各项基本情况梳理后认为，基于优越的地理位置和水乡风貌，位于长三角核心区域的周家港村，在美丽乡村建设方面有着得天独厚的优势。经过几个月的充分调研后，通过引入社会资本，朱家角镇首个纯社会资本市场化运作、独立核算的美丽乡村研学基地项目成功落地，开启了探索与实践乡村振兴的全新模式。村民将闲置的农房、林地流转获得租金，企业打造当地特色品牌帮助村民销售产品。

我想，引入产业助力乡村振兴，这只是上篇文章，下篇文章就是依托项目真正把集体经济搞活搞强。那么如何做好这项工作，重点要把握四点：一是人才问题。持续加大对村干部的培养力度，输送优秀后备青年干部，不断提升党建水平与乡村经营管理能力。二是资金问题。要研究建立村级集体经济发展专项资金，鼓励扶持、发展壮大村级集体经济发展项目。三是产业问题。每个村都有各自的特点，要根据自身的资源禀赋，由小见大，逐步发展好特色产业。四是模式问题。探索实践村集体、企业、农民三方合作共赢模式，促进村级集体经济稳步提升。

87 符号

2020 年 9 月 4 日
星期五
天气晴

乡村“文化符号”不仅仅是一个村的标志，更是一个村的“记忆”。要充分挖掘提炼乡村“文化符号”，因为这不仅仅是记录地理环境的符号和名称，更重要的是一种乡村文化形态的展示。乡村“文化符号”是一个村历史的见证、文化的记忆、情感的寄托，是一种望得见的“乡愁”。

乡村“文化符号”是乡土文化的重要组成部分，是村庄差异化的显著标志，也是乡村核心文化之“魂”，更是乡风文明的点睛之笔。朱家角镇周家港村独有的“文化符号”（见图 1）为美丽乡村建设烙上了历史变迁的文化印记，注入了文化创新的乡土内涵，增添了独具一格的亮丽风景。

图 1　周家港村“文化符号”

这些年，随着乡村休闲旅游蓬勃兴起，乡村“文化符号”显得越来越重要。去年 10 月，周家港村成功引入纯社会资本市场化运作、独立核算、自负盈亏的乡村振兴项目，率先开启了采用全新乡村开发模式的探索与实践之路。我村在全力以赴打造研学基地项目，自力更生推进美丽乡村建设过程中，注重与村民精神信仰、生活传统和审美趣味结合起来，在把握鲜明的地域文化、历史、产业等因素的基础上，不断发挥创造力、想象力，深入挖掘、提炼、创造了周家港村独有的“文化符号”。如今，一个带着浓郁地域文化气息的村牌、一面石库门风格的红色“初心墙”、一只展翅飞翔的“三色鸟”等“文化符号”成了周家港村无声的文化“金名片”和视觉化的文化“代言人”。

如果说村庄是撒满大地的“星星”，那么村牌就是闪耀的“坐标”。村庄有名无牌，看村不见村，不仅给村民日常生活和社会交往带来不便，也丢失了乡土记忆，人们无法从村名这扇窗中读出一方水土的前世今生。为避免乡村村牌缺失地域性、时代性、人文性，出现“千村一面”的状况，周家港村从地域文化、传统文化、民间文化中汲取精华，根据历史由来、地理环境、村庄名字设计村牌，充分彰显地域特色。周家港村的村牌较好地反映了该村的历史变迁和文化渊源，同时也融入了新时代村庄和村民对审美和文化的追求。该村村牌右边部分是赤红色江南水乡造型，充分展示了周家港村与朱家角古镇共融共生的天然优势。“赤红色”则代表党指幸福路、勤开致富门，始终坚持党建引领乡村振兴。圆形村标反映了周家港村的历史由来和乡土风情，“圆形”则代表循环、圆满。村牌左边部分是一只“白虎”造型，象征着威武和军队，反映了该村延续了 40 多年的拥军好传统。“白虎”还代表了祥瑞，符合村民对传统文化的信仰，表达了村民祈福周家港风调雨顺、繁荣昌盛。同时，如再加一个“白虎”造型头碰头合起来就组成了“如意”造型，意境深远，告诫世人“人生哪有多如意，万事只求半称心”的人生真谛。这个村牌矗立在村口，向人们昭示了在环境美、产业旺、精神足、生态好的背景下，要始终保持充满虎气与活力、团结向上、拼搏奋进的精神状态。

村庄的“文化符号”不仅要发挥美化村庄的作用，也要彰显政治性、时代性、文艺性、群众性，更要起到凝聚人心、净化心灵的作用，不是简单地停留于外在美，而是形神皆美，不仅让人一见钟情，而且让人日越久情越浓，从而不断提升村民的文明素养，增添文化氛围。周家港村委会的党群服务站、初心广场等相关场景巧妙地融入了石库门风格，这些红色“文化符号”在朱家角农村尚属首次。这表明了“从石库门再出发，高扬信仰大旗。打开初心之门，深烙初心使命”的赤胆忠心。红色“初心墙”长 24 米、高 3.5 米，顶端有“党旗、国旗、军旗”三面旗子，中间展示一幅“在习近平新时代中国特色社会主义思想指引下前进”的宣传画。

为提升农村品位，擦亮村庄名片，全面打造周家港村“乐稻心田”研学基地品牌形象，根据村庄鸟瞰图形状、研学基地文化要素，创新设计出了别样风情的“三色鸟”，作为周家港村“乐稻心田”研学基地品牌形象。周家港村外形酷似一只翱翔天际的青鸟。青鸟是幸福、快乐的象征，被誉为幸福使者，有青鸟飞过之地就是希望的乐土。“三色鸟”标志以青鸟为原型，用中国红、草绿、赤金分别代表活力、生态与丰收，它是乡村生活的精神图腾，也是“乐稻心田”传达的文化内核。同时，“乐稻心田”“三色鸟”品牌标志二维码藏有丰富的信息，如村名、村庄概况、风土人情、周边景点及交通里程等，游客通过“扫一扫”，全面了解了村容村貌，既增强了游客对地域文化的认同，又起到了指引、宣传、导向等多种服务功能。

为讲好村庄故事，扩大基地名声，更加生动地展现“乐稻心田”形象，研学基地又精心设计以“三色鸟”为原型的“港港弟”鸟形人偶（见图 2），他以憨萌可爱、幽默风趣的形象成为孩子们的“乡村小玩伴”，而他也将作为周家港村的形象代言人，迎接四方来客。

图 2　港港弟

88 绣花

2020 年 9 月 7 日
星期一
天气晴

“乡村振兴”离不开以“绣花功夫”来提高精细化治理水平的细心、耐心、巧心，更离不开坚持以人民为中心的发展思想。当欢歌笑语与流光溢彩辉映，当醉人烟火味同喧闹叫卖声交织，展现出来的正是一道亮丽的乡村文化景观。

振兴乡村不可能一蹴而就，需要久久为功，只有下足“绣花功夫”，在做细管理、做精要求、做美内容上下功夫，秀丽的乡村才会向世人呈现。最美的乡村表情，是老百姓笑逐颜开的神情；最暖的乡村记忆，是普通村民有着烟火味的温暖生活。乡村的宁静与美好，需要特色产业的牵引，带动经济逐步复苏，这将会成为乡村让群众生活得更美好的有力注脚。

乡村既要招商引资，更要招才引智。要优化乡村人才队伍建设，做细致管理的执行者。没有人才队伍的乡村是没有生机与活力的乡村。现在大部分村庄的干部、社工都是从本镇、村选拔人员，他们虽然有丰富的基层经验，但文化水平相对不够高，缺乏科学思路和长远规划，能力、魄力和创新意识与乡村振兴的要求还不相匹配的问题比较突出。我在驻村的过程中接触了一些镇、村干部，发现他们不是不想干，反而想干好的愿望非常强烈，但就是有时不知道怎么干，说到底还是眼界与思路问题。所以，去年上海市下派驻村指导员，从市区机关、事业单位、企业等选派干部驻村，这为乡村带来了生机与活力，好多驻村指导员发挥自身优势，想方设法助力乡村振兴，并关爱老百姓生活的方方面面，拿出实干精神，汇聚民心，到群众身边去，下足“绣花功夫”，将惠民的实事、好事、难事件件落实，细致管理不放松，为本村建设做出了很大的贡献。所以，大力实施人才力量下沉战略，让乡村人才队伍不断充实是一条助力乡村发展的好路子。当然，光靠驻村指导员是远远不够的，还得建立配套机制，鼓励更多人才扎根乡村，用精细化的管理塑造人才，培养人才。

要强化乡村党建工作方式，做精准要求的落实者。创新乡村治理方式，加强党建引领，是创新乡村功能体系的有效途径。一个党支部就是一团“星星之火”，找到合适的空间就可以释放红色能量。用“党建+”的方式引领乡村治理，在精准要求的基础上，将关系民生的工作落地，让人民群众切实感受到党员干部的能量，以“拓荒牛”的韧劲开辟出乡村治理的坦途。比如：在大力集中整治人居环境和创建文明城区任务中，支部冲在前，党员干在前，起到了先锋模范作用，经过一年多的艰苦奋斗，终于让群众看到臭水沟变成了清水塘、垃圾场变成了休闲广场。当然，人居环境整治不是一招鲜的事，而要抓长效，需要人人重视，更要有网格监督和长效管理机制，这样才能保证垃圾分类有人管、房前屋后有人抓，真正形成一种良好的风尚。要硬化乡村建设的制度要求，做监督践行的参与者。乡村建设制度必须立起来、硬起来。好的制度可以迅速凝聚村民中的“有生力量”，集中力量办好事、办成事。在村集体中，人人都可以参与监督制度的落实情况，采用集体评、互评、对评等方式，落实整改措施。同时，村民也是制度的参与者、践行者，当机械的制度与治理现实产生冲突时，能及时反馈、监督、反思、提高。凡是重大事项都要经村“两委”班子、村民小组组长会议集体讨论，还要经村民代表大会通过，主动让老百姓进行监督，确保得到人民群众的有力支持。

当欢歌笑语与流光溢彩辉映，当醉人烟火味同喧闹叫卖声交织，展现出来的正是一道亮丽的乡村文化景观。

89 纪念

2020年9月18日
星期五
天气晴

记忆从未褪色，历史仍有回响。回望悲壮历史，我深知现在的和平与幸福有多么来之不易。重新翻读《苦难辉煌》一书，我思绪万千，心潮澎湃，热血翻涌……一滴水虽小，却能够折射出太阳的光辉。只要我们团结起来，一定能够战胜所有的困难，迎来乡村振兴的美好未来。

今天是9月18日，每到这个日子，我就会想起“勿忘国耻，警钟长鸣”这八个字。作为一名退役军人，我永远不会忘记那段民族的苦难日子。“九一八”永远是我们记忆中的一道伤痕，这一天，每个中国人都应该牢记！

记忆从未褪色，历史仍有回响。回望悲壮历史，我深知现在的和平与幸福有多么来之不易。重新翻读《苦难辉煌》一书，我思绪万千，心潮澎湃，热血翻涌……该书是金一南教授呕心沥血之作，全面又深刻地揭示了自1917年俄国十月革命消息传入中国，至1936年西安事变前的历史事件和人物。作者以纪实文学的手法，充分展示了革命先辈顽强的革命精神。

习近平总书记说，要走好新时代的长征路。作为一名驻村干部、军转

干部，更要重温那段历史。长征途中，面对艰难困苦，红军说得最多的话是：“只要跟党走，一定能胜利！”面对国民党的围追堵截，红军将士能够取得胜利，靠的就是坚定的共产主义理想和革命必胜信念。在红一方面军25000里的征途上，平均每300米就有一名红军牺牲。艰难可以摧残人的肉体，死亡可以夺走人的生命，但没有任何力量能够动摇中国共产党人的理想信念。现在，我们在村里工作，面对的情况虽然没有战争年代那么复杂，但乡村振兴的任务也异常艰巨，没有一定的信念是坚持不下去的。

我们共产党，从一个只有58名党员的组织，发展到有着9000多万名党员、400多万个基层党组织、在14亿多人口的大国长期执政的政党，经历了无数的艰难险阻，穿过了无数急流险滩，经受了血与火的考验，克服了无数的艰难困苦。从建党初期的困难，到长征时期的低谷；从第一次国内革命战争，到第二次国内革命战争；从抗日战争，到解放战争；从中华人民共和国成立，到抗美援朝，再到改革开放……中国共产党带领中国人民从苦难走向胜利，从胜利走向辉煌，靠的就是在任何困难面前，始终相信“星星之火，可以燎原”，以及必胜的坚定信念与信仰。我们现在的周家港村，引入了社会资本开发建设研学基地乡村振兴项目，虽然项目占地面积不大，在中国这么多乡村中也只是星星之火，但我坚信只要把握好既定战略，有序推进，一定能取得最终的胜利。作为一名军人，我是有着很深的军旅情结的，在最初研究研学基地建设时，我就提出了要弘扬军旅文化，要走好新时代长征路，就是要在研学过程中弘扬好长征精神，引导研学人员将爱国主义转化为强烈的责任感和使命感，立足于岗位工作，精益求精，全心投入，出色完成本职工作。一滴水虽小，却能够折射出太阳的光辉。一个人力量虽小，但各界朋友汇聚起来，就能形成强大的力量。只要我们团结起来，一定能够战胜所有的困难，迎来乡村振兴的美好未来。

90 节庆

2020 年 9 月 22 日
星期二
天气晴

“乐稻心田”研学基地项目的初衷就是紧紧围绕“以农养农、以农惠农、以农兴农”的战略目标，助力乡村振兴。

今年的农民丰收节，是周家港村庆祝丰收的节日，也是广大村民共迎小康的节日。喜看稻田千重浪，丰年喜色眉梢上。今天上午，周家港村第二届农民丰收节在村里沿江大草坪欢乐开启。朱家角镇党委组织委员朱巧其、朱家角镇党委宣传委员吴文娟等镇领导亲临活动现场与广大群众共庆丰收。

此次农民丰收节由中共青浦区朱家角镇周家港村总支部委员会、典扬文化娱乐（上海）有限公司主办，青浦区朱家角镇周家港村村民委员会、上海青朱周旅游开发有限公司承办，朱家角镇文化体育服务中心协办。本届周家港村农民丰收节以“庆丰收 · 迎小康”“乐稻心田 · 乐在乡间”为主题，展现了周家港党建引领下农业发展新成就、农村生产新变化、农民生活新风貌。

精彩活动共庆丰收。本次丰收节以农民为主角，以农地为场景，以农产为内容。演出活动在喜庆的舞龙表演中拉开序幕，节目精彩纷呈，充分展现了新时代农民的风采。慈祥可爱的大爷大妈们带来的农具操、村里大姐姐们的广场舞表演，让台下的农民朋友连连叫好，吸粉不少，充满农村趣味的投壶、套圈等互动环节吸引了父老乡亲的热情参与，极大地丰富了村民的精神文化生活。

广泛参与，共享丰收。周家港村第二届农民丰收节从筹备到举办得到了朱家角镇党委、政府领导的热切关注。周家港村农民丰收节组委会领会意图、精心组织、周密安排，充分借鉴去年成功举办首届农民丰收节经验的基础上，力争把今年这届打造成农民的丰收节、农村的文化节、农产品的展示节。接下来，周家港村还将在国庆前后陆续开展系列乡村农事活动。

朱家角镇党委组织委员朱巧其在致辞中指出：今年是周家港村的丰收年，在周家港村“两委”班子、驻村指导员和广大村民的共同努力下，全村人居环境整治成效明显，美丽乡村建设稳步推进；引入社会资本后，更是发展迅速，硕果累累，相继开发了周家港村自己的大米品牌“珠溪玉谷”，设计了自己的形象“港港弟”，开创了周家港村特色的振兴模式“乐稻心田”。朱巧其衷心希望周家港村农民丰收节越办越好，乡村发展再创新高。同时，他也希望通过农民丰收节的举办，让村里更多的农民朋友、社会人士参与乡村振兴事业，形成强大的合力。

据悉，此次活动还招募了一批热爱乡村生活的“新村民”，一起感受丰收的喜悦，这是周家港村发起“艺术驻村”，助力乡村振兴的首次尝试。这次丰收节上他们用古琴、琵琶等乐器演奏的优美音乐以及展示乡村油画等作品，得到了村民的热烈掌声。朱家角镇党委宣传委员吴文娟、周家港村党支部书记张星球、周家港村村主任胥雪华还为五位新村民代表颁发荣誉村民证书。

乡村研学共助丰收。“乐稻心田”研学基地项目的初衷就是紧紧围绕“以农养农、以农惠农、以农兴农”的战略目标，助力乡村振兴。充分借助社会资本，搭建线上线下平台，促进农民增收。开发公司将利用“典扬优品”购物平台，通过发放“丰收券”，开设“丰收馆”等形式，大力推销优质农产品，现已预定了本村种粮大户的10000斤新米。让农产品坐上

电商快车，是丰收的亮色。今年周家港村的农民丰收节还启动了金秋消费季活动，研学基地项目开发领导小组，想方设法利用电商、直播优势为村里好品质的农产品找到好销路，为农惠农助农。

“春种一粒粟，秋收万颗子。”金秋时节，在周家港村里处处都是丰收的景象，农民笑意写在了脸上，喜悦挂上了眉梢。喜看丰收硕果，展望幸福生活！乡村产业提质增效，是丰收的底色。目前，党建引领乡村振兴下的周家港村研学基地，设计图正在向施工图转变，施工图正在向实景图转变，一幅“三农”事业发展的绚丽画卷正在徐徐展开。

91 老人

2020 年 9 月 25 日
星期五
天气晴

他们的祖辈从苏北、浙江等地的七个县市搬迁过来，在周家港这片“水来一片白茫茫、水退一片芦苇荡”的荒芜的土地上，勤劳地开垦劳作。他们在这里出生长大，穿越一个又一个春秋，沿着时光的台阶，把年轻远远地甩在了身后。

自 1997 年入伍后，我彻底离开了农村，即使回到农村也是匆匆忙忙看望父母，很少跟村里的老人有过多的接触。想不到转业后还能到乡村工作，让我重新接触乡村的人和事，这是一件非常有意义的事。我帮扶的周家港村离朱家角古镇比较近，好多家庭的年轻人搬去了镇上，村里居住的大部分是老人。他们满头银发，一脸沟壑，他们的沧桑演绎出一部周家港村的变迁史。他们思想开阔，身骨硬朗，胸襟宽阔，意志坚忍，情感丰沛，这本身就是故事。

周家港村是他们繁衍生息之地。他们的祖辈从苏北、浙江等地的七个县市搬迁过来，在周家港这片“水来一片白茫茫、水退一片芦苇荡”的荒芜的土地上，勤劳地开垦劳作。他们在这里出生长大，穿越一个又一个春秋，沿着时光的台阶，把年轻远远地甩在了身后。第十小组的张奶奶从年

轻到如今，一直务农。小年夜，看到公交车开通了，她紧紧地握着我的手，激动得语无伦次，她老人家说："感谢钱指导员，想不到我这辈子，还能见到通公交车。"看着她发自肺腑的笑容，我也是无比开心。在乡村漫步，尤其是天气晴朗的日子，我就会看到许多老人们，他们或在自留地里忙碌或在屋檐下谈天说地。只是，他们和城市的老人不同，没有真正意义上的退休年龄，只要还能走动，他们就会三五成群，或在村里走动，或干零工补贴家用，直到有一天走不动了，躺在床上为止……虽然，子女也反复请求他们别再干活了，安心养老，但似乎只有忙着，他们才会找到存在的价值；似乎只有忙着，他们才能从中找到快乐。现在虽然生活条件好了，但他们勤俭持家、艰苦朴素的优良传统一直保持了下来。

村里老人的记忆，承载着村庄的故事，也承载着村庄的过往。从艰苦岁月走过来的老人们，会倍加珍惜现在的生活。每每与他们谈起曾经的岁月，他们的感慨便一发而不可收。已动迁到镇上东大门居住的胥庆林老人今年 80 多岁了，想当年他的父亲用一根扁担挑着他从江苏泰兴来到了周家港村，当时这个地方渺无人烟，到处是芦苇荡、茅草地，他们就在河边搭了茅草屋定居了下来。当年他种下的香樟树已长成参天大树，见证着岁月流逝。汗水和厚茧是村里老人的标配，第 4 小组的孙方平老爷爷今年 87 岁了，个头不高，黝黑的皮肤衬托了那些艰苦劳作的岁月。去年，他家门前的垃圾堆变成了沿河休闲广场，在此建有新时代农民讲习所，并搭建了防腐木花架，种植了三角梅。在这秋收的日子，他拾掇着家前讲习所的花草，每次见到他，他总哼唱着沪剧小调，像晨露一样甘醇，润泽着我的耳鼓。什么是成功？什么是碌碌无为？也许乡村的老人，并不在乎这些。

乡村的老人，用长了老茧的脚掌，走出了长长的人生，却走不出季节的转换轮回，走不出锄镰的交响，走不出家长里短的喜悲，走不出心中的向往。他们用乡村纯朴的思想支撑，审视着儿孙抉择的人生道路。他们不动声色，深思熟虑，在笑意中镶嵌着焦思，在担忧中悬挂着信服。也许孩子们听话懂事就可以醉透他们的人生。老人们，也许没有真正意义上的孤独，即便子女都在外地，狗狗依然能给予他们最坚实最温暖的陪伴。秋天，总是有温煦的阳光，宁静、祥和而温馨。明媚的阳光下，村里老年人

活动室的房间里、屋檐下，到处都是聚会的老人，三三两两聚在一起，或聊家长里短，或闭目养神，此景熟悉而温馨。秋风和阳光，柔软而温暖，就像一个懂事的孝子贤孙蹲在老人的身旁，讲述着新奇的故事，让思念已久的老人在这秋高气爽的日子里享受着那份独有的亲情。如今，每当看到老人慈祥的面容，握着他们温暖的双手，感恩的心让我久久不能平静。

澄碧的天际，灿烂的阳光，闪亮的星月，破旧的老屋，壮实的树木，歌吟的江流，微笑的野花，忠诚的土狗，无不是他们生活的印记，无不是他们心灵的音符。他们多像一蓑烟雨和满笠阳光，多像禾海碧波和劲藤硕瓜，多像古朴的泥土和醇美的春光。第 2 小组的老兵钟信义，参加过抗美援越战争，如今虽然 80 多岁了，但与爱人老夫老妻，依旧携手同行。他们人已老迈，但耕耘的心依然如初升的朝阳，阡陌里行走的脚印，丈量着这家到那户的距离。他们酷似乡村的水稻，成熟时弯腰不语，把灵魂的金黄，呈交给镰刀。

92 运营

2020 年 9 月 29 日
星期二
天气晴

要想在行业激烈的竞争中和市场大环境影响之下勇立潮头，就必须不断提升自身，这样才能利用有限的基地资源让基地焕发出勃勃生机。基地的区位、交通、环境、体量、产品、设施、团队等硬、软件已基本固化，“基地运营”的模式优化和能力提升无疑是一条创新之路、一条突破之路，也是唯一之路。

乡村研学市场竞争激烈，传统乡村研学必须通过蜕变才能在市场上立于不败之地。我们研学基地原本要在国庆期间进行试运营，但由于受疫情的影响，点位还需要一段时间才能建好，所以我提出了“边建设，边运营”的理念。比如，我们的乡村直播空间站、稻田民宿、红色场馆、沿江大草坪等可以先期采取“化整为零”的策略进行单个运营。当然，要实现这个目标，需要一支高职业素养的运营团队，并在不断提高运营效率、更新拳头产品以及提升造血能力上下功夫。

目前，上海地区有好多美丽乡村，但正因为没有好的运营，才造成投入与产出严重不成比例。因此，一个好的乡村文旅项目只有插上运营的翅膀才能腾飞。在开发前，我就在项目前端（策划、规划、设计）植入了运营思维，只有想得长远、考虑细致，才能保证项目正式运营后走上正轨。

近几年，美丽乡村建设如火如荼，国家鼓励社会资本涌向农村进行市场开发。休闲农庄、田园综合体、乡村研学基地等相继建成运营，乡村旅游业态的多样化也带来了巨大的竞争，这就要求我们必须不断提升自身，利用有限的基地资源让基地焕发出勃勃生机。目前来看，基地的区位、交通、环境、体量、产品、设施、团队等硬、软件已基本固化，“基地运营”的模式优化和能力提升无疑是一条创新之路、突破之路，也是唯一之路。

早在去年 7 月，我就考察了苏浙沪周边乡村旅游景区，发现相当一部分乡村景区远离城市，区位原因使景区的运营团队大部分都是就近用工，员工专业技能不足、服务水平不高等已成为制约景区发展的主要原因。我认为，简单、粗放的管理，会带来责任不明、预判不准、协作不畅等问题，从而造成运营团队整体凝聚力不强、执行力偏低、创造力偏弱。为避免类似的情况在我们这里发生，在遴选开发公司前，我就把建立一个专业的高端运营团队作为硬性要求，因为我清楚地知道，没有专业的运营团队，即使投入再多，打造再好，也很难最终成功。我们这个营运团队不仅要做好前期的建设，更重要的是要做好后期的商业化运营。当然，一个乡村研学基地不同于传统的景区，研学的路径、内容、形式才是核心和重点，同时要注重附加产品的研发、品牌的打造、媒体的宣传、活动的组织，以及餐饮、直播、民宿、酒吧等其他方面商业个体的经营。所以，研学基地的运营团队较传统的景区运营团队又增加了新情况、新问题。我有时在想，一旦我们正式运营，能不能在项目运营、精品课程、运维管理、采购仓管、成本控制、安全管控、服务接待、应急联动、村企关系、民企关联、舆情引导、资产管理、资源收储、外包管控、票务管控、流程管理、制度管控、团队激励、游客服务、产品创造、品牌推介、媒体宣传等方面建立起一套完善的标准、流程和制度，并建立完善的培训体系和执行督导系统，确保在同业竞争当中始终保持竞争优势。我想只要有清醒的认识，方法总比困难多。我们在运营过程中既要把握传统景区的优势，又要

摸索乡村研学运营的新路径。作为一个乡村研学基地，想要为学生或游客提供良好的研学服务和更好的游学体验，构建规范化和精细化的运营管理体系，不断提高运营团队职业素养和专业技能势在必行。这对于我们研学基地的团队来说，是一个全新的考验。

我们的乡村研学基地，既有传统旅游景区的普遍性，也有研学基地的差异性。就目前的旅游景区行业来看，“产品为王”是主流，能带来特殊体验感的旅游产品、独具匠心的游乐创意、精心组织的实践活动可以化腐朽为神奇。为此，我们搭建“典扬优品”这个购物平台就显得非常及时必要，当然有了平台更重要的是要有好的产品。随着漕平支路向周家港村4组方向延伸路的修建，我现在最担心的是一旦朱家角古镇分流过来的大部分游客是“流量游客”而非“消费游客”，那么我们的运营管理成本就会上升，而收益却不多，这个现实的问题也是需要亟待研究与思考的。当然，如果我们有很好的产品，那么在这个“网红”时代，每一位游客都是一个自媒体，好的农创产品可以通过游客的媒体终端迅速传播出去，这也是一件对乡村发展有利的事。关键是如何利用好优势，突破劣势。现在我们专门打造了青浦区首个“乡村直播空间站”，未来还要打造红茶馆、国学小院等，通过不断地自购自建自营或招商联合运营等方式，着力打造“网红场景”，从而增加二次消费产品和项目，这样游客就会有更多的体验选择，自然会在基地停留更长时间，慕名而来的散客就会真正成为消费游客。

乡村文旅对资金的要求很高，因为这是个需要持续投入资金的产业，现在研学基地的建设还不是很完善，随着乡村旅游产业迭代升级，后续还需大量的资金用来完善提升，因此，研学基地运营团队需要有盈利、融资的能力，外部“输血”与自我“造血”缺一不可。

在市场经济条件下，不管是集体还是私有，任何资本都是逐利的，只有自身的“造血”能力变得更强，未来“输血”能力也就自然而然地形成了。所以，在顶层设计上，我们现在既要考虑为学生或游客提供良好和高效率的服务来增加收入，更要根据具体情况从战略层面设计商业模式，不断优化收入结构和比例，并通过资本、资源双运作的方法为基地可持续发展提供源源不断的支持。

93 作为

2020 年 10 月 3 日
星期六
天气晴

一个人能不能扛事决定了他在荆棘丛生的道路上能走多远，其人生境界能有多高。不扛事，人生注定充满坎坷；能扛事，人生才会柳暗花明。

敢担当、善作为是新时代党员、干部必备的政治素质。党员、干部是否忠实履行职责，是否有担当善作为，关键是要看是否做出经得起实践、人民、历史检验的实绩。自被市委组织部派驻至经济相对薄弱村 1 年多来，我始终把“坚持不懈为群众办实事、做好事、解难事”作为检验自身的重要标准。先后开展了传递党的温暖、了解群众诉求、化解矛盾纠纷、服务经济发展、整治人居环境等一系列活动，进一步密切了党群干群关系，提升了村级组织的建设水平。尤其在党建引领、维护稳定、促进和谐、服务群众、环境整治等方面真正起到了带头人、领路人、解忧人、贴心人的作用。我坚持全程参与、全时在位、全力服务，积极协助村“两委”班子开展各项工作，进入角色快，跟进服务快，推动落实快，始终把所驻村作为服务农村、服务群众、服务乡村振兴的新平台，带着感情、热情、激情，用恒心、热心、决心、耐心为所驻经济相对薄弱村的和谐、稳定、发展实实在在地做出了成绩，赢得了广大干群的普遍好评。

一、民生实事出实效。民生稳，人心就稳，乡村就稳。特别是今年在新冠肺炎疫情的冲击下，群众的就业、增收等受到一定的影响。今年4月，习近平总书记在陕西考察调研时强调，要坚持以人民为中心的发展思想，扎实办好民生实事。作为一名驻村干部，我必须始终把总书记的指示作为自己工作的指引，始终聚焦解决人民群众最急最忧最盼之事，找准为民办实事的着眼点。虽然今年1月17日，周家港村西片区公交车开通，解决了老百姓出行难的问题，赢得了老百姓的点赞，但老百姓最急最忧最盼的事还有很多。今年4月，经多方协调，村里的排污纳管工程总算开始了，我想这是一件大好事，原来村里没有排污管道，严重影响了居住环境。此外引入了研学基地项目，鼓励老百姓出租闲置的房子，老百姓每年可以得到3万元至7万元的租金；支持老百姓参与项目建设，他们可获得一定的劳动收益。努力实现群众就业增收，消除群众生活上的担忧和顾虑。办好一件件实实在在的民生实事，可以增强群众的获得感、幸福感、安全感。

二、服务群众不懈怠。在今年的抗疫过程中，我们村的党员、干部、志愿者临危不惧、无私奉献，在困难面前豁得出，在关键时刻冲得上，用大爱护众生，为人民群众构筑起了严实的抗疫“防火墙”。在农村“家家都有本难念的经”，大事小事老百姓都会来找村里干部，所以村里的工作真是十分琐碎。我们村口是一个高速路三岔口，车辆多，行人多，4组老人出行非常不安全，经常发生交通事故。了解到这个情况后，我们马上联系相关部门安装了人行红绿灯，这样老人出村口过马路就安全多了。当前，“进博会”马上就要举办，我们村的广大共产党员踊跃报名参加志愿值班工作，这不仅是抗疫精神的延续，更是把志愿服务的善行当作弘扬与践行社会主义核心价值观的体现，有效地将党员先锋模范作用转换为推动基层治理的内生动力，把全心全意为人民服务落细落实，做到了实处。

三、群众难事办到位。“为民服务解难题”是“不忘初心、牢记使命”主题教育的具体目标之一，而解难题就是要解决群众的操心事、烦心事、揪心事。村民老王的女儿因患精神疾病不幸溺水而亡，他和爱人前几年领养了一个小女孩，现在小女孩快到上幼儿园的年纪，但由于领养手续不齐，造成小女孩迟迟不能上户口。我们村干部得知这个情况后，一次次向有关部门反映情况，上级分管部门也高度重视，最终明确给予帮助。所以，我始终相信只要盯着群众的操心事、烦心事、揪心事不放手，当好人民群众的贴心人，以群众的期盼诉求为窗口，洞察群众身边的困难事，变被动受理群众诉求为主动到群众中间去，真心把解决群众难题作为密切联系群众、提升党的影响力与感染力的重要载体，为党和政府分忧，为百姓解难，就一定能用实际行动赢得群众的好评与信赖。

94 叶鸣

2020 年 10 月 7 日
星期三
天气晴

“风扫地，月点灯，睡在家里看路人”“开小车，住洋房，家家户户奔小康”。周家港从一个贫困落后的小村落，发展壮大成如今的周家港村，这两句话生动诠释了一代又一代村民在党的领导下拼搏奋进、艰苦创业的历程。

秋来风叶鸣，人生几度秋。驻村泥土气，丰收乐开颜。村里的夜晚无比寂静，蟋蟀的叫声特别清晰。江上飞起的一群白鹭带来了猛烈的秋风，一股混着泥土和江水味道的气息顺着村口的两棵翠柳扑鼻而来。周家港的秋风也许要比市区的风来得更猛烈些，村口的生态树林，经风一吹不断摇摆，高速口隆隆的声响，恰似村口“白虎”啸。这是秋姑娘的嬉闹，也是丰收的号角。

周家港村稻香四溢，村里大片的水稻随风摇曳，到处是和谐的旋律。从空中俯瞰用艺术稻苗写就的“乡村振兴”四个大字，格外醒目，催人奋进。百年浮沉，村里大部分茅草屋变成了小洋房，唯有人民公社遗址，虽然破旧不堪，但充满着岁月流转的痕迹。

周家港毗邻古镇，西连淀山湖，河流纵横交错，“秋色连波，波上寒

烟翠”的景象无比迷人。站在BOOM草坪东边的一个小土堆上，享受着制高点的风景，感受着秋的气息。如果在沿江大草坪上搭上一个“星空帐篷”，你会感觉到，夜晚，似乎风更猛烈，星星更耀眼。从放生桥吹来的秋风似乎也孤独了几分，拂过脸颊时，就多了几分清寂、几分怀旧、几分沧桑。“水来一片白茫茫，水退一片芦苇塘”。风吹叶鸣，这不仅是叶子以歌声回报风的抚慰，更是对岁月变迁的回望。

大自然似乎与人生是有几分相似的，春夏秋冬、四季交替，岁岁年年花相似，年年岁岁人不同。苏轼说：“世事一场大梦，人生几度秋凉。”读这句诗的时候，不免感叹起来。多年军旅生涯，执勤站岗、枪林弹雨、抗洪抢险、反恐处突，风霜雨雪中彰显了军人本色。时光飞逝，匆匆如梦，梦醒时分，人生已过几度春秋，回首走过的路，遇见的人、经历的事，皆为过往，如今早已华发满头，人生已是秋了。万事艰难，人随心动。笑看风云，从头再来。物来顺应，未来不迎，当时不杂，既过不恋！明者因时而变，知者随事而制。想想人这一生，“世事微尘里，飘然而薄凉。”有多少人修得一颗慈悲心，有多少人修了一颗清淡心。“何处秋风至”，也正是对人生的诘问吧。活在当下，把握现在，在有限的生命里，做有意义的事，也许是一份最好的心境，也是对人生最大的负责。

驻村的日子，拉近了我与大自然的距离，我感受了花的芬芳，倾听了“夜来风雨声”与花的纠缠。风是温暖的，也是凉薄的。秋风起兮，红尘熏染，凋谢成了花的结局，丰收却成了稻谷的归宿。春暖花开，万物复苏，盛开成了新的希望。人生的秋，又会如何呢？

夜晚，我静静地站在党群服务中心门口，透过窗户看着初心墙旁边的四棵香樟树，在灯光的衬托下，风吹树的情景，让初心墙中间一幅“在习近平新时代中国特色社会主义思想指引下前进”画中的人物的形象更加光彩夺目，人之心绪也有些飘飘然。香樟树的阵阵香气温润和暖、沁人心脾。村里的草木，那份绿色，总让人无法想象秋天的萧瑟。大概是由于朱家角雨水充沛，村里的树木到了这个季节，依然苍翠、繁茂。当然，也有属于秋的金黄，稻田餐厅附近“乡村直播空间站”前面的金黄色稻田，让我有了“孩子们飞奔在如画的田园，那该多好”的畅想。

95 双向

2020年10月23日
星期五
天气晴

基层组织联建、乡村振兴联手、党员队伍联管、困难群体联扶、党建资源联享、廉洁从政联守、研学基地联创。

为深入贯彻落实“结对百镇千村、助推乡村振兴”的行动要求，深化巩固“四史”学习教育成果向纵深推进、向实践转化，我们紧紧围绕“双向共赢、结对互促、共建共享、协调共进”的结对共建思路，充分发挥党建引领作用，大力推动村企、村校、校企之间组织对接、理念对接、人才对接、资源对接、发展对接，聚力打造乡村思政课研学品牌。

今天上午，我通过前期的努力，终于促成了周家港村党支部、珠溪中学党支部以及上海青朱周旅游开发有限公司三方在“乐稻心田”长三角周家港研学基地的“初心学堂”举办的结对共建活动。朱家角镇党委组织委员朱巧其、青浦区教师进修学院教思想政治理论课的四位老师作为特邀嘉宾参加了此次双向结对共建活动和“打造乡村思政课研学品牌”研讨交流会。

大家实地参观了解了周家港研学基地项目建设情况，对已完成建设的研学服务中心、初心广场、村史馆、开发馆、军史馆、廉政馆、艺术稻

田、BOOM 草坪，以及在建的国学小院、红茶馆等一系列研学区域建设成果表示了充分肯定。

签约仪式上，几方的领导分别介绍了各自的优势，大家观看了《打造乐稻心田新课堂，引领乡村研学新潮流》宣传片，周家港村党支部与珠溪中学党支部，珠溪中学与上海青朱周旅游开发有限公司分别进行了共建合作签约。青浦区教师进修学院与珠溪中学分别为“乐稻心田”长三角周家港研学基地颁授“青浦区思想政治理论课教学实践基地”和“珠溪中学思想政治理论课研学基地”的牌匾。此外，珠溪中学聘任我为“校外首席辅导员”。周家港研学基地也聘任青浦区教师进修学院、珠溪中学的思政课老师为基地思政课顾问和实践课导师，为聚力打造青浦区乡村思政课研学品牌打下扎实的基础。

朱家角镇党委组织委员朱巧其在结对共建活动中指出：近年来，周家港村党支部通过结对共建，党建引领能力明显提高，组织功能明显加强，还在建设美丽乡村中迈出了坚实的步伐。并对双向结对共建提出了三点要求：一是要摆上重要位置，增强共建双向度；二是要紧握“七联”抓手，凸显共建全面性；三是要发挥特色优势，推进共建具体化。

为增强双向度、凸显全面性、推进具体化，与会人员围绕“如何结合周家港村现有资源打造乡村思政课研学品牌”这一主题，开展了深入细致的座谈交流。大家就“乐稻心田”长三角周家港研学基地乡村思政课的规划、设计、打造、实践、运营、推广等提出了各自的真知灼见，并就如何贯彻落实形成了具体共识。

周家港村具有丰富的红色资源、独特的“文化符号”、一衣带水的双拥情等思政课素材。只有立足课堂，扎根乡土，学校思政课才能拥有“源头活水”，才能上出乡村特色，回归立德树人本意。周家港研学基地已建成和正在建的红色“四馆”、初心广场、新时代文明实践站、党群服务中心、新时代农民讲习所、国学小院、乡村直播间、红茶馆、人民公社遗址、禅农书院、初心码头、共享农园等现代乡土文化教育资源具有近距离、形象化、具体化的特征。全面汲取周家港研学基地乡土文化资源的有益成分作为乡村中小学思政课教学资源，不仅可以提高学校思政课文化底

蕴，增加校园文化的特色，也有利于乡土文化和传统文化的传承。接下来我们将以周家港研学基地为平台，以点带面辐射长三角地区，形成大格局的思政课程集群，真正聚力打造好的校外思政课品牌，竖起乡村思政课研学大旗，推动思政课建设高质量发展。

此次双向结对共建活动严格按照三方共同建立的“基层组织联建、乡村振兴联手、党员队伍联管、困难群体联扶、党建资源联享、廉洁从政联守、研学基地联创”的“七联”结对共建机制，杜绝形式主义，细化共建内容，落实时间节点，明确责任人员，更加凸显共建鲜明特色，增强共建具体实效，实现双向联动、资源共享、优势互补、协调发展，真正把组织优势、人才优势和资源优势转化为加快推进乡村振兴、助力教育事业、服务企业发展的强劲动力，实现结对共建的目标。

96 乡游

2020 年 10 月 29 日
星期四
天气晴

乡村旅游是提升乡村自身造血功能、盘活剩余劳动力、促进乡村振兴的引擎，更是乡村产业发展的主流方向。

朱家角是苏、浙、沪两省一市的交通要枢，与江苏吴江、浙江嘉善毗邻，属吴根越角、江南腹心，地理位置十分优越，其生态水乡风貌尤为典型。近几年，朱家角镇党委、政府充分发挥区位、生态、人文等独特优势，以长三角一体化发展战略实施为契机，以“乡村振兴”战略为指导，积极探索与实践自身发展新路径，取得了有目共睹的发展，逐步形成了独具江南水乡特色的美丽乡村发展模式。通过现场参观、座谈交流，我认为朱家角发展乡村旅游的主要优势有：

一、规划注重特色。坚持高起点规划、高标准建设，强化顶层设计，靠专业人做专业事。在规划理念上，充分结合实际并发挥自身优势，“不求大、不求洋”，注重打造自身特色，推进乡村旅游的品牌化和特色化建设。不断优化农村产业结构，打造“一村一业”的产业格局，持续增强农村发展活力与动力，进一步扩大了农民增收空间。比如，张马村以“美丽乡村”建设为载体，推进产业联动，培育、发展农村新业态、新动能，逐

步实现农业增效、农民增收、农村可持续性发展。同时，以独特的农事旅游为切入点，结合张马村原有的生态（泖河）优势、文化优势（唐代泖塔）和产业基础（太阳岛旅游度假区），重点打造“四园一岛”农事旅游点，构建生态旅游产业格局，丰富农业的非生产功能，提高农业全产业链收益，做活乡村“美丽经济”。

二、注重产业培育。强化“一二三产业”融合发展，通过供给侧结构性改革，提高供给质量，推进结构调整优化，不断壮大美丽经济，走出了一条以乡村旅游带动乡村振兴的发展之路，促进了村级集体经济壮大和农民持续增收，为乡村振兴奠定了坚实的物质基础。比如，通过乡村艺术与稻田艺术联动，林家村成为青浦乡村振兴的特色村庄。该村坚持以农业生产为核心，将文化艺术与乡村发展理念相融合。通过村企合作、镇村联动等多种模式，积极提高水稻的品质，同时文化的发展带动了优质米的销量，提高了村民的收入。

三、振兴模式创新。把改革创新促发展的理念贯穿到美丽乡村建设中，致力于以创新来增强美丽乡村建设的新动能，充分发挥市场在美丽乡村建设要素配置上的决定性作用，形成了社会资本投向美丽乡村建设的新机制。比如，周家港村将林水田园的活力化作区域经济发展的生产力，率先开始了探索与实践。基于优越的地理位置和典型的水乡风貌，我村引入社会资本来开发建设周家港研学基地项目。是一个集田园游憩、乡村休闲、生态体验、自然教育等多功能为一体的研学旅游绿色综合体。该项目的启动为周家港村的发展注入了动力，也激发了村民的就业创业热情。企业打造研学课堂、文创产品，村民开办乡村民宿、特色餐饮店，村民得到实惠，乡村也有了发展。

四、文化环境提质。朱家角镇坚持做到了“软、硬”环境一起抓，环境改善成效明显，文化培植氛围浓厚。比如，在环境改善上，朱家角镇大力提升农村人居环境，取得了可喜成绩。在“无违建先进街镇”创建工作中，已拆除点位 70 处，累计面积 42919.63 平方米。更为突出的是，朱家角镇非常注重文物古迹的保护和历史文化的开发利用，围绕历史、现代、民俗三方面文化进行精心布局。打造了张马村的泖塔、张巷村的夏瑞芳故居等文化地标。这些既展示了村庄发展和时代变迁，也成为朱家角镇发展乡村旅游产业的宝贵财富。

大家都知道，撬动乡村旅游发展的关键因素还是人，现在不缺政策制度，关键在于要有一支敢想敢闯敢拼敢干的乡村干部队伍。但是从目前的情况看，很多方面还普遍存在着问题，如活力不够强、动力不够足、张力不够大、水平不够高等，制约着乡村旅游的全面发展。

一、干部活力还不够强。虽然地方党委和政府非常重视乡村干部的培训，这有助于提升乡村干部素质、开阔眼界。但乡村干部总体文化水平还不是很高的现实仍然存在，而且好多村干部没有经验，缺乏对政治建设与经济建设相统一的深刻认识，在抓经济建设上往往存在着“等、靠、要”的思想，缺乏主动作为的自觉性。一方面，在工作落实力度上有强有弱，习惯于盲目应付，不知道自我创新，做事方式依旧遵循老套路、依照老办法，开拓性不强，进取心还不够。究其原因，村干部的年龄普遍偏大，文化程度偏低，思想观念、思维方式也较为陈旧。另一方面，干部们缺乏结构性系统性的培训学习，自身水平得不到提升。

二、村民动力还不够足。目前，多数乡村旅游产业都是以政府为主导，百姓在旁观望，缺乏村民共同参与。此外，乡村的人员外流现象十分严重，不少受过高等教育的村民在毕业后都去往城区就业。大量的农村人口特别是青壮年劳动力、企业和资金纷纷向城镇集中，农村地区出现了村庄空心化和人口老龄化现象。好多年纪大的老百姓缺观念、缺思路、缺技术、缺资金等，随着年龄增长，已失去了敢闯的激情和敢干的劲头。郊区和城区在公共服务水平方面差距还比较大，受过高等教育的村民很少会在乡村寻找发展的机会。

三、品牌张力还不够大。现在好多乡村仍过多地依赖传统的农业资源，仍然以“农家乐”“农家采摘”“生态观光”为主线，乡村旅游产品基本雷同，缺乏特色，同质化问题相对比较突出。调研过的几个村要么有的还没有品牌，要么有的品牌不接地气，没有形成应有的商业价值，造成品牌商业化价值的影响力比较薄弱。其原因在于目前乡村旅游产品重复现象明显，缺乏产品特色。很多乡村都盲目跟风，忽视了对自身民俗文化、

乡土文化的开发建设，导致没有自己的品牌特色，缺乏核心竞争力。

四、运营水平还不够高。目前乡村旅游开发和经营中普遍存在各自为政的现象，各类资源无法形成合力，普遍存在规模小、品牌弱、质量差等问题。特别是缺乏正规的运营团队，小打小闹的家庭作坊式运营还比较普遍，形成不了整体的合力。比如，在项目运营、运维管理、采购仓管、成本控制、安全管控、服务接待、应急联动、舆情引导、资产管理、资源收储、外包管控、票务管控、流程管理、制度管控、团队激励、游客服务、产品创造、品牌推介、对外宣传等方面没有建立起一套完善的标准、流程和制度，也没有完善的培训体系和执行督导系统。其原因在于乡村旅游基本是靠村级集体或农户自发经营，各自为政，没有形成合力。专业化、产业化的乡村旅游开发运营主体较少，产业发展只能在低层次徘徊，运营效率不高。同时整体接待水平偏低，配套设施也不够完善，服务人员没有经过系统性培训，直接影响游客对乡村旅游的体验感。没有专业的运营团队来发掘旅游资源、开拓旅游市场、设计旅游产品、提升旅游服务能力，这导致乡村旅游停留在表面。

在未来的发展过程中，我认为乡村旅游应发挥优势，规避弱点，重点加强以下四个方面。

一、加强专业培训，提高整体素质。加强乡村干部专业素质培训，侧重对美丽乡村建设、带动乡村经济发展、社会治理等基层重点的难点培训。此外也应多组织乡村干部到乡村振兴示范村、美丽乡村示范村等地方进行实地参观考察和培训，进一步开阔眼界、更新观念、转变陈旧思维，让干部们更好地担当起组织和领导村民发展经济、共同致富的重任。

二、加强角色意识，激发内生动力。引入能够发展乡村旅游的企业，这样既能丰富旅游产业，也可带来新的流量人口，促进全域旅游发展，形成产业集群，为招商引资注入活力，为政府增加税收创造条件。然而发展乡村旅游的关键在于村民，要让广大村民对乡村旅游产生认同感、归属感和责任感，让村民看到乡村发展的前景，为他们搭建实现乡村梦的平台。要充分考虑政府、集体、村民、企业四个角色的利益，达到盘活一批闲置资产、串联一片旅游资源、发动一批农民参与、吸引一群企业集聚，打造一个文旅产业，振兴一个美丽乡村。

三、加强市场推广，打造旅游品牌。朱家角素来以江南古镇闻名，要利用好这张名片吸引游客，不仅让游客游古镇，更要让他们能住在乡村、玩在乡村。一方面要主动走出去，加强宣传，通过“线上+线下”宣传，在长三角地区开辟旅游专线，最大限度地吸引近郊游客。另一方面要不断探索消费需求，打造具有朱家角特色的乡村旅游品牌。要积极顺应群众消费需求，大力发展乡村旅游商品，鼓励打造一批特色产品品牌，在旅游集聚地、主要交通干道、游客集散点等设立乡村特色商品销售展台。引导农产品、传统手工制品、特色小吃的规模化、标准化生产，发展乡村“美丽经济”。

四、加强服务培训，创新管理模式。目前，从事乡村旅游的主体大多是当地村民，他们的文化知识和旅游知识相对比较贫乏。要对从事乡村旅游工作的人员进行专业培训，组织其学习旅游政策、市场动态、经营和操作程序、环境保护等专业知识和相关知识，使他们能承担起乡村旅游的各项工作。同时要认真挖掘、认真总结地方民俗文化和风土人情，并加强旅游从业人员在这方面的培训，使乡村旅游与当地民俗风情和乡土文化实现有机结合，提高旅游文化品位和服务档次。只有发挥专业团队和技术人员的优势，探索合作开发经营模式，将乡村旅游资源系统整合，才能更好地提升乡村旅游产业整体运营水平，实现乡村旅游可持续化发展。

97 心得

2020 年 11 月 5 日
星期四
天气晴

没有比脚更长的路，没有比人更高的山，没有做不到的事，只有想不到的人。阻挡前进的不是高山和大海，而往往是自己鞋里一粒小小的沙粒！

我对于当好驻村干部最大的体会是：要有心怀一方土地的诚挚感情，“转换角色”是前提、“把准脉搏”是基础、“对症下药”是关键、“攻坚克难”是重点、“脚踏实地”是保证，真正做到“心里装群众、脑中有宏图、手中有方法，脚下接地气”。

一、要心贴群众得实惠。群众握我的手，握的是信任；我握群众的手，握的是责任。我全力以赴解决了村里曹家库片区多年来公交车开通难问题，彻底解决了老百姓就医难、购物难、旅游难、办事难、走亲访友难等难题；建设优品平台，打造“珠溪玉谷”大米品牌，鼓励村民出租闲置农房，发动村民参与研学基地项目建设，不断为村民谋增收。作为驻村干部要善于做好群众工作，真心为群众服务，并与群众以心换心说家常话，上情下达说大白话，实事求是说真心话，对症下药说内行话，出谋划策说鼓劲话。

二、要依托产业促振兴。我提出了“以农养农、以农惠农、以农兴农”的振兴思路，撰写了十大发展战略，引入社会资本前期投入1000余万元，全力打造“乐稻心田”研学基地项目，开启了全新模式进行乡村振兴探索与实践。建立了青浦区首个乡村直播空间站，创新设计出以“三色鸟”为原型的“港港弟”鸟形人偶，召开品牌发布会，打响“乐稻心田”品牌。作为驻村干部就是要因地制宜搞好产业振兴，善于遵循乡村自身发展规律，补农村短板，扬农村长处，保留乡村风貌，留住田园乡情。

三、要注重党建增效能。紧紧围绕“党建引领乡村振兴，讲好红色故事，传递红色声音，凝聚红色力量，展示红色成果”这条主线，全力打造新时代农民讲习所、初心广场、红茶馆、国学小院等红色阵地。筹资25万元设计建设了“四馆”（村史馆、开发馆、军史馆、廉政馆），打造了全新的党建新阵地。筹资10万元精心策划举办了周家港村首届农民丰收节，使其成为青浦唯一一个连续两年举办农民丰收节的行政村。牵线五家单位结对共建，打造“乐稻心田”思政新课堂，引领乡村研学旅行新潮流，为乡村振兴注入党建新活力。乡村振兴靠什么来引领和推动？最根本最核心的是要把党建优势转化为乡村振兴优势，真正让支部“挑大梁”，让党员“唱主角”。

四、要美化村庄亮名片。积极为美丽乡村建设烙上历史变迁的文化印记，注入文化创新的乡土内涵，充分挖掘提炼并设计别具一格的乡村“文化符号”，全面展示乡村文化形态，不断提升乡村文化品位。

98 家校

2020 年 11 月 9 日
星期一
天气晴

因经济发展水平不一、家庭和教育机构情况不一，教育发展在区域上、群体间、结构上还存在较大的差异，特别是在经济相对薄弱的乡村，学生接受教育的机会、在教育过程中享受的资源和受教育后的结果与中心城区差距还比较大。“乡村家校直通车”项目的实施，可以尽可能优化资源配置、关注弱势群体。

最近，我受金泽镇爱国村驻村指导员徐存芳的邀请，与其就“乡村家校直通车”项目进行了深入交流，我觉得这个项目是为民服务解难题的好路径。徐存芳同志是金泽中学的党支部副书记，他驻村后一直在发挥自身教育资源优势，我听了他这一年多的工作推进情况，深切感到，这不仅是金泽镇学区化建设工作的具体举措，也是校村联合开创性拓展“一村一品”“一校一品”的生动体现。

“乡村家校直通车”项目之所以能顺利推进，最主要是因为能始终坚持组织引领，工作方法对头。探索建立的“四个一”工作法就很有创意，从实践来看，也很有成效。比如，建立一个工作专班，由村“两委”班子成员、老党员、村民小组组长以及结对单位支部成员组成“乡村家校直通车”工作专班，负责帮教工作的组织领导；建立一支帮扶队伍，由结对单位党员教师组成帮扶队伍，具体落实对学生以及其家庭的教育帮扶；明确一个工作目标，制订年度工作计划，明确每月工作任务，切实落实好相关工作责任，确保各项工作平稳有序推进；形成一个长效机制，自 2019 年起，建立了定期召开帮教联席会议工作机制，帮教联席会议是推进各项工作的重要平台，借助这个平台可以及时研究工作中遇到的各类难题，及时解决工作中的各类问题。

我认为“乡村家校直通车”项目做到了精准锁定范围，明确帮扶“路线图”。据了解，户籍在爱国村的 18 周岁以下学生有 226 人。其中处于义务教育阶段的学生 203 人，在金泽地区就读的只有 16 人；16 周岁以上 18 周岁以下常住村里读普通高中的 2 人。这 18 名学生的家庭存在家长工作比较繁忙、家庭成员缺失或家庭经济不宽裕等情况，家长对孩子的教育成长关心相对较少。为此，“乡村家校直通车”将解决这 18 名学生的学业问题纳入帮扶的工作范围，并将这些学生家长作为工作开展对象，进行谈心谈话、座谈交流，邀请家长参加“家长学校”，开展家教指导，从思想上增强家长对孩子的关心和关注意识。通过近两年的实践，这些学生家长主动关心孩子的时候多了，也愿意花更多的时间陪伴孩子，家庭教育也有了质的提升，爱国村社区学校的办学能力也得到了提高。我想这是教育扶贫面对面、接地气的创新，真正达到了解民忧、送温暖的效果。

我发现“乡村家校直通车”项目还注重言传身教，坚持“育人育德”标准。始终把加强思政教育摆在工作的首要位置，组织学生参观红色基地，开展寻找爱国村乡贤、身边的英雄等活动，让学生更加深入了解村庄的发展史以及身边的建设先锋，增强“努力学习、报效祖国”的信心和决心。通过一系列措施，该村学生的学习主动性增强了，学习成绩也有了较大的提高。学生有所进步，其家庭就更和睦，学生与家人、与邻居、与村里的关系更美好，村庄就更稳定。

我认为“乡村家校直通车”项目深化了家校融合，深入实施了“暖心工程”。结对共建是推动工作的有效抓手。近两年来，金泽中学党支部先

后开展了四次暖心活动，共筹集慰问金 11500 余元，为学生送去跑鞋、学习用品等，为学生提供心理咨询服务，开展提高科普素养活动，还为学生过了一次集体生日，使这些学生感受到家庭般的温暖，增强了村党支部大家庭的归属感。结对的民进青浦中教二教支部还为就读高中学生送上帮扶资金每人 1000 元。“乡村家校直通车”项目让学生与教师、同学、家人、邻居的关系更近，氛围更和谐了。

我感到“乡村家校直通车”项目具有很好的推广价值。下一步，我准备借助与朱家角镇珠溪中学的共建优势，充分借鉴徐存芳同志的工作经验，发动更多的社会公益力量，把“乡村家校直通车”项目复制到周家港村，把这项关心关爱学生的好事做精、做细、做实、做长，让我村需要帮助的孩子们真正享受到优质的教育资源，感受到党和政府的关怀。

99 思政

2020 年 11 月 13 日
星期五
天气晴

一个研学基地要蓬勃发展，必须要有自己独有的研学品牌与课程体系。全面汲取乡土文化教育资源，建立丰富的思政课资源库，用好思政课乡土教材，不仅可以不断提高学校思政课文化底蕴，增加校园文化的特色，也有利于传统文化的传承，必将促进学生思想进步、品格养成、全面发展。

最近，我看到一个视频，感触很深，视频中的人叫魏书生，曾任辽宁盘锦教育局局长，他当局长时，要求家长让孩子回家都要做家务，有时间多做，没时间少做，但不能停下来，一分钟也要做，做半个小时更好。有很多网友不理解，说："魏老师当教育局局长，研究的首先不是分数、不是考试、不是升学率，怎么是做家务呢?"我认为魏老师这个观点是非常对的，一个孩子长大了要有担当，我看头等大事是让他承担家庭责任。一个人他如果不爱自己的父母，不愿承担责任，你说他爱祖国爱人民，愿意为人民服务，那是百分之百骗人的，用不着论证。把爱父母挂在嘴边说空话，是毫无实际意义的。孩子们一定要学会的就是要用行动去心疼父母，承担家庭责任。一个孩子从小知道心疼父母了，长大了自然会心疼老百姓，心疼集体和国家。

石顺义是我非常认可的军旅词作家，他的歌伴随了我20多年的军旅生涯。他在一次部队思政工作座谈会上的发言，让我记忆犹新，他说部队强调在思想政治工作中要讲心里话，这让他想起自己在新兵连时的故事——要过年了，指导员问一个十七八岁的战士："你想家吗?""不想!""想不想?""不想!""说心里话，到底想不想?"沉默了一会儿，小战士的眼泪下来了："想。"新兵不是不想家，只是不敢说，怕说想家不光荣。于是，就有了歌词"说句心里话，我也想家"。当兵是为了什么? 是为了保护最爱的人——"你不扛枪，我不扛枪，谁保卫咱妈妈，谁来保卫她"。从小家过渡到国家，从小切口升华到大主题——"有国才有家""你不站岗，我不站岗，谁保卫咱祖国，谁来保卫家"。

这两件事，让我有了在我们周家港村"乐稻心田"研学基地打造思政课品牌的决心。一个研学基地要发展，必须要有自己独有的课程体系与品牌，现在国家很重视思政课，我想这是一个好机遇，为此，我联合了青浦区部分教育资源，一起研究如何在校外利用乡村资源把思政课品牌塑造好。主要涉及以下几方面。

一、学校为何要组织研学旅行。近年来，研学旅行的热度不断攀升，长三角地区的学校，特别是初中、高中以培育学生的"人文、研究、创新"素养为目标，正以积极姿态筹划各项研学旅行活动。我认为，研学旅行要想办出自身特色，其核心任务就是要将"人文、研究、创新"素养培育目标融入研学设计与实施中。研学旅行的"研"强调的是过程，要"研究、探索"，是目标达成的途径；"学"强调的是以"学习、学会"为目标，研学，既要研究、探索，也要学习、实践。研学的方式是旅行，无论是学校组织活动还是家庭到乡村研学基地亲子游，都能让孩子们在乡村自然场景中探索研究不一样的问题，获得不一样的体验，产生不一样的感悟，这种研学旅行的效果恰恰与学校的育人目标是一致的。

学校搞研学旅行，我认为有以下三个方面的积极意义：一是可以培养学生善于观察的习惯；二是促成从捕捉问题到探究资源的转变；三是多样化成果将"研学"延伸向"研究"。要想让研学旅行富有价值，就一定要把握好研学的具体目标、内容设计、地点选择以及实施流程等，相信这样

的研学活动，会让学生终身受益。

二、周家港研学基地有什么思政课基因。周家港村有丰富的红色资源、独特的“文化符号”、一衣带水的双拥情、天然的田园风光等。我们在红色“四馆”中融入了重大历史事件、历史人物、历史影响等。从“风扫地，月点灯，睡在家里看路人”到“开小车，住洋房，家家户户奔小康”，这是岁月流转的痕迹，更是一代又一代村民在党的领导下拼搏奋进、艰苦创业的结果。这些都是很好的思政课素材。我想只要以“思政课”为核心，延伸设计好富有乡村特色的劳动教育、自然科普、国学书香、国防教育、安全生存、心理拓展等“寓教于乐、寓教于行”的研学综合实践品牌项目课程体系与活动，就必将实现与课堂理论教学同进互补。

三、为何要在周家港研学基地打造思政课品牌。只有立足课堂，扎根乡土，学校思政课才能拥有“源头活水”，才能上出乡村特色，回归立德树人本意。周家港研学基地的乡土文化资源可以作为我们乡村中小学思政课教学资源的重要来源，这里的资源具有近距离、形象化、具体化的特征。全面汲取周家港乡土文化资源的有益成分作为教学资源，不仅可以提高学校思政课文化底蕴，增加校园文化的特色，也有利于乡土文化和传统文化的传承。我们只要充分发掘、利用好老物件、民俗、历史名人、文物、农作物等传统乡土文化教育资源，以及我们研学基地中已建成和正在建设中的红色“四馆”、初心广场、新时代文明实践站、党群服务中心、新时代农民讲习所、国学小院、乡村直播间、红茶馆、禅农书院、初心码头、共享农园等现代乡土文化教育资源，建立丰富的思政课资源库，用好思政课乡土教材，联系学生身边事，讲好乡村故事，就可以有效促进学生思想进步、品格养成、精神成长、全面发展。

当然，青浦的乡土资源很多，但是真正利用资源搞研学基地的只有我们周家港，未来我们还将把研学基地模式复制到整个长三角地区，以周家港研学基地这个点来以点带面辐射长三角地区，真正竖起乡村思政课研学这杆大旗，形成大格局的思政课程集群，推动思政课建设内涵式发展，真正让结对共建成果转化为共享共赢。

100 劝学

2020 年 11 月 16 日
星期一
天气晴

研学起源于古代游学，是一种既古老又时兴的学习方式。古代东方，孔子携弟子周游列国，培养了一大批俊才。《礼记·学记》中有“君子之于学也，藏焉，修焉，息焉，游焉”，这一思想在之后产生了“行万里路，读万卷书”的共鸣，《荀子·劝学》中也有“不登高山，不知天之高也；不临深溪，不知地之厚也”的说法。

2016 年 11 月，教育部等 11 个部门联合印发的《关于推进中小学生研学旅行的意见》提倡把红色研学旅行纳入中小学教育教学计划。红色研学旅行，是寓学于游的旅游活动，是红色文化传承的生动课堂。作为新形势下一种新的教育形态，红色研学旅行倡导学习与实践相结合，强调学思结合，让学生通过实践培育和践行社会主义核心价值观。

“行是知之始，知是行之成。”红色研学旅行从学生发展需求出发，是一种特殊的课程形态，是课堂的延伸和拓展。要发挥好其作用，就要密切结合学生身心特点、接受能力和实际需要，注重系统性、知识性、科学性和趣味性，为学生全面发展提供优质的成长空间。

“办好思想政治理论课，最根本的是要全面贯彻党的教育方针，解决好培养什么人、怎样培养人、为谁培养人这个根本问题。”珠溪中学校长徐建英强调，习近平总书记在学校思想政治理论课教师座谈会上的讲话，给思想政治课指明了方向，学校要不断创新思想政治课教育教学方法，使思政课成为学生真心喜爱、终身受益、毕生难忘的课程。青少年时期是人生的“拔节孕穗期”，最需要精心引导和栽培。要通过思政教育，给学生心灵埋下真善美的种子。开展研学旅行，重温红色记忆、追寻红色足迹、品味红色文化，是珠溪中学开展学生思想教育、落实立德树人根本任务的又一形式创新。

在谈及如何加强思想政治教育，发展红色研学之旅时，珠溪中学党支部书记张亚根认为，红色研学旅行是形式，思想政治教育是内容，形式是为内容服务的，不能本末倒置，学生参与、体验和老师的指导都很重要。一方面，要让学生参与进去；另一方面，老师要在研学旅行之前指导学生了解红色历史，并在研学旅行的过程中，组织学生分享心得。在珠溪中学的很多老师看来，研学之旅需要在情境中把游与学结合起来，增加学生们的思考和研究，不能只停留在一时感动，而要真正内化于心、外化于行，要有反思、有交流，这样才能游有所得、学有所获。

昨天，珠溪中学50余名师生来到“乐稻心田”长三角周家港研学基地开展红色研学旅行活动。时间虽短，收获却颇丰。站在初心墙前，我给学生们认真讲解了中共一大的动人故事，同学们认真聆听，满怀崇敬之情，被先辈们坚定的理想信念和敢于拼搏的革命精神深深打动，听到动情之处，无不潸然泪下。红色在“四馆”，全体师生参观了“军史馆”，听朱家角抗战史、抗美援朝老战士董仁富的故事，重温历史，大家更加珍惜当下；参观了“村史馆”“开发馆”，看到改革开放以来村里的发展变化，学生们更深刻地理解了共产党一心为民的深厚情谊。

此次红色研学旅行可以让学生走出课本，真实地触摸历史的细节，实地感受历史的温度。在用耳朵听、眼睛看、心去感受的同时，学生更加珍惜来之不易的美好生活，树立远大理想并不断为之奋斗。研学旅行的过程是短暂的，但意义却是深远的，经历即教育，体验即成长，这一切看到的、听到的、学到的，都将成为学生成长过程中一笔宝贵的财富。

101 收官

2020 年 11 月 20 日
星期五
天气晴

越在收官阶段，越要政治站位“居高不下”、工作标准“从严不懈”、工作作风“脚踏实地”。大力发扬钉钉子精神，以踏石留印、抓铁有痕的劲头，出实招、办实事，让帮扶成果得到村民认可，并经得起历史检验。

昨天下午，青浦区驻村指导员在“乐稻心田”长三角周家港研学基地召开了第二期“观摩交流同进步、互学互鉴共提升”活动暨驻村收官之战动员研讨会。

研讨会前，大家实地参观了周家港村党群服务站、初心墙、村史馆、开发馆、军史馆、廉政馆、红餐厅、哈心舍、BOOM 草坪以及正在建设中的国学小院、红茶馆、哇菜园、禅农书院等，全面了解了研学基地项目从战略研究、设计规划到项目落地、点位建设的全过程以及未来运营发展情况。大家对今年在新冠肺炎疫情的影响下，周家港村“乐稻心田”研学基地项目仍有条不紊地推进，不断实现从设计图到施工图、从施工图到实景图给予了充分肯定。

金泽镇爱国村驻村指导员徐存芳、香花桥街道大联村驻村指导员丁华

芳在参观完“四馆”后谈道：周家港村“村史馆”的前言里充分蕴含了“为什么出发”的思想资源。“船到中流浪更急、人到半山路更陡”，不能忘记来时路，更不能忘记为什么出发。他们表示要在最后的驻村时光里继续坚守为村民谋幸福的初心使命，坚毅前行。大家还饶有兴致地观看了周家港村“四史”展板，朱家角镇沈巷村驻村指导员王春权、练塘镇蒸夏村驻村指导员朱峰等同志表示，“四史”中积累了“怎么走”的宝贵经验，学习“四史”，就是要通过对历史的研习更好地总结经验、把握规律，指导当下实践，引领未来。他们还感慨，周家港村驻村指导员能够把握先机，应势而动，率先引入社会资本打造研学基地项目，带领广大党员群众自力更生、艰苦创业，将这生态水乡的活力，化作经济发展的动力，积极探索与实践自身发展新路径、新模式。其中彰显了“走什么样的路”的实践智慧，值得大家学习借鉴。

在研讨会上，驻村指导员工作组组长黄元杰同志组织大家认真学习了习近平总书记《在浦东开发开放30周年庆祝大会上的讲话》，大家一致认为，要深刻领会重要讲话的重大意义和精神实质，把自己摆进去、把工作摆进去，学出使命、学出责任、学出干劲，并全面对标讲话精神抓发展，努力做到思想起点更高、驻村站位更高、目标追求更高、收官标准更高。金泽、朱家角、白鹤、练塘等片区的驻村指导员代表徐存芳、王远鸿、徐旻昕等分别阐述了各自近期工作开展情况、自身心得体会以及对今后工作的设想。我汇报了在周家港研学基地设立“驻村指导员工作驿站”的具体想法、推进进度以及未来运用等，我想通过全面打造“驻村指导员工作驿站”，为每一名驻村干部提供一个可以长期交流工作经验的地方，真正把驻村的成果向远期转化、向纵深延伸。我还分享了周家港村打造“乐稻心田”研学基地项目的过程与经验。青浦区刚刚入围第二批国家全域旅游示范区，这是搞活乡村全域大旅游的契机，“乐稻心田”研学基地项目在“美其所美”“美美与共”的未来战略升级规划中，必将更进一步渗透到青浦区全域旅游中去，通过同类型合并、特色项互补等市场运作，不断扩大影响力，力争成为区域乡村旅游大发展的催化剂。赵屯村驻村指导员王远鸿提到了要以组织的要求为标准，以党的领导为根本，将资源引向农村，

党建引领乡村振兴。他表示，赵屯村利用架构在党群服务站上的科普平台，大力开展了以草莓为主题的“三农”领域科普讲座，不仅加强了自身建设，还助推了农业大村的果蔬营销工作提质增效。练塘镇东厍村驻村指导员徐旻昕表示，虽然驻村的时间已然不多，但与老百姓结下的友谊将长存，他表示驻村是一时的，但帮扶是长期的，即使离开也要继续为乡村振兴奉献自己的力量。

驻村指导员工作组组长黄元杰指出：今年是全面建成小康社会收官之年，我们面临的是需经受历史和人民检验的“大考”，也是在规定时限内必须完成的“大战”。当前，我们的驻村工作已进入关键阶段，要做好收尾工作，巩固既有成果，然后继续冲锋。作为“一线战斗队员”必须铆足干劲，斗志不减，奋斗不息，完美打好驻村收官之战。他强调：一是要全面梳理，系统总结，归纳提炼，深化驻村实践成果。要用系统性的思维回顾，用高站位的视角提炼，用前瞻性的眼光评估，区分好协助性工作、弥补性工作、开创性工作，真正检验自我工作能力，充分挖掘自我价值，并为下一批驻村干部提供可借鉴经验。二是要拾遗补阙，精益求精，夯实既有驻村成果。通过梳理回顾，对不到位的、需要弥补的进一步完善。三是要精彩当下，放眼长远，谋求驻村成果持久增效。不仅要当前出彩，今后也要发挥持久影响力，最好是成效日趋显著。要对人员的培训、经验的传授、机制的建立有系统性的思考和长远的考虑。

通过此次活动，大家一致认为，在接下来的驻村工作中，自己的政治站位要“居高不下”、工作标准要“从严不懈”、工作作风要“脚踏实地”。要大力发扬钉钉子精神，以踏石留印、抓铁有痕的劲头，出实招、办实事，要狠下“绣花功夫”，提高收官之战措施的针对性和有效性。要大力营造真帮扶、真为民的浓厚氛围，让帮扶成果得到村民认可，并经得起历史检验。

102 亮相

2020 年 12 月 15 日
星期二
天气晴

驻村帮扶只能加强，不能削弱。选派优秀干部驻村帮扶，充分发扬了我党“走群众路线”的优良传统，既可以让机关、事业单位、国企的干部深入基层，了解人民疾苦，又有助于推动经济相对薄弱村的发展，也是培养、选拔和锻炼干部的途径。

前些天，我接到了市农业农村委驻村指导员办公室电话，被告知我要作为区里的驻村指导员代表去参加由市委组织部、市农业农村委联合举办的“乡村振兴、驻村有我”——上海市驻村指导员风采图片展。活动是在中国第一高楼——上海中心大厦举办，这让我有点儿小激动。我早早地来到图片展厅，看到整条艺术画廊挂满了由机关、事业单位、国企选派的首批 200 名驻村指导员的风采图，颇具气势，这是我们驻村指导员首次在上海之巅集中亮相，让我感到市委组织部、市农业农村委对驻村指导员的重视，作为其中的一员我也倍感荣光。

活动正式开始前，我看到宣传海报前有来自浦东新区、奉贤区、青浦区、松江区、金山区、崇明区的非遗和特色农产品，有青浦茭白叶编结、奉贤奉城刻纸、松江叶榭软糕、浦东牛肚雪菜等。作为青浦的驻村指导

员，我特地走到青浦茭白叶编结的摊位前，两位老阿婆正在用茭白叶编结技艺编长颈鹿、鱼等物件，我拿起仔细观看，真是惟妙惟肖，让人不禁为非遗文化点赞。我特地跟阿婆拉了会儿家常，并邀请她们来周家港村研学基地当老师，传授这门技艺。

不一会儿，我们青浦区驻村办钱主任以及其他五位市级驻村指导员也来到了现场，在钱主任的带领下，我们一起参观了崇明区、金山区、浦东区、松江区、奉贤区等驻村指导员的展板，我们还时不时一起研究他们工作中好的做法，并用手机拍摄下来，未来也许可以借鉴。“他山之石可以攻玉”，在“上海之巅”讲好中国故事，讲好上海驻村指导员的故事。这次展览是全体驻村指导员驻村工作的亮点展示，更是一次很好的经验交流。每个驻村指导员都在自己平凡的岗位上，默默耕耘、无私奉献。指导春耕生产，参与示范村建设，助力产销对接，引入社会资本，激活闲置资产，壮大集体经济，积极防疫抗疫……一个个生动的驻村故事通过 120 块展板展示出来，既充分展现了驻村指导员的精神面貌，也是用群众满意的驻村成效向全国脱贫攻坚献礼。

好多朋友问我转业后干什么去了，我说我被组织派到上海的经济相对薄弱村做扶贫工作，他们都觉得不可思议，他们认为上海可以说是中国经济最发达的城市，怎么可能还需要扶贫呢？可事实上，上海郊区有些经济相对薄弱村由于土地减量化、青壮年离村、缺乏特色产业、区位不好等综合因素，发展仍然比较滞后，这是客观现实，甚至与浙江、江苏有的农村比起来也有一定的差距。所以，上海市委按照中央提出的东部有条件地区要提高扶贫开发水平，探索减少相对贫困、实现共同富裕的有效途径的要求，从 2019 年 6 月起，首批 200 名驻村指导员在浦东新区、奉贤区、青浦区、松江区、金山区、崇明区等六个区开展驻村工作，其中市选派 65 人，区选派 135 人，积极推进农村综合帮扶工作。

2020 年在中国发展历史上是具有关键意义的一年，是全面建成小康社会的冲刺阶段，也是打赢脱贫攻坚战的重要时刻，更是实施乡村振兴战略的紧要关头。乡村振兴，关键在人。选派优秀干部支持农村建设发展就很有必要。从我驻村的真实体验来看，当前农村情况相对比较复杂，各项任务比较艰巨，广大基层干部长期在高压力下高负荷工作，这是非常值得敬佩的。我们驻村指导员作为外部增援力量，更是为乡村振兴战略的深入实施注入了一支强心剂。2019 年 6 月以来，市、区两级驻村指导员积极参与所驻村的基层党组织建设、集体经济发展、帮扶解困、服务群众等工作。

在新的政治经济环境下，从全国来看，广大驻村干部在乡村振兴过程中付出了汗水、心血甚至生命，在促进贫困地区脱贫方面发挥着重要作用。对于上海来说，驻村帮扶只能加强，不能削弱。选派优秀干部驻村帮扶，充分发扬了我党“走群众路线”的优良传统，既可以让机关、事业单位、国企的干部深入基层，了解人民疾苦，又有助于推动经济相对薄弱村的发展，也是培养、选拔和锻炼干部的途径。当然，驻村干部也会在乡村振兴中遇到种种难题，如何不断完善驻村帮扶机制，让优秀的人才在广大的农村大有作为，成为上级分管部门目前需要关注的重要问题。比如，加强对驻村干部心理疏导与人文关怀方面。由于农村各类思想观念交织，群众接纳程度不同，开展工作阻力较多，驻村干部的压力也比较大。再如，提升驻村干部素质能力方面。选派单位不同、选派对象不同、出发点不同，势必造成驻村干部能力素质参差不齐，所以在选派驻村干部时，要进行严格选拔，真正让思想进步、素质过硬的干部进入基层。又如，完善驻村干部激励机制方面。对于任职期间表现优秀的驻村干部，在政治经济待遇上要实行相应的激励措施。还有赋予驻村干部相应财权与事权方面。有关部门可以筹借一定的驻村专项资金，明确一定的事权，也许可以更好地推动农村集体经济发展，调动村民参与公共事务的积极性。

103 老黄

2020 年 12 月 24 日
星期四
天气晴

决定今天的不是今天，而是昨天对驻村的态度；决定明天的不是明天，而是今天对帮扶的作为。我们的今天由过去决定，我们的明天由今天决定。制胜不凭体力靠智力，成功不靠奇迹靠轨迹。成功不在于拿到一副好牌，关键在于如何将手中的烂牌打好。

黄元杰是被派驻到青浦区金泽镇淀西村的优秀驻村干部，也是我们青浦区驻村指导员工作组组长，我们亲切地称他为“老黄”。别看老黄满头白发，其实他是“70 后”，前几年他从海军转业回地方，去年又受组织委派，来到了淀山湖畔一个经济相对薄弱村驻村帮扶。这段经历跟我的有相似之处。他留给我最深的印象就是干事认真、执着，军人的优良传统在他身上体现得淋漓尽致。他在分享驻村体会时，讲得最多的就是“沉得下身、弯得了腰、抬得起头”。他在驻村实践过程中也正如他所说，真正做到了“驻村驻心为村，知情知心为民”。同时，他也从一个“三农”工作的“门外汉”锻炼成为接地气的“土诸葛”。

本来青浦区已统一安排市派的包括黄元杰在内的五名驻村指导员集中

住宿在朱家角的人才公寓，那里生活设施完备，但对于黄元杰来说，朱家角离他帮扶的村还有20多公里距离，为了更好地把精力放在工作上，他就在村委附近借了间办公用房，购置了张简易床，条件虽简陋了点，但有了更多的时间去接触村民、开展工作。在与村民打交道的过程中，老黄始终低调谦卑，十分接地气。村民的诉求不论大小，他都会有回应，帮助村民解决问题、化解矛盾纠纷。比如，河道整治岸基下沉影响宅基、输电线路存在安全隐患、茶花园土地流转到期等，只要村民一反映，无论昼夜阴雨，他都是尽量做到第一时间实地查看，积极协调解决或做好解释疏导工作。他也曾遇到比较棘手的问题，有一次村民们为石坝岸施工的事情与河道整治工程队发生了激烈争执，为了解决村民的合理诉求，他想方设法与承建公司、水务所联系并反映情况，直到改进了施工方案解决了问题。其实，百姓心中都有杆秤，只有善于恤民情、解民忧、惠民生，才能获得更多的认可和信任，才能更有勇气、更理直气壮地持续开展驻村指导工作！

每次我跟老黄交流，看到他越发有自信心、成就感，我真心为他高兴。其实，在驻村的过程中，我们都有同感：村民们提出的要求事实上都不高，反映的问题也很实际，基层干部只要把老百姓的事当成自己的事，把小事当大事来办，自然就能把大问题化解成小问题，把小问题彻底解决好。我们在驻村实践中深切地体会到，只要认真对待村民所反映的问题，并能及时上门实地查看并妥善处理，村民都会由衷地道声“谢谢！”甚至还会竖起大拇指或主动和我们握手。我现在越发觉得，在农村这片广阔天地中所做的工作颇为繁杂，小到家长里短，大到乡村振兴，我们每位驻村指导员各有所长，大家都尝试着“八仙过海各显神通”“水路两栖有奇功”，驻村以来工作成绩也如同韩湘子吹箫——不同凡响，真正得到了村民的称赞！

104 驿站

2021 年 1 月 4 日
星期一
天气晴

设置“驻村指导员工作驿站”，就是要真正形成“驻村一次经历、聚集一群干部、带动一片群众、发展一批乡村”的浓厚氛围，激励一批批驻村干部秉承优良传统，保持公仆本色，积极参与乡村建设。

为深入贯彻落实市委组织部、市农业农村委《关于在实施乡村振兴战略中选派优秀干部支持本市经济相对薄弱村发展工作的通知》文件精神，充分展示、传播、宣传与推广上海市第一批驻村指导员到村任职后，在抓党建、抓帮扶、抓发展等方面取得的明显成效以及积累的有益经验，进一步推动党建促乡村振兴，我向区驻村指导员管理办公室和镇党群办相关领导提出了建立上海市首个“驻村指导员工作驿站”的想法。我想，驻村帮扶是一时的，但与乡村结下的这份真挚情谊是永恒的。我们虽然只有短短近两年的驻村时间，但未来我们不管处于何种岗位，担任何种职务，想继续尽自己的力量加快推进经济相对薄弱村实现乡村振兴的愿望是长期的。

我想建立“驻村指导员工作驿站”，也是以习近平新时代中国特色社会主义思想和习近平总书记考察上海时的重要讲话精神为指导，认真贯彻落实《中国共产党农村基层组织工作条例》和实施乡村振兴战略的有关意见，按照上海市乡村振兴重点任务具体部署，旨在把驿站打造成一个聚力的平台，从而广泛发动机关、企事业单位的优秀干部全力支持经济相对薄弱村的发展，全面打造“驻村指导员”红色品牌，加强工作交流互动，联系社会资源互助，引入振兴项目互帮，发现疑难问题互解。真正为推动农村基层组织建设、培养锻炼年轻干部、直接联系和服务农村基层群众、促进农村改革发展提供坚强的组织保障。

我们力争到2021年6月底，在“乐稻心田”长三角周家港研学基地建立功能健全、内容明确、机制完善的“驻村指导员工作驿站”。未来，在区驻村指导员管理办公室、朱家角镇党委领导下，可以开展一些学习乡村振兴工作方针政策和决策部署的活动，有针对性地指导第二批驻村干部开展工作；继续指导农村基层组织建设工作，加强党建引领村级治理，推动全面从严治党主体责任在基层落实；指导“结对百镇千村，助推乡村振兴”行动、推动村级集体经济发展壮大；发挥本单位和自身优势，帮助群众解决生产生活实际困难和具体问题；定期进行工作交流，介绍经验成果，积极分享自身资源，搭建资源共享平台，形成互帮互助的浓厚氛围，开展丰富多彩、健康有益、助力发展的活动，巩固驻村工作显著成果。

105 志波

2021 年 1 月 8 日
星期五
天气晴

驻村干部要学会“数、理、化”，既要会算经济账，会做经济工作，也要善于做思想政治工作，以理服人，还要学会化解社会矛盾、维护社会和谐的方法。要勤下村组，多认人。普通百姓要认识，群众是开展工作的基础；老党员干部要认识，工作经验他们有；“刺头”也要认识，他们可是以后要做思想工作的对象。

吴志波是虹口区科学技术委员会派驻到练塘镇北埭村的驻村指导员，他是一名军转干部，但更像一名学者。2020 年 8 月的一天下午，因为天气预报挂出了雷电、大风、高温三个黄色预警，他和村干部一起到村河流改造工地现场查看防灾措施布置情况。走在小路上，看着整洁的村民院落和面对预警仍然优哉游哉的村民，他不禁感慨道：“经过‘三大整治’一役，村里搭的棚子、容易堵塞排水口的各种堆积物现在都基本没有了踪影，少了这些安全隐患，现在再遇到台风、暴雨等情况，心里踏实多了！”

我们 2019 年刚到村里时，正值村里开展“三大整治”，志波和村“两委”班子、志愿者队伍一起战高温斗酷暑，打了一个漂亮的攻坚战，村庄面貌焕然一新，并顺利通过“三大整治”第一批验收。之后，他的驻村生活虽无大风大浪但也非风平浪静，党群服务站的建设、垃圾厢房的设计、两区的资源对接、医疗资源下乡、疫情防控……他就这样忙碌着。

我们来到一个新环境和新岗位，镇党委第一时间为我们送上生活的照顾，并在后续工作中持续提供强力的支持，所驻村的村干部和村民对我们都十分尊重和包容，基层干部那种工作连轴转、忘我的工作状态也深深影响着我们。我们这群人被组织挑选驻村，更要把组织的信任与关怀转化为为人民服务、推进乡村振兴的具体行动，以此回报组织和人民。

我们都是远离自己所熟悉的工作领域和工作环境，跳出舒适圈，来到陌生的乡下，克服生活、家庭、工作的一些困难，去努力学习、适应，在很短的时间内投入乡村振兴工作，把所驻村当成自己的第二故乡，全身心投入常态工作的同时还得积极去挖掘一些有利于乡村建设的社会资源为现在的村、镇所用。在工作中，我们驻村指导员也建立了战友般的情谊，不管什么事，大家都是资源共享，一起出主意想办法，在经验交流和思想碰撞中寻找共同努力的方向。虽然驻村的时间不长，但我们脚沾泥土接地气，紧紧依靠人民群众开展工作，所以就能发现一些需要注意的问题：一是经济结构已经发生重大变化。产业结构上，农业的比重越来越低，财富功能已经弱化，但就业功能仍然较为显著；功能结构上，农业的生态功能越来越强，生产功能弱化；在收入结构上，务农只能解决温饱问题，收入功能弱化，经济安全功能较突出。二是农村人口结构发生重大变化。老龄化、空心化严重，以我所驻的村来说，村里大部分为老年人，特别是农村党员的年龄大都在60~70岁，党员群体老龄化，后继乏人，这给我们基层党组织建设带来了很大的困难，也提出了很大的挑战。三是文化与心理结构发生深刻变化。村民的法律意识逐渐增强，依法维权能力增强。另外，面对这些客观因素的变化，村委会目前主要的精力和各类资源都用于社会治理，比如人居环境整治、生态环境整治、民政救助等。用通俗的话说就是“花钱”的工作。至于产业发展、招商引资等“挣钱”的工作，受客观因素制约，基本处于停滞的状态，这也导致村委会的自身造血功能不足，主要靠镇财政转移支付来支撑。这些都需要引起我们足够的重视。

106 太浦

2021 年 1 月 14 日
星期四
天气晴

在艰苦卓绝的太浦河大会战、青西抗洪抢险中，爱国主义精神空前释放，革命英雄主义精神高度升华，共产党人、人民子弟兵全心全意为人民服务的宗旨得以充分体现，其间形成的“太浦精神”是上海城市精神的集中体现，同我们党一贯倡导的革命精神和新时代的创业精神一样，都是社会主义精神文明建设的巨大财富。继承和弘扬“太浦精神”，我们就能在长三角生态绿色一体化发展示范区建设中不断从胜利走向新的胜利。

2020 年 7 月 1 日，在位于太浦河北岸、太北村北王浜自然村的有百年历史的丁家老宅，举办了太北村村史馆暨太浦河工程奋进路展示馆开馆仪式。受太北村驻村指导员胡浩川邀请，我有幸参观了该馆。馆内“社会主义是干出来的”“乡村振兴是做出来的”“头顶星星脚踏冰，不完成任务不收兵”等金句令人印象深刻。一幅幅年代久远的图片，真情记录了上海军民在抗洪抢险和太浦河工程中做出的巨大牺牲和流下的辛勤汗水。我站在馆内武警上海总队官兵参加太浦河大会战的图片前，一段段记忆浮现在脑海。

党中央做出重大决策部署，把长三角一体化发展上升为国家战略，让长三角成为我国经济发展最活跃、开放程度最高、创新能力最强的区域之一。这片区域河流交错，太浦河横贯苏、浙、沪两省一市，全长约 57 公里，西起太湖，东至上海市青浦区，与黄浦江相接，经吴淞口入海，由于地势问题，太浦河水患成为上海人民头顶上挥之不去的“阴影”。

1991 年夏，太湖流域的梅雨期有点长，连日暴雨导致特大洪水，多地被淹没，形势十分危急。党中央、国务院决定开启太浦闸泄洪，将洪水引入青浦境内，并提前建造堤坝，以控制水患，武警上海总队成为这次任务的先锋部队。面对肆虐的洪水，上海军民无比团结，争分夺秒投入救灾工作，掀起了一波又一波太浦河筑堤高潮。10 月末至 12 月初，根据上海市委、市政府统一部署，武警上海总队派出近千名官兵参加太浦河筑堤工程。作为武警上海总队的一员，重温这段历史时，我无比感动。虽然我没有参加此次任务，但我知道这次任务的艰巨性。我在总队机关工作时，曾参观我们武警部队的窗口单位“南京路上学八连，霓虹灯下新一代”——原一支队十中队的警史馆，馆里有很多有关官兵奋战太浦河的照片，催人泪下。我们武警官兵为了尽早控制水患，让人民群众安居乐业，保住太浦河沿岸大片农田，1000 多名官兵毅然写下决心书，有的还推迟退伍时间。决心书虽然短短几百字，却见证了武警官兵们的勇敢和决心、责任和担当。

当时由于缺乏重型机械，武警战士全靠双手筑坝，他们用手提肩扛的方式，于 11 月上旬率先完成 11 号、12 号样板堤的建造。武警官兵带着崇高的使命感，生活在没有水、没有电，建在烂泥地的营房里，工作在水稻田之上，但困苦的条件丝毫没有削减战士们不怕苦、不怕累的斗志。在建造堤坝的过程中，附近不少老百姓主动加入抗洪队伍，一位参加过抗洪抢险的青浦区居民刘满营回忆道：“我们当时去背那些石头，武警官兵为了保护我们的安全，让我们尽量远离一线，但看着他们为保护我们的稻田在战斗着，我们心里很过意不去。”武警官兵用血肉之躯，怀揣对祖国和人民的满腔赤诚，在短短 1 个月时间内，就筑起了牢不可破的堤坝，保护了人民群众的生命财产安全。

的确，为人民服务永不停歇，作为军人，只要人民有需要，就得全心

全意去为人民服务，因为我们是人民的子弟兵。1999 年 6 月，当时我在原一支队教导队当教学班长，连日的大雨把我们的营房都淹没了，我突然接到紧急命令，教导队全体官兵要去青浦抗洪抢险。虽然时间过去 20 多年，但再回忆起这次抗洪的经历，仍能感受到那份真切的感动，也有如同看完一部《三八线》或《大决战》的兴奋与震撼。虽说那时我们只是十八九岁的年纪，甚至还是稚气的脸庞和稚嫩的肩膀。可当青西地区老百姓因连日面对肆虐暴雨和汹涌恶浪无所适从而轻声询问“堆得住吗”时，我们的回答是信心满满，铿锵有力的！我记得当时我们贴在墙上的宣传标语是“有我们在，没有堆不住的坝!”“只要人民需要，哪怕一个排、一个人我们都会跳下去堵”……这是如钢铁长城般的自信，更是武警官兵的豪迈气概。也只有此时，我这个当时当兵才 2 年的上等兵更能理解魏巍那篇《谁是最可爱的人》的感人之情。后来，我走上中队政治指导员岗位，经常跟战士们讲这段抗洪的经历，我想这是最好的教育素材。记得有一天晚上很晚了，我们教导队的官兵一排排在屋檐下湿衣待命，这就叫军人的“枕戈待旦”。大队长突然安排二排去巡查，此时的我无比兴奋，总算有任务了，我们穿着军用雨衣，在老乡的带领下快步来到了一个大鱼塘边。听村民介绍，这个鱼塘足足有 200 多亩，我们的任务就是沿鱼塘走一圈，看看有没有漏水决堤的地方，如有就得补好。由于鱼塘堤坝很小，下着雨又很滑，时不时会听到扑通的声音，原来有战友掉进了鱼塘。虽说 6 月了，但晚上温度也不高，可即使浑身湿透了，我们心里也是暖暖的。第二天凌晨，我们接到通知，有一处堤坝决堤了，口子比较大、水流比较急，上级要求下水打桩，那时我们奋勇争先，在水里筑起人墙，拿来大的毛竹竿往水里打桩，然后填泥包。我们在暴雨中在泥泞的小路上奔跑，满身烂泥，不时跌倒又迅速爬起扛包向前，虽然人已极度疲劳，但战斗意志、战斗精神却非常高涨。晨曦微露时，大坝保住了，险情控制住了。令人感动的是，乡亲们牵出活猪来宰杀，妇女们送来了几十床棉被和许多草席。而疲惫的我们饭还没咽下几口，就要和群众争着洗碗、扫地。这不是文学作品、电影镜头中的动人画面，这是真实发生在上海西部青浦“军民鱼水一家亲”的真实情景。党的生日到了，大雨也停了。应该是可以美美睡一觉的时候了，

可是，清晨的起床号还是那么嘹亮、准时。出操完毕后，我们又有了新的“使命”：打扫驻地附近的卫生，并帮助老百姓干些力所能及的事。部队住宿的乡村小学门前的小道上，纸屑全无、杂草拔尽，令清晨赶集回来的村民耳目一新；集镇大街上少见的洁净，让后来的清洁员空手而归，由衷地敬佩。敬老院的老人们更是尽享“特殊儿女”的孝心，我们探病、理发、擦窗、洗衣……动作是那般娴熟，心中有那般热忱。这是一个多雨的季节，也是一个感人的季节，我们用整齐划一的跑步声与暴风骤雨声相抗衡；我们用响彻云霄的口令声与汹涌恶浪试比高。此时，军人就是靠山，是一面旗帜，是一种精神，更是一面镜子，进一步向群众展现了我们武警官兵威武之师、文明之师的军人风采。时隔20多年，当我转业回到青浦重游故地，和党员、干部、群众聊起这段历史时，他们和我一样，都难以忘怀。1999年的6月30日、7月1日、7月2日……曾经有那么一支部队，为人民抵挡了风雨、温暖了人心。千磨万击还坚劲，任尔东西南北风。时光流逝，洪水险情也早已过去，部队的番号在变，官兵们也换了一茬又一茬，但“为人民服务”的精神始终留存。

太北村太浦河工程奋进路展示馆，在继承与创新中，把当时军民在太浦河畔展现的“上海水平、上海风格、上海效率、上海精神”加以提炼，升华为“太浦精神”，这是“不忘初心、牢记使命”，艰苦创业，改革创新的充分体现。今天，我们要学习和发扬“太浦精神”，并把优良作风、光荣传统贯穿于美丽乡村建设与治理、产业振兴与发展之中，更好地在长三角生态绿色一体化发展示范区建设中发挥作用，完成乡村振兴赋予我们的历史使命。

107 本家

2021 年 1 月 20 日
星期三
天气晴

经验固然重要，但能否成功，观念的正确与否起决定性作用。依靠经验只能做好眼前的事情，观念则决定长远的发展。思维观念高于工作经验。

和我一起在青浦朱家角驻村的一个本家兄弟叫钱炜，他是虹口区江湾镇街道派驻到建新村的驻村指导员。他在驻村学习和实践过程中，重点在提升基层党组织的凝聚力、治理力和发展力，促进城乡的相互借鉴学习，带动城乡更好地融合发展等方面下硬功，研究制订了“抓党建—强治理—优发展”的三步走计划，取得了很好的成效，值得学习借鉴，具体如下。

一是要主动转变固有思维，提升村党支部的凝聚力。我们在走访调研中发现，农村党建工作中亟待解决的问题恰恰是城市社区基层党建工作中已解决的问题。推动全村经济可持续发展，我们不仅要转变自己的工作思维方式，而且要积极帮助村里党员干部打破固有思维。第一步就是要找到共同学习、成长和进步的“搭子”。为促进城乡之间相互借鉴学习，带动城乡更好地融合发展，在两地区委组织部的支持推动下，经钱炜牵线协调，虹口区江湾镇街道和朱家角镇共同搭建了“江湾·角里”城乡党建联盟平台。这是他针对农村基层党建短板采取的下乡帮扶措施。第二步是基层党支部组织农村特色优势，“进城”服务城市社区居民，通过党建活动促进城乡之间的相互学习、相互服务和相互帮助，形成良好的互动。一方面要走出去学习，拓宽农村基层党组织负责人和基层党建负责人的视野，借鉴社区党建工作中的亮点和特色。他先后两次组织我们朱家角经济相对薄弱村党组织负责人、驻村指导员到虹口市民驿站和大型社区参观学习大居党建、垃圾分类、驿站党建等工作，参观后我感受最深的就是市区街道、社区在精细化管理上很有招数。另一方面要建立社区居民党员和农村村民党员之间定期学习交流的机制。通过党建联盟采取“党课＋文化艺术”的形式，在丰富农村基层党员教育活动载体的同时，搭建城乡党员交流的平台。我记得很清楚，他在“不忘初心、牢记使命”主题教育和“四史”学习教育期间，开展了“音乐党课”到乡村的党课资源配送活动。这个“音乐党课”是由居民党员自编自排自演，以农村喜闻乐见的表现形式演绎党课内容，通过艺术形式起到润物无声的党员教育效果。

二是整合资源要加强引领，提升村党组织的治理力。近年来，农村在产业、人口、社会、组织、土地、资产等方面都发生了较大变化，上海行政村的经济职能逐渐弱化，治理职能反而逐渐强化。我们在驻村过程中越发感觉到，作为社会治理的“末梢神经单元”，加强和创新农村的社会治理需要更多专业化的力量和手段，村一级缺乏相应的人才和政策手段，而且普通村民对于村内的各项工作参与度较低等现象还普遍存在。那么，如何解决这些问题？我们在原党员议事会的基础上，建立了每周党群联席会议制度。依托网格化党建，村干部、党小组和村民代表在日常走访联系群众过程中收集群众反映的突出问题，在党群联席会议上提出，党支部、村委会、村民代表和相关部门共同研究解决。从实践效果看，通过党建引领，有效激发了广大村民群众主动参与村级事务和治理的积极性。比如，钱炜组织虹口区的区域化党建成员单位党组织以认领方式解决村内资金缺口，为村民安装不锈钢晾衣架，解决他们的实际困难；建新村党支部将村内 8 亩荒地改建为村民公园，新建村民综合服务中心等措施，均大大提升了村党支部在村民中的威信。

三是要积极转型、拓宽渠道，提升村党组织的发展力。乡村振兴的关

键是通过产业发展村级集体经济，进而增加农民的收入。近年来，上海的农村随着“五违四必”工作的开展和生态管控的加强，传统的村级工业由于高排放、低效能不再顺应绿色发展的要求，而传统的农业也由于附加值较低无法满足集体经济发展的需求。如何创新发展，是我们驻村干部需要重点研究的问题。因此，我与村党组织结合政策导向、经济规律、区位优势和市场需求，及时转型选择符合本村实际的研学基地产业，从实践效果来看，目前发展势头良好。钱炜也一样，为找到一条适合建新村集体经济发展的路径，同村党支部党员进城开展了多次市场调研。他发现“菜篮子”是最大的产业，市区的居民对大米、新鲜蔬菜等农产品的日常需求量较大。而良好的生态环境、特色青角薄稻、绿色的蔬菜以及到市区便捷的运输条件恰恰是青浦农村所具备的优势。通过促进消费进行帮扶的过程符合市场的规律，使双方都能得到实惠。为此，他通过市场调研，了解市民的消费倾向，掌握菜市场、超市卖场等处蔬菜和大米的价格，再找到合适的销售点和时间并同相关的单位建立起联系。他同村党支部和集体经济合作社一起将村内一处治理后的农用地改建为“小菜园”，并根据消费者的需求种植相应的蔬菜。在此基础上，大力开展“田头直通车”的农产品销售试点，这样可以大大减少中间环节，让供需双方直接对接。村内稻米和“小菜园”的蔬菜将以“直通车”的方式被带到虹口区的市民驿站、园区党群服务中心、彩虹湾大居社区、大型国企的食堂，进一步拓展城乡互助互惠的内容。从而在丰富中心城区社区居民和企业白领“菜篮子”的同时，提升青浦区绿色农产品的显示度。

通过驻村干部近两年的努力，所驻村的党组织凝聚力、治理力、发展力得到了明显提升，村级治理体系也在实践中不断完善，为走好后续的产业发展助推振兴之路打好了坚实的组织基础。虽然我们驻村指导员的工作有阶段性，但是乡村振兴的过程具有全局性、长期性和系统性的特点，党的领导是根本政治保证，村干部、村里的党员、群众是未来乡村振兴的中坚力量，应帮助他们拓宽思维、掌握技巧、提升能力，真正把握了“渔”的本领，才能一步一个脚印走出一条因地制宜的振兴之路。

108 卫青

2021 年 1 月 28 日
星期四
天气晴

在乡村振兴的实践探索过程中，乡村干部是产业发展的带头人，而广大农民群众是产业的最早探索者，这部分群体蕴藏着巨大的前行力量。我们制定和实施乡村振兴战略规划，特别在农业产业发展方面，必须充分征求群众意见和建议，必须尊重农民群众在乡村振兴中的主体地位。

2019 年 6 月，江卫青从原青浦区农委“三中心”被下派至白鹤镇红旗村担任驻村指导员。驻村以来，她完成了从最初时一个陌生的局外人、一名普通共产党员，到现在完全融入红旗村大家庭，成为红旗村的一个新村民的转变。她在驻村期间确定并实施了以“支部联建、治理联动、产业联合，强村带班子、建设带环境、基地带农户”为主要内容的“三联三带”工作模式，收获了“支部共进、产业共利、振兴共享”的多重效果。

她深知，农村发展、乡村振兴是新时代高质量发展的重中之重，而党建工作具有决定性作用，是乡村振兴的制胜关键。一年多来，她通过入户走访、谈心谈话、关怀慰问等方式，广泛收集了党员对支部班子的意见建议和村级发展“良方”，开展了常态化的党员教育、管理、监督和服务，

督促党员充分发挥作用。她促成了青浦现代农业园区生态农场党支部与白鹤镇红旗村党总支结对共建。她依托园区党建工作优势和特色资源，围绕经济发展精准帮扶，在农田基础设施项目实施中给予支持。在市级美丽乡村创建环境美化中，以改善人居环境为主题，将基础建设和环境改造相结合，以“村庄园林化、道路林荫化、庭院花园化”为建设目标，增加植树造林面积，使村庄绿化覆盖率在原有基础上有所提高，初步形成“点上绿化成园、线上绿化成荫、面上绿化成林、村周绿化成环”的景观。

当前，由于区域面积、城乡差异等客观因素，对标新时代自治、法治、共治、德治的新要求，农村基层治理始终是一个短板和软肋，导致村民的满意度和获得感长期以来不如人意。她围绕农村基层治理信息化、便民化和法治化，推动了三方面工作。一是引入智慧乡村管理项目，提高信息技术应用水平。“智慧乡村管理”信息系统项目由市农业农村委信息中心扶持建设，在系统内可查看村区域内产业管理、人口信息、综合治理、党群建设、土地分类等信息。通过打造“智慧村务，数字红旗”，以提升村级事务综合管理能力。她的想法是，通过数字化、移动化、云计算等信息技术手段，构建集乡村管理、服务、决策支持为一体的数字乡村信息服务及管理系统，为村委会日常管理和整体布局规划，配置、指挥调度乡村资源提供决策支持。项目前期完成了展示大屏、PC 端和手机端的系统开发，实现了数据整理与录入、基础信息采集上图和效果展示。经过实际应用阶段后，又及时创新工作机制，依托第三方公司开发“村域通”微信小程序，更加方便了村务管理。二是聚焦村民日常需求，畅通“最后一公里”。红旗村慈母社区现有的为农综合服务站已有二十余年历史，因楼顶渗水造成室内漏水，房屋内、外墙出现多处裂缝，门窗及地面破损严重，直接服务村民的功能已深受影响。但是，红旗村是青浦区经济相对薄弱村之一，村里集体资金捉襟见肘，这一笔修缮费用从何而来？她看在眼里、急在心里，经多方协调，最终求助到市慈善基金会青浦区分会，使其同意将红旗村为农综合服务站房屋修缮列为精准帮扶项目。三是创建民主法治村，树立“人人守法、依法治村”导向。她积极对接区司法局和白鹤镇司法所，帮助红旗村抓好法治建设。据悉，该村创建市级民主法治村已拟列入评选库，将分别从党建引领、民主参与、法治有序、治理成效四个方面，进行重点培育，延伸普法覆盖面，为法治乡村建设奠定坚实的基础。

在乡村振兴战略实施过程中，经济相对薄弱村不能单纯地依靠外部“输血”，更应该主动思考如何“造血”，只有这样，才能形成长久和稳定的机制，村级集体经济和农民收入才会有一个根本的保障。在提升“造血”功能上，她以红旗村为主、兼顾区内合作社，在实现农村产业化方面做了三项工作。一是探索特种水产养殖模式。凭借之前在区农委工作的优势，她深入思考特种水产养殖“七彩神仙鱼”全产业链的开发，协调红旗村内合作社——上海联腾水产养殖合作社，对养殖户进行新型职业农民系统培训。经专业技术培训后，筛选六家有意愿、有能力的农户并将其作为示范养殖试点，指导村民利用自家闲置房屋进行养殖，依托“合作社 + 农户”的模式，统一提供设备、种苗、饲料，最后回收商品鱼统一销售，降低了农户养殖风险，按照四个月为一周期，每年养殖三批次，理论上可实现农民每月增收 8000 元。截至 2020 年 8 月 20 日，第一家养殖户已投入鱼苗 6000 尾。另外五家计划进苗，该模式在红旗村先示范、再推广，促使村级经济提升。二是推荐优质资源入驻电商平台。在发展现代农业、都市农业的实践中，她注重发挥互联网的作用，积极探索“互联网 + 合作社”的农产品产销新模式，不断推进互联网与农业深度融合。她主动对接电商平台，整合资源，精准推荐。2020 年 4 月 3 日，美团买菜与本区优质农业合作社——上海绿椰农业种植专业合作社进行了签约，双方达成战略合作，美团买菜平台将为米农、菜农“带货”。三是引进新品促进草莓产业提质增效。红旗村耕地面积约 3017 亩，草莓种植面积超过 700 亩，面对品种单一、品种退化的困扰，她为白鹤草莓园及红旗村内草莓种植户引入新种苗，进行示范种植推广。该种苗为市农业科学院草莓课题组历经多年培育出的优质抗病新品种“申琪”“海丽甘”，围绕新品种生长习性和试种地区存在的缺陷，主要针对植株整理、开花调控、适时保温、授粉调控、水肥管理及病虫害防治方面，收集了田间管理、病虫草害及各生育期特点数据等作为参考依据。通过试点种植，可以进一步开展绿色配套种植关键技术的研究与应用示范工作，千方百计提高亩产效益，增加农户收益。

109 “C20”

2021 年 2 月 8 日
星期一
天气晴

大力推进乡村振兴，实现无差别城乡，这是实现共同富裕的重要路径。朱家角地处长三角生态绿色一体化发展示范区先行启动区，具有重要的战略地位和资源优势。如果我们能探索实践出乡村资源共享联动推动农旅产业可持续发展的全新模式，那么对于促进整个长三角先行启动区农旅产业发展，助力乡村集体经济复苏具有非常重要的现实意义。

日子过得充实，时间就过得快，时常感觉时间不够用。不知不觉，我的任期即将结束了，总感觉还有好多想做的事还没做完。驻村之后，我有个推进乡村振兴的大规划，之所以没时间落实，是因为我正在周家港村进行探索，得先试验成功，才能具备先决条件来使这个更大的规划向纵深推进。这个规划不是光发展一个村，而是关于好多村的大梦想，就是要以点带面，串联一片资源，打造一个系统产业，彻底带动更多的村一起参与发展，实现全面乡村振兴。这盘大棋就是“C20”乡村共享全域联动旅游战略。那么，“C20”是什么呢？看上去有点类似于“G20”。“C”代表的是村，“20”不是指数量上有 20 个村，而是一个概念符号，代表着全域范畴。我们基地项目正式运营于2020年，所以用“20”也有特别的纪念意义。这个“20”，可以包括青浦区的一些村，也可以延伸到整个上海，乃至长三角生态绿色一体化发展示范区的村。这样，才能真正使研学基地实现从地理位置到内容品牌的长三角一体化，真正让“乐稻心田”品牌更具生命力、影响力。

我的终极战略设想是充分把握长三角一体化发展的历史机遇，坚持稳中求进推进乡村振兴，以现有的“乐稻心田”长三角周家港研学基地为蓄水池、孵化器、示范点，逐步推进乡村旅游联动战略向纵深发展，画好同心圆，扩展朋友圈，分享好模式，真正实现区域联动、资源共享，最终实现共同振兴。近年来，朱家角发力推进乡村振兴，很多村的资源禀赋得到了发展，这是非常有利的一面，但同时也因缺资金、缺区位、缺人才等多方面因素，造成这些村依靠自身力量还不足以推动乡村旅游经济全面发展。

基于这个现状，我提出把愿意加入“C20”发展乡村共享全域联动旅游的村，纳入“乐稻心田”品牌农旅产业版图，并在政府的积极推动下，由基地主体运营公司（上海青朱周旅游开发有限公司）负责代运营，村子主要负责各项保障工作。凡自愿加入的村，只需根据现有资源，精心打造1至2个有旅游开发价值的项目，“乐稻心田”研学基地就会把这些村的旅游点位纳入“乐稻心田”品牌乡村全域旅游路线图。未来5年内要逐步实现研学基地每年客流量20万人次的目标。如果营运比较顺畅，每年根据到各村实际参观的客流量，给各村分享一定比例的收益，每年每个“C20”共享村的集体经济收入将得到持续增长。随着各方面越来越完善，服务品质、运营能力在实践中得到进一步提升，基地将主动服务于朱家角古镇与乡村全域联动旅游，并探索和实践出一条可持续发展的路子，形成乡村振兴可复制的经验做法，未来必定把同心圆画得更大，真正让“乐稻心田，乐在乡间；乡村振兴，共享共富”的发展理念在长三角生态绿色一体化发展示范区落地生根。

现在，朱家角党委和政府非常重视乡村振兴，将古镇景区与乡村紧密结合联动发展，我觉得这是发展全域旅游、推进乡村振兴的正确之举。乡

村振兴要“输血”更要“造血”，我们可以充分借鉴驻村帮扶引入社会资本推进周家港村乡村振兴的成功经验模式，并给予一定的政策扶持，真正让乡村共享全域联动旅游在朱家角先行先试。在“乐稻心田”品牌运营能力的保障下，还需要有三个支持：第一是政府支持，主要体现在政策扶持、资源统筹方面；第二是村集体支持，主要体现在乡村美化、运营配合方面；第三是村民支持，主要体现在参与热度、环境整治方面。

乡村共享全域联动旅游的战略，还需要在党建引领下实现。目前，朱家角有丰富的党建资源，有长期实践的党建经验，这些都是有利因素。我们不仅要充分利用起来，更要善于把党建优势真正转化为推进乡村振兴、实现共同富裕的活力源泉。一旦建立了乡村共享全域联动旅游大联盟，无论是基层党建还是乡村振兴，各方面就有了更大的共享联动发展空间。此外，人才是乡村发展的关键，但就现状看，要吸引大量的人才扎根乡村实现服务乡村还不是很容易。如果建好了“C20”党建引领乡村振兴的大平台，就能把现有的储备人才真正培养起来，锻炼出来。未来再在“乐稻心田”长三角周家港研学基地打造一个“双创”基地，这个基地就可以成为这些储备人才的培训与实践基地。凡是加入“C20”的村，可以由政府牵头选派一批思想过硬、有担当能奋进的年轻人才到基地进行基层党建水平、乡村战略规划、农旅产业运营、电商直播、多媒体宣传等多层次的集中培训、岗位轮训，定期以“C20”运营官的身份参与到村的点位项目商业运营与拓展中。只有这样，才能在实践中培养锻炼一大批乡村振兴人才，真正为推进“C20”乡村共享全域联动旅游战略可持续健康发展提供强有力的人才支撑。

我坚信，只要有利于乡村振兴的事就要大胆去探索与实践，虽然做了不一定能成功，但只有实践了才知道是否可行。不做永远没机会，也就永远不会有发展。

110 分别

2021年2月11日
星期四
天气晴

人生如棋，世事无常，演变着进退分离。这段岁月，让我感受到了乡村工作的艰巨，明白了乡村干部的不容易，懂得了宽容和珍惜，明白了真诚、善良的真谛，更拉近了我与人民群众的距离，让我深刻感受到“人民至上”的道理。

2020年我们一路艰辛探索，发现远去的路上，那些难忘的永远还是难忘，那些美好的也让人深情怀念，逝去的时光里充满着别样的记忆，而那些给我们深刻记忆的终将成为历史，成为我们心中永远的回忆，胜利彩旗就在前方，回望走过的路，追逐未来的梦。

岁月如梭，往事如风。天下无不散的筵席，驻村帮扶工作已接近尾声。最近我有点莫名的伤感，也许是因为在这段时间里把自己的热情与智慧毫无保留地给予了这片土地。在我的人生中有无数次的离别，我深知这种感觉很难受。在部队的20多年中，每到老兵退伍季，每当朝夕相处的战友退伍归乡，在老兵欢送会上唱起《驼铃》这首歌时，我都会情不自禁流泪，这种感受很痛苦，就好比失去亲人一般，但这绝对是一份最真挚的情感，因为每一滴泪水都饱含战友情。我之前觉得无论是老兵退伍的离别，

还是自己岗位调整的离别，这些我已经经历太多了，应该不会对离别太敏感，也不会有太多的思绪，然而事实却相反，离别的伤感并不会因经历得多了而变少，因为人一旦注入感情，就会留下好多牵挂，这种牵挂也许就是还有好多想干还未完成的事。

我也知道，我们不可能一辈子驻村帮扶，人生每一段经历最终的结局肯定是分离，虽然有些不舍，但我只能收起所有的牵念，将其尘封在心里。近两年时间，过去的一切终将变成回忆，但过去的一切那么清晰。轻轻抚摸着自己那辆二手电瓶车上被划过的一道道印迹，突然想起与老人们一起坐在张阿婆家门口促膝长谈的样子；想起举办农民丰收节时老百姓欢歌笑语的情景；想起曹家厍开通公交车后村民们敲锣打鼓、放鞭炮、摇国旗的场景；想起研学基地项目落地签约、从设计图向实景图转变的过程；想起一个人默默地走在乡间小路上看着一望无际的稻田，忧心乡村发展时眼角的泪迹；想起了抗击疫情时“星空下的帐篷”“流动小喇叭”；想起与老党员们打扫卫生清理垃圾时汗流浃背的样子；想起董阿丘老人要求我帮忙在村口安装红绿灯时说的话，以及朱炳君老人伸出厚重的双手，期望我留下的眼神……

人生如棋，世事无常，演变着进退分离。驻村工作对于像我这样到地方工作不久的军转干部来说是一次很好的磨砺，也是一段不一般的经历。这段岁月，让我感受了乡村工作的艰巨，明白了乡村干部的不容易，懂得了宽容和珍惜，明白了真诚、善良的真谛，更拉近了我与人民群众的距离，让我深刻感受到“人民至上”的道理。村民拉着我的手说：“钱指导员，你走的时候务必说一声，我们要送送你。”这是多么淳朴的话语。

群众握我的手，握的是信任；我握群众的手，握的是责任。这段驻村经历，让我更加深刻地明白了什么是人生的价值，真正读出了“真理的味道”，悟透了“活的灵魂”，学到了“看家本领”。当村民遇到困难时，第一个想到的是你，第一时间来找你；那些村民从来没反映过的诉求，大家愿意开诚布公、诚心实意地跟你说；当为百姓做了些力所能及的事后，他们会天天念叨你的好……这也许就是一个驻村干部的人生价值。我从未想过要做什么惊天动地的大事，但我知道：当你全心全意付出后，大部分人都会信任你、尊重你，甚至好多不是本村的素不相识的人都会为你点赞，那时你一定可以体会到做什么最有意义！

我在朱家角周家港留下了生命中一个极其重要的段落，这里也记录着我许多的成功与喜悦，遗憾和感动。生命中总会有一些人擦肩而过，生命中总会留下一些痕迹，生命中总会留下许多感动。村干部的关心与帮助，村民的尊重与信任，多少个一起研究项目建设、推动村居发展的日夜……我无法抗拒命运的安排，只能静静地回味着每一次的相遇，感悟生活给予的一切。

近了，新年的钟声近了，这也预示着分别时刻要来临了。外面是呼啸的北风，风中没有雪花飘飘，只有阳光普照万物。相逢是首歌，眼睛是春天的海，青春是绿色的河，同行是你和我，心儿是年轻的太阳。有相逢就会有分离，这是历史永恒的规律，每个人都会有说再见的时刻，是时候说再见了，因为再见也意味着再一次的相见！

春节来了，普安江边一剪寒梅傲立风中，此情长留心间。驻村工作终将告一段落，我们的生活依然有序。回想昨日，昨日之事不可留。静下心来，会发现紧张、焦虑、无奈都是多余的，生活中每一天都是现场直播，没有谁给我们演练的时间，但要依旧心存感念，让生活依着规划前行。2021 年是牛年，俗话说“牛马年好种田”，这是辛勤耕耘的年份，“牛”象征着拼搏实干的精神。新征程，呼唤敢闯敢拼的“开山牛”、改革创新的“拓荒牛”、心系人民的“孺子牛”、敬业奉献的“老黄牛”。凝聚“九牛爬坡，个个出力”的奋斗合力，“角里牛”定能耕出绚丽“珠溪红”！再见了朱家角，再见了周家港，再见了我的朋友们，再见了同甘共苦的同事们，再见了我那淳朴、善良的乡亲们……

后　记

党的十八大以来，以习近平同志为核心的党中央把脱贫攻坚工作纳入“五位一体”总体布局和“四个全面”战略布局，作为实现第一个百年奋斗目标的重点任务。上海作为中国东部经济最发达的地区之一，按照中央提出的“东部有条件地区要提高扶贫开发水平，探索减少相对贫困、实现共同富裕的有效途径”的要求，积极推进农村综合帮扶工作，并借鉴对口合作交流经验，在实施乡村振兴战略中选派优秀干部支持本市经济相对薄弱村发展。

为贯彻落实中央、市委实施乡村振兴战略的工作部署，根据市委组织部、市农业农村委关于选派优秀干部支持本市经济相对薄弱村发展工作的要求，2019年6月起，上海市从机关、事业单位、国企选派的首批200名“驻村指导员”正式开展驻村工作。其中，青浦区30名由市、区选派的驻村指导员积极响应中央、市委和区委的号召，克服工作、家庭、生活等多方困难，用脚步丈量初心，用汗水浇灌使命，为青浦实施乡村振兴战略注入新动能。

时光荏苒、岁月如梭。转眼间这批肩负重任的驻村指导员已在农村基层这片新天地中辛勤耕耘了近两年。驻村以来，他们坚持务实作风，用脚丈量土地，用心服务乡村。他们主动适应陌生的乡村环境，聚焦百姓急难愁盼问题，全身心投入驻村指导工作。田间地头、抗疫一线、困难农户家，到处都是驻村指导员挥洒汗水、践行使命的地方。他们化身为方针政策的宣传员、农情民意的调研员、产业发展的指导员、矛盾纠纷的调解员、优质农产品的销售员……哪里有需要，他们就出现在哪里。有的着眼资金难题，改造、提升传统产业，搭建平台，让产业旺起来；有的争取上级项目，引入人才资源，精准服务农业发展，让人才聚起来；有的依托多方资源，开展各类下乡活动，让文化兴起来；有的下到田间、河畔，全情参与乡村治理，让生态美起来；有的创新机制，探索党建工作新路径，让组织强起来。一位位驻村指导员就像一颗颗种子，在广阔的农村天地发芽结果，带领着村民百姓攻坚克难，向着乡村振兴、全面小康昂扬进发。

心有所信，方能行远。少华同志始终不忘初心、砥砺前行，不断从“四史”中汲取精神力量、汲取经验智慧、汲取坚守人民立场的定力，助力乡村振兴。他以“不忘军人本色、不丢严谨作风、不降工作干劲”的态度和“功成不必在我、功成必定有我”的胸怀严格要求、自我激励，坚持做到加班加点不抱怨、指导服务不含糊、协调民事不拖拉、履职尽责不懈怠，较好地完成了驻村指导的各项任务。他将驻村帮扶期间的所见所闻、所思所悟，撰写成几十万字的驻村笔记，书写了自身投身乡村振兴实践的心路历程和收获启发，并与奋斗在乡村振兴一线的同志们共学、共享、共勉，携手绘就乡村振兴的宏伟新蓝图。

钱坤荣

青浦区驻村指导员管理办公室主任

2022 年 4 月